U0817361

大鱼

有爱的青春陪伴者

超能男友
营业中
密云
木雨
著
百花洲文艺出版社
BAIHUAZHOU LITERATURE AND ART PRESS

图书在版编目（CIP）数据

超能男友营业中 / 密云未雨著. -- 南昌 : 百花洲文艺出版社, 2021.6
ISBN 978-7-5500-4040-3

Ⅰ. ①超… Ⅱ. ①密… Ⅲ. ①长篇小说 - 中国 - 当代
Ⅳ. ①I247.5

中国版本图书馆CIP数据核字(2021)第014213号

超能男友营业中

密云未雨 著

责任编辑 李梦琦
特约编辑 周丽萍
封面设计 孙欣瑞
内页设计 孙欣瑞
特约绘制 小石头
出 版 者 百花洲文艺出版社
社　　址 江西省南昌市红谷滩世贸路898号博能中心A座20楼 邮编：330038
电　　话 0791-86895108（发行热线） 0791-86894790（编辑热线）
网　　址 http://www.bhzwy.com
E-mail bhzwy0791@163.com
经　　销 全国新华书店
印　　刷 长沙鸿发印务实业有限公司
开　　本 880mm×1230mm 1/32
印　　张 9
字　　数 249千字
版　　次 2021年6月第1版
印　　次 2021年6月第1次印刷
书　　号 ISBN 978-7-5500-4040-3
定　　价 39.80元

赣版权登字：5-2021-117

目录

CONTENTS

目 录

C O N T E N T S

第一章
我的契约男友

深夜十二点，京辉市市西别墅区。一栋灰白的小洋房二楼，未拉严实的窗帘缝隙里漏出了一丝丝暖黄色的光。

书房里，电脑屏幕的光将面前的一张脸照亮。

女孩二十岁出头，面膜眼洞下一双乌溜溜的眼睛正一目十行地扫着爱博账号下的粉丝留言，长长的睫毛随着眼球的转动扑闪着，整个人显得灵动清丽。

“姐弟恋三年，该不该继续……呃……”

“暗恋的男神下个月来我这里出差，要不要表白……老套……”

“婚后七年，是不是该痒一痒……嘶，我又没结过婚……”

面膜快干在了脸上，女孩把上千封未读粉丝私信关闭，揭下面膜纸团了团扔进了旁边的垃圾桶。

她顺手打开美颜相机，选了个“素颜”模式，对着镜头嘟起了嘴。

“再好的男人也抵不过自己爱惜自己！今天晚上的蒲公英面膜简直比男友还要体贴，皮肤水灵灵的！晚安，整个世界！”

定格、瘦脸、美白、亮眼四部曲，编辑文字@赞助商，伴随着一声“叮”，动态发送成功。

女孩揉了揉脸，一秒钟收起了笑容，转身去盥洗室洗脸。

短短几分钟，爱博的阅读量直逼十万，转赞评也瞬间超过了四位数。

五分钟后，她再次折回书房，经纪人的电话不出所料地打了进来。

“哟，发哥，你怎么还不睡啊？我一发爱博你就打电话，一发就打，你在我账号上买了套房对不对？”

女孩打了个哈欠，懒洋洋地应付。

“买房？杨跳跳，我请你清醒一点！再这样下去都要卖房了！你让团队上上下下四十来号人跟你喝西北风啊！”

叫发哥的男人，三十有余，在琼湾娱乐公司里算是个有资历的经纪人。

他旗下的搞笑、幽默和段子博主有二十来号人，经营的账号都是百万粉丝级别。

发哥素日里行事雷厉风行，然而一张口总是尖细嗓门儿的刻薄腔，还不忘时时刻刻端着祖上几代京辉贵族积攒下来的“名媛架子”，手下的几个博主私底下都喊他“发姐”。

杨跳跳知道这是日常训话的开始，毫不在意地鼓了鼓嘴，预备装死不吭声。

“你看看隔壁嘉和公司的情感博主！上个月八百万粉丝，这个月一千二百万了！你呢？上个月三千万，这个月两千五百万！你黑山老妖是吧，粉丝量还能吸回扣！人家情感博主到了晚上都在加班加点地回私信、发鸡汤，你一天到晚偷懒给我发自拍！一发就掉粉！书不好好写！粉丝留言不认真回！ Vlog旅游街拍视频不给我及时更新！天天给我嘟着嘴卖萌，你当你是十八线网红啊！”

手机被杨跳跳嫌弃地扯远，等那头的经纪人有工夫换气，她凑近了一些嘀咕了一句：“我十七线可以了吧？”

“行！你自甘堕落不思进取不要怪我不客气啊！这个月广告植入我给‘小乖兔子白又白’去了！”

一听到广告植入杨跳跳急了。

那封平邮过来的信还丢在桌子的一角，她草草计算的账目表就叠在上头。

杨跳跳扫了一眼账目表吞了吞口水，乖巧地立刻改了口风：“别啊，发哥！我这段时间不是在调整吗？写书也需要状态，过阵子你布置的任务，我保证都齐头并进！”

发哥冷笑：“过段时间？你可别再说了！直接去给我看公主坟吧！”

杨跳跳揉了揉额头，继续软着嗓子央求：“你也知道这段时间各路阿猫阿狗都来做公知大V，我也是在夹缝中求生存……”

那头的经纪人气都喘不匀了，冷哼了一声：“你要真想求生存就给我找个男人谈恋爱！知道上周处理掉的那撮黑粉说你什么吗？说你天天抨击天下男人都是渣男！什么时候自己谈一场恋爱就不会一个劲儿地盯着别人酸了！”

“嘿！我这暴脾气！谁说我酸了？谁？”

杨跳跳动了气，作势撸袖子。

发哥不依不饶：“我不管！做情感博主就要有做情感博主的样子。现在已经不流行天天祥林嫂一样手撕渣男了，你要温和，要高级知道吗？策划这边给你做了一份恋爱营销计划，我不管你是去网上租，还是回老家找，反止你给我弄个背景清白，长得端庄的男人过来做男朋友！”

杨跳跳一阵头大，手心不自觉地渗出了一丝冷汗，嘴里依然不饶人：“这世道还有这种男人不早被你……”

“你放屁！”挂电话前，发哥又怒吼了一句，“给你一周！男友在你在，男友不在，哼哼，杨跳跳你给我洗干净脖子等死！”

手机屏幕暗了下去，屋内安静了下来。

“小乖兔子白又白”真名叫楚越，是两年前和杨跳跳同一批进公司的段子手。

最开始两人都是写幽默短段子，渐渐地，路子产生了分歧。

杨跳跳是汉语言文学专业出身，遣词造句笔力深厚，无论是观点还是时评都泼辣犀利。公司安排了一个星座博、一个时评博给她试水，大获成功后力推杨跳跳选择了她金句频出的情感领域。

而“小乖兔”楚越走的一贯是时尚美妆博主的路子，在这两年也做得风生水起。

两个人同期入职的那点情谊很快被更为现实的利益纠葛所磨灭。

在杨跳跳几番主动示好，而“小乖兔”完全无视以后，关于两个人明里暗里在公司抢夺赞助商与曝光率的传闻也日渐兴起。

其实，杨跳跳心里并不排斥楚越，可是这一次她不能把第三季度的广告让给楚越。

她需要这笔钱。

杨跳跳有些郁闷地打开了爱博后台数据分析页面——发哥说得没错，自拍一发，不但粉丝瞬间掉了两万，评论区更是嘘声一片。

“我是跳跳两年的老粉了，讲真现在的跳跳除了日常广告推广和自拍稍有点活跃之外，真的没有当年的灵气了！”

“这年头照片都是‘照骗’！镜头里看上去是这样子，谁知道现实生活中是不是一个‘土肥圆’呢？”

“我觉得‘土肥圆’很有可能！否则不会到现在都没有谈过恋爱……”

“大概是没有尝试过恋爱的滋味，所以主观认定男人都是渣浪贱？”

“我妈说了，嘴上犀利要强的女人大多生活不幸福……”

杨跳跳越看越心塞，捏了捏骨节就准备抑扬顿挫地怼回去，可是手悬停在键盘上又生生止住。

忍一时风平浪静，退一步海阔天空。

她现在没有和粉丝硬杠的资格。

她退出了爱博，点开了邮箱，发哥发的企划书果然已经躺在了未读邮件里——《契约男友计划》。

这是一套短期内，虚构的恋情曝光计划。

这份详尽的企划书，包括了杨跳跳如何认识代号为“A先生”的男友，邂逅、初识、沟通、误解，再到了解、相爱同居撒糖，直至最后分手的所有内容，是一条标准化生产恋情的路子。

杨跳跳捏着鼠标，一边翻看，一边忍不住臆想这里面的情节，不知不觉中睡衣被背部的冷汗打湿。

杨跳跳不得不停下来，强迫自己终止令人极为不舒适的想象。可越强迫，她因低血糖而产生的眩晕感越严重。

耳边嗡嗡嗡的，同时，她的心里乱成了一团。

杨跳跳从椅子滑落到了地上，紧紧抱着膝盖坐在地毯上试图安抚自己的心率。

做情感博主这两年，总是把自己圈在家里，杨跳跳深知自己脱离人群太久，灵气文笔才气都渐渐有灯尽油枯的趋势。

发哥和公司固然唯利是图，可是他们的计划却很有道理——如果杨跳跳再不找出固粉与吸引新粉的方式，账号皮下迟早换人，而她迟早也要凉凉。

环视偌大且空无一人的书房，杨跳跳苦笑出声。

网上那些扒皮号说得没错——

一个美食博主可能是生活里十指不沾阳春水的懒鬼，一个健身博主的腹肌马甲线可能都是高光阴影粉饰而成，一个旅游博主可能连国门都没迈出去过，只会躲在 PS 后指点江山……

而一个情感博主，在现实生活中极有可能形单影只，且有恋爱心理障碍。

母胎单身二十三年，杨跳跳的父母都不知道自己的女儿是个地地道道的恐男症患者。

失眠到了凌晨三点，杨跳跳顶着黑黢黢的眼圈爬了起来，不甘心地打开搜索引擎。

完美情人、完美舍友、完美倾诉对象……一大堆网页跳出来以后，杨跳跳的目光被一张清隽的脸庞吸引。

夹在一堆后工业时代风格明显、面无表情的灰白机器人脸之中，那张棱角分明的脸上，浅褐色的瞳孔深邃冷静，喜怒难辨，却深深地吸引着人的注意力。

ZIC 公司高级智能机器人 A-011。

杨跳跳鬼使神差地点开了那个链接，视线一下落在了标价的那一大串“0”上。

十分钟后，订购成功的短信跳进了手机。看着少了一大半的存款余额，杨跳跳咬了咬牙，在胸口比了个十字架：“菩萨保佑，自古华山一条道了。”

杨跳跳的扣款通知抵达她手机的那一刻，市北的科技园区，一幢五十六层高的大厦顶楼总裁办公室内灯火通明，一块投射屏突然出现在了空中。

三百平方米的办公室里设施简单，除了黑色的月牙形沙发、一张偌大的办公桌与背后胡桃木的书架，整个空间极简至空旷，无处不透露着冰冷前卫的工业气息。

坐在黑色书桌后的男人停下了工作，面前的模拟器还在滚动着海量数据，他伸手在空气中一滑，信息接通，出现了一张慌张的脸。

“什么事？”男人的目光并没有离开屏幕。

“湛总！董事长杀过来了！”

助理小希急促的声音传了过来。

视频电话里隐隐约约传来“噔噔噔”的声音，与头顶传来的巨响重合。

湛佑起身，推开了椅子，从落地窗往上望去——三架黑压压的直升机从城市上空掠过，遮住了月色与星光。

螺旋桨的声音透过厚实的楼板依然震耳欲聋。

他捏了捏眉心，听助理小希继续说道：“工厂的生产线前天已经全部停了下来，积压的十台C级家用订单机器人一台也发不出去！法务和售后已经去处理订单、安抚客户了。老爷子放话给供应商和他那几个朋友，谁再帮忙或注资，就是……”

楼顶停机坪，直升机螺旋桨正在放缓速度。

湛佑面无表情：“继续。”

“就是……助纣为虐。”小希豁出去似的说道。

湛佑轻笑，嘴角勾起一个讽刺的弧度，回到桌前，手指轻轻点着台面。

三秒后，他的目光被一封新邮件吸引。

点开邮件，湛佑微微挑眉。

“A-011不是还在测试阶段，谁把样机放到官网上去的？”

那头的小希差点被自己的口水呛到。

“啊？”

他打开随身携带的平板电脑，手指快速地敲了敲屏幕，瞬间目瞪口呆——

“可能是网站bug！湛总，我马上找人处理一下！”

湛佑眯了眯眼，又看向屏幕上滚动的模拟数据，淡淡开了口：“一百五十万够我们撑几天？”

小希还未从自家总裁的脸赫然出现在产品目录中的震惊里缓过神来，又接到了湛佑抛来的第二个问题，拿过笔记本便是一顿猛如虎的操作。

那头，湛佑已经给出了答案：“基础零件部不能停工，否则下半年订单都会受影响，暂且可以撑半个月，之后我再想办法。”

小希稀里糊涂地应了一下，片刻后立刻捕捉到了重点，脑子里蹿出一串问题：“总裁，咱们哪里还有货可以发？现在老爷子堵到公司了！他放话今天不把您捉回去就不姓湛！还有，一百五十万从哪里来？资金不都被老爷子给冻结了……”

湛佑起身，脸上笑意更甚，打断了小希的絮絮叨叨：“我去质检部。”

小希立刻照办。

一瞬间，ZIC 公司那部价值上千万，纵横线上可以自由移动的私人电梯上的目的地设置成功。

湛佑理着自己的袖口，不紧不慢地往电梯的方向走去。

视频电话的悬浮屏幕跟着湛佑移动。小希看到镜头里自家总裁慢条斯理的样子，紧张得有点气血上头。

“总裁！湛老已经下直升机了，估计还有一分钟到您的办公室，需要安排人去拦一下吗？”

透明门关上，电梯启动。

须臾之间，湛佑就从五十六层的办公室停在了地下负六层的质检部实验室门口。

湛佑浅褐色的眸子一半隐在光影的变动里，瞳孔深处像是有熠熠光芒。

湛佑没有回答小希的提问，只是用带着笑意的声音问道——

“你说，我和 AI 主程序，谁扮演我会更像一些？”

后半夜下了雪。

杨跳跳窝在被窝深处，被窗帘缝隙漏出来的雪光刺醒。她揉了揉眼睛，刚刚从被窝里钻出来，床头生物能感应播放器就自动开启。

“据本台记者独家报道，ZIC 公司总裁湛佑今日缺席人工智能创新模型大赛现场。事发突然，包括 ZIC 公司员工与大赛主办方都未提前收到通知。对于那些因 ZIC 公司产品入坑家庭智能机器人的铁杆粉丝来说，这无疑是错过与偶像近距离接触的坏消息……”

杨跳跳愣愣地爬出了被窝，大脑开始缓慢重启。

“……短短三年内，ZIC 公司从寂寂无名一跃成为科技股黑马，总裁湛佑也被人称为‘新生代人工智能之父’。深居简出的湛佑总裁这次答应大赛主办方做评委的消息一经传出便掀起了巨澜。大赛门票一度被科技迷们炒到翻了十倍……”

ZIC？怎么这么耳熟？

杨跳跳掀开被子，伸了个懒腰，昨晚发生的一幕一幕涌入大脑之中——

父母一年一度给她邮寄的信件里夹了一张弟弟的高利贷欠条，最底下摁了一个血手印……发哥对自己的业绩严重不满，昨晚那一通近乎咆哮的电话呵斥……重压之下，自己脑子一热直接买了一台七位数的仿真机器人……

ZIC！

是 ZIC 的机器人啊！

杨跳跳一个激灵跳下床——深夜果然是冲动购物的狂潮期！她这一冲动把自己毕业几年来辛辛苦苦攒的钱都给花出去了！

杨跳跳慌慌张张地拿出操控板，在空中划拉出了 ZIC 公司的售后热线。

信号传送出去，卧室里响起了让人焦灼的嘟嘟声。

150 万，自己这是被下降头了吧！

那张年轻英俊的脸庞浮现在了杨跳跳的脑海里，虽然只是短暂一瞥，但是那双眸子蕴含着让人沉沦的力量……

杨跳跳红了脸，手心也冒了冷汗。她狠狠地拍了拍自己的脸颊让自己冷静下来。

发哥说得对，网上租一个活人也好，再不济，去老家让程呈随便帮个忙他也不会拒绝！为什么非要想不开去买人家 ZIC 公司的顶级产品，杨跳跳你真当自己大富婆啊！请问你哪根葱啊？

杨跳跳一边等待电话接通，一边在心里翻来覆去地骂着自己。

新闻依然在播放："……据悉，湛佑的父亲是叱咤金融界的巨鳄湛启山先生。不知这次湛佑缺席人工智能创模大赛是否和湛老先生有关。毕竟之前一直有媒体称父子二人因湛佑执意研发机器人不肯继承其衣钵而闹得很不愉快……"

杨跳跳心烦不已，随手关掉了新闻，就在此时，电话通了。

视频电话没有开，那头传来的是一个年轻男人的声音。

"您好，杨小姐。"

杨跳跳愣了一下，正常程序不应该是机器的审核订单流程吗，怎么上来就报出了自己的姓名？

对方似乎也察觉到了自己的行为不妥，换上了更为官方的声音："您好，我们的贵宾杨小姐，请问有什么可以帮您？"

杨跳跳狐疑地扫了一眼电话号码，没错，是 ZIC 的服务热线。

"你怎么知道我姓杨？"

对方干干地笑了一下："是这样的，凡是订购我们公司顶级机器人的客户都是我们的至尊 VIP。从您拨通电话的那一刻起，不需要像普通客户一样进行身份验证、订单核实。您的电话会直接转到我这里，我是您的专属客服顾问。"

说得一套套的，似乎是真的。

再加上那一份让杨跳跳心疼到滴血的订单，她相信了对方的话。

"那，那什么……我想弱弱地问一下啊，我昨晚的那个订单，能不能取消啊？"

沉默。

三秒的沉默。

杨跳跳脸红了红，清了清嗓子，硬着头皮继续："呃，那什么我失手买错了。我原本想买你们的那个大众款，结果手滑了，纯属手滑。"

对方给了回复，不过声音波澜不惊，似乎看透了杨跳跳局促的辩解。

"理解。是这样的，今天早晨，位于科技园的仓库已经为您打包了产品，相信今天我们的 A 级机器人就可以送到您府上。"

杨跳跳急了："你们是卖鸡蛋，还是卖机器人呢！高科技的东西不都有个制作周期？"

办公室里，小希满头大汗，咽了咽口水。他一边回应着杨跳跳的质问，一边查看着另一面屏幕上，那辆红色大货车的行驶路线。

从市北到市西不过六十公里，车子开得飞快，已经距目的地不远了。

而小希的办公室外，怒气腾腾的湛启山在挨个训话公司里的其他职员，试图盘查出湛佑的下落。

一个对视，小希赶紧收回了目光，做出勤奋工作事不关己的样子。

"呵呵呵，所以说杨小姐特别幸运呢。我们现在正好有成品，您是京辉市首位可以体验我们顶级产品的用户呢。"

死要面子活受罪。

杨跳跳也不管自己大 V 的身份加持了，直接张口坦白："那个什么，我决定退货了，你们也别送了。"

小希深吸一口气苦苦支撑："杨小姐，我们所有的产品都是有试用期的。这样吧，您可以先免费试用一段时间，如果您依然觉得不满意，我们全款赔付给您，到时候再将您中意的 B 级或者 C 级机器人免费送上门交换，您看如何？"

杨跳跳一愣，免费？

她开始在大脑中飞快地算账——

150 万花是花出去了，但是只要可以退货，就相当于她免费试用了人家的顶级产品。

她完全可以利用这段时间，把发哥的那个恋爱契约计划执行下来，多存些素材留作备用……

重新获得关注以后，她可以再回沙场与"小乖兔"抢一抢这个季度的重点广告项目……

等推广费到手，她再也不用担心发哥对自己咆哮，也可以填平弟弟高利贷的坑……

这不就是传说中的空手套白狼？

再者，那个"机器人"长得确实好看，那些顶流明星都未必比得上这个"AI"。那张美若谪仙的皮囊再次浮现在她脑海之中……

杨跳跳心里暗笑，声音里的紧绷也随之消失。

她勉为其难："那这样……好吧，也行。"

小希巴不得杨跳跳能应下来。

湛启山的手段谁人不知，湛佑躲得了一时躲不了一世，现在那辆好不容易瞒天过海开出去的货车就像个定时"炸弹"。把"炸弹"埋在客户家里才是上策。

小希笑眯眯地松了口气："竭诚为您服务。"

达成了双赢的结果，杨跳跳开开心心地下了床。

没多久，院子外的门铃响了。

杨跳跳家的安保监控系统将大门口的画面传送到了她的面前——一辆红色的货车前站着一位穿着黑色外套的送货员。

那人帽子与衣服上的 logo 显示是 ZIC 的。

货来了。

杨跳跳咽了咽口水，明明知道对方看不见自己还是缩到了窗帘背后，露出一双眼睛，一边盯着悬浮屏幕，一边瞄向窗外的庭院。

“杨小姐在家吗？您好！我是 ZIC 的技术顾问，给您来送机器人了。您可以开个门吗？”

“不用，不用！你放在门口，我待会儿自己来拿！”

杨跳跳迅速否定。

住进来一年多了，别说偶尔过来的钟点工，就连点外卖杨跳跳都尽量要求女外卖员送。

没有男人可以踏入她的家，她最后的堡垒。

送货员似乎第一次听到这样的请求，先是一愣，继而有些为难。

他看了看身后的货车：“杨小姐……连包装带货物又高又沉，您一个人搬不进去的。”

他顿了顿，扬起手上一本书似的东西：“我们还要负责指导您初始化的过程……”

杨跳跳再次拒绝三连：“不用，不必，不麻烦！初始化我会！箱子我也能搬！大不了我有问题再给你们打电话！”

见杨跳跳实在是意志坚定，对方没了辙，耸了耸肩，只能应了下来。

把巨大的箱子从货舱里搬下来时，送货员不忘叮嘱：“杨小姐，外面还有积雪。货物属于贵重物品，请您尽快搬进去。”

五分钟后，红色的货车离开了她的视线。

杨跳跳从窗帘后探出了身子，手心蹭了蹭家居裤，那里又起了一层薄汗。

她遥遥地望着那个红色的大箱子：谢天谢地，箱子底下有滚轮。

杨跳跳的别墅在小区最后一排靠里，平时鲜有人路过。

在家里全副武装了十分钟，杨跳跳戴着低帽檐的棒球帽，裹了一件厚重的羽绒服，戴着墨镜，飞快地蹿出了别墅，打开了大门。

红色的货箱宛如一尊电话亭矗立在杨跳跳面前。

她仰着脖子绕着箱子走了一圈，用手指叩了叩，左看右看周遭没人，便开了门推着货箱往家里走去。

庭院的小径铺着滚圆的鹅卵石，箱底的滚轮是临时安上去的，并没有杨跳跳想的那么牢固。

箱子在一处微微卡顿，杨跳跳一个没留神，用力过度，箱子直接脱离轮轴直挺挺地砸在了路上。

“嗯。”

一声短促的闷哼，混合着箱子“砰”一声落地的巨响传来。

杨跳跳：是自己幻听，还是真的有人发出了声？

雪后初晴，花园里融开了一条湿漉漉的路。

紧接着，反应过来的杨跳跳一哆嗦：我的妈呀！我干了什么！这是150万的机器人啊！

绝境出奇迹。

意识到要是把这具绝版机器人搞坏以后，150万就打了水漂，杨跳跳一个激灵弯腰就去拖箱子。

抱是抱不动的，横竖也放不回轮轴架上，杨跳跳就这么咬着牙绷着肱二头肌，一点一点地把箱子往家里拖去。

一米，两米，三米……

金属箱在石子路上刮擦出让人不安的刺耳声响。

过了五分钟，箱子出现在了客厅里。

杨跳跳关了门，蹲在箱子旁边，半天没有出声。

她打量了一次又一次，确定里头没有再出现奇怪的声音，箱子的缝隙里也没有漏出机器润滑液之类的奇怪东西，她才伸手，缓缓戳了一下唯一的开启按钮。

“啪”的一声，箱子自动开启，里头的男人缓缓起身，居高临下地望着杨跳跳。

他穿着干净的白色衬衣和黑色西裤，修长的手指自然地垂在身侧，身材结实挺拔，温和的眸子里透出锐利的光芒，高挺的鼻梁下薄唇抿着，周身散发着冷淡的禁欲气场。

他似乎扫视了一下周遭的环境，目光自然而然地落在了杨跳跳身上。

敏锐、疏离，还带着一丝丝不满？

杨跳跳眼前一黑，一头栽到地板上，“咚”的一声，晕了过去。

湛佑：“……”

是发哥的电话铃声吵醒了杨跳跳。

她从地板上撑起来的时候，已经是一个小时以后。

醒过来的第一眼她又撞进了那个男人的眼睛里。

他站得纹丝不动，仿佛过去的一个小时他都这么站着，静静等着突然昏厥的杨跳跳醒过来。

杨跳跳像是见了鬼，四肢着地往后缩着，直到缩到了楼梯边缘，才哆哆嗦嗦地停了下来。

男人一动不动，甚至瞳孔都没有随着杨跳跳的移动而移动，空气仿佛都凝固了。

湛佑安静得像是一个模具。

杨跳跳挂了发哥的电话，惊魂未定地瞪着距离自己十米不到的雄性“生物”。

已经有多久没有近距离地看过男人，她自己都不记得了。

屁股都坐麻了的杨跳跳勇敢地挪了挪腿，动了动舌头，颤颤巍巍地开口：“初……初始化……”

男人眼眸里迅速闪过一丝光芒，像是滚过了一道电流，白皙脖颈上的喉结轻轻滚动了一下：“请先用语音输入 Wi-Fi 密码。”

是机器人，是机器人，是机器人……

即便杨跳跳对 ZIC 家机器人的逼真程度已经做过心理建设，可是当她直面时，不得不说还是感受到了灵魂的战栗。一股热流滚遍了周身，她缓慢地爬了起来。

自始至终，“机器人”就站在展台上纹丝不动。

杨跳跳挠挠头："家里的 Wi-Fi 名称是'杨跳跳是个大仙女'，咳……然后密码是'12345678'。"

"机器人"长长的睫毛动了动，像是 CPU 在缓缓启动，他张开了嘴："初始化成功。"

"机器人"又说道："请主人逐项设置个性阀值。"

杨跳跳翻开了《用户指南》。

《用户指南》很厚，第一章关于初始化的细则就有"智力""风格""诚实""音量""运动能力""才艺""陪伴范围"等好几个种类。

智力……她智商平平无奇，本来就是合约情侣，对方的智力只要比自己高一丢丢就可以了。

"咳，智力设置为……160！"

"设置成功。"

红色的箱子里立刻传来了应答。

杨跳跳瞥了一眼"机器人"的方向，不得不说，他的声音怪好听的。

"第二项……风格。风格？"

杨跳跳往后扫去，挑高了眉头。

光是风格以及每一项的解说就有密密麻麻……一百多项！

她的目光捕捉到了一项：月光情人。

注解上说，如果设置了这个级别，AI 会变得无比体贴、温柔、尊重女性，像每个女人心里的白月光那样美好的存在。

杨跳跳没有白月光，只有白米饭和蚊子血。

她犹豫了一下，报了出来："呃，月光情人。"

"设置成功。"湛佑这样应道。

与此同时，声音也从冷硬变得……谦谦君子起来，透着让人无法忽视的温柔。

"诚实""陪伴范围"等阀值也很快设置成功。

杨跳跳严重怀疑这具"机器人"无法达成自己的期待。

电视里到处都是关于 AI 如何渗透人类社会方方面面的新闻，不过大部分 AI 从事的都是诸如司机、育儿保姆和管家等基础岗位。

AI 们端着一张张假笑脸，为主人鞍前马后的样子，很容易被人看出来是真还是假。

男友则完全不同。

杨跳跳需要一个足以以假乱真，能够震慑粉丝，说服经纪人的顶级 AI。

设置结束后，杨跳跳的胆子大了一点，她瞄了一眼那个俊美高瘦的“男人”：“知道我是谁吗？”

湛佑的声音带着和煦的笑意：“我的主人杨跳跳。”

杨跳跳在这一刻，心跳出现了短暂的骤停。

她低下头，掩住了通红的脸颊：“你叫什么名字？”

“湛佑。”

杨跳跳：？？？

她抬起头，吐槽脱口而出：“是你们公司那个自恋的老板给你取的吗？”

两秒的停顿后，湛佑脸上依然挂着浅笑，眼里却溢出一丝丝讽刺。

“正是。”

空气有一瞬间的僵冷。

杨跳跳起身，灰灰地绕过湛佑站在他的身后立住。

直视是不敢直视的，她可以暗中观察。

几秒后，她斗胆戳了戳他的脊背。

湛佑纹丝不动，倒是杨跳跳自己吓得一哆嗦，缩回手来后又咂嘴回味：唔……好硬……

湛佑似乎读到了她的心声，用略微一板一眼的声音介绍起了自己：“顶级柔性复合碳素皮肤，钨钛合金骨骼，超导纳米神经元，百分之百模拟还原人体组织。主人，对我的身体可还满意？”

这是什么鬼问题！

杨跳跳盯着湛佑的后脑勺咽了咽口水。她的目光落在了湛佑的窄腰上，那里的衬衫微微起了一层褶皱，臀部被质地上乘的西裤包裹着。

从曲线上看，他确确实实与一个健康年轻的人类男人没有差别。

并且，真实得让人心生微澜。

对于男人的身体，杨跳跳没有任何经验。

她能记起来的，只有父亲手里的木板与巴掌、黑暗中那张追着她的狰狞笑脸，以及围着她的嘲笑与推搡……

杨跳跳垂下了脑袋，鼻尖有些微发酸。

身后许久没有声音，湛佑转过身来，默默地看着杨跳跳。

从他的角度，他只能看到女孩白净脸上那只小巧的鼻尖和樱桃般的嘴唇。鼻尖映了一点点的红色，又可爱又感伤。

杨跳跳看地板，湛佑看着她。

几分钟后——

“你……你什么时候转过来的？你盯着我干吗？”

杨跳跳随手抄起钢琴上的花瓶防身，往后缩着。

“等待命令。”

湛佑静静地看着她攥在手中那个不足以称之为武器的武器。

她居然想要用一个巴掌大的花瓶对付一个一百多万的顶级机器人？

“音量也可以调节，包括日常动作和说话。”

湛佑提醒道。

杨跳跳想起来，指南上似乎……确实有这么一项。

初始化林林总总就有上百项，有些选项，杨跳跳简直闻所未闻。

她只是把几个要紧的设置了一下就丢在了一边。

然后……就被这个“机器人”不动声色地瞪了半天。

她清了清嗓子，放下了花瓶，板着脸：“咳，那你走路声音大一些，只能稍许大一些，我不习惯家里有人闹翻天，知道吗？”

“设置成功。”

杨跳跳总算满意地点点头。她抱着那本《用户指南》准备回房间好好研究一下，这时，发哥的电话再次打进来。

杨跳跳一拍脑袋，最要紧的事情差点忘了。她赶紧转头，看着杵在原地的湛佑。

“临场发挥你会不会？待会儿冒充一下我的男友，知道吗？”

她指着在自己面前闪烁的通话请求屏幕。

湛佑：“请设置临场发挥值。”

服了。杨跳跳闭了闭眼。

“最大化！不管数值多大！你给我调到最大！”

“设置成功。”

视频电话界面振动个不停，频率越来越急促，看得出来，发哥已经在发飙的边缘了。

杨跳跳用生平最快的语速简单交代了一下湛佑待会儿需要做出的表现，后者冷静地点点头，脸上浮起绅士的笑意：“没问题。”

160 的智商真的很不错。

杨跳跳放心地接通了电话。

她照旧开了自己这边的视频，但是拒绝见到发哥那张浓妆艳抹的脸。

“你又给我睡懒觉？姑奶奶十点了！爬起来给我营业！先去转一下‘小乖兔’最新发的 5D 直播预告，再去转发‘爱博的百年盛典官宣’！我跟你说，这次来的大人物一大把一大把的！你想要正式进军娱乐圈转型，兴许还有希望！下个月新书的预售会场地与合作方已经搞定了，你现在可以做文案，循序渐进地预热了啊！”

杨跳跳已经习惯了发哥布置工作时连催带吼，此刻她心不在焉地掏了掏耳朵。

发哥怒，正准备开口骂，突然瞥见了杨跳跳身后掠过一个人影。

“杨跳跳！你换家政阿姨了？”

杨跳跳为人古怪，没有任何一个“琼湾”的男同事见过杨跳跳的真人。

在杨跳跳风头鼎盛的那一年，公司庆典，派去专车接杨跳跳，她居然开出了三个条件才答应现身。

所有条件都围绕一个主旨——她出现的地方，方圆五百米内不可以出现男人。老少一样，一个雄性动物都不可以有。

发哥气得不行，打电话骂她年纪轻轻耍大牌，杨跳跳只是说着抱歉，却拒绝解释。

发哥还是靠自己的人脉打听到了一些：杨跳跳私下里花了不少钱用于心理治疗，病因不详。

发哥嘴上吐槽，但还是起了隐忍之心，帮杨跳跳解决了她因“低情商”

而惹的麻烦，实实在在地护了她好一阵子。

发哥眼睛冒光，只是短暂的一瞥，就看到杨跳跳身后走过一个高个子男人，似乎手上还抓着花洒壶……

不是他眼睛坏了，就是杨跳跳疯了。

杨跳跳深吸一口气，It's show time。

她皮笑肉不笑地扭头，挥手的瞬间眉头狠狠地跳了跳。

短短几分钟之内，湛佑竟然穿上了围裙，卷起了衬衫袖子，手上拿着花洒壶，像模像样地侍弄起她那些许久没有照拂的绿植来。

原本湛佑身上就有一种出尘清冷的气质，此刻竟然完美地混合了人间烟火气息，乍一看，简直就是一个与爱人同居的深情男人。

“AI”演起戏来，简直赞爆了啊……

湛佑放下了手里的东西，如杨跳跳交代的那样，嘴角噙着淡笑走了过来。

他开口，话语里是让人窒息的温柔：“怎么了，跳跳？”

杨跳跳这边还没有从距离骤然拉近的窒息感里反应过来，率先尖叫的是视频电话那边的发哥。

在湛佑的脸出现在屏幕上的瞬间，阅男无数，号称行走的“帅哥收割机”的发哥发出了很不体面的尖叫。

“跳跳！这是谁？这男人太好看了吧！”

杨跳跳张了张嘴，一口气还没有吸进去，发哥突然切换了语音电话，变得深沉而“富有魅力”：“您好，初次见面，我是跳跳的经纪人，袁大发。”

屏幕抖了抖，底下显示了一行小字——

“发哥申请视频握手。”

这一番操作，杨跳跳又好气又好笑。

即便湛佑不过是一具披着极美皮囊的AI，即便他待在自己家不会超过半个月，但是杨跳跳此刻升起了一种谜之护犊感。

她果断拒绝了发哥的握手申请。

那头发哥的声音冷幽幽地传来：“杨跳跳你为什么拒绝我？！”

“谁允许你碰我男人了？”

发哥：……

湛佑在杨跳跳身后开了口，似乎尝试着缓解眼前略尴尬的局面："您好，袁先生，多谢您这几年来对我家跳跳的照顾。鄙人姓湛，是跳跳……"

杨跳跳赶紧插嘴："他就是'A 先生'！"

发哥一口咖啡喷在了屏幕上："我不是给你一周时间吗，你怎么一晚上就搞了个男人来？"紧接着是更为不满的斥责，"杨跳跳你虚伪！你不是说男人的组织器官都不可以出现在你家！你身后的大活人怎么解释！"

"我想跳跳的意思是……除了我以外的男人。"

湛佑的手自然而然地落在了杨跳跳的肩上，意思不言而喻。

发哥捶胸顿足："啊啊啊，老天开眼了！给杨跳跳安排了这么一个极品来翻身！杨跳跳你务必给我交代……"

视频电话突然断了。

杨跳跳家中，"被菩萨眷顾"的杨跳跳，并没有觉得老天开眼。

她觉得自己快不行了。

那只手轻轻落在自己肩头的那一瞬间，起先是脸上酥麻地痒，紧接着全身的血都往一处冲去。

她张了张嘴，想要调节湛佑的"亲密值"，一个字儿没有发出来，她又昏了过去。

这次她没有直挺挺地摔在地上，而是倒在了湛佑的怀里。

与此同时，男人手腕上的小型电脑发了一个视频电话进来。

湛佑伸手滑开了通话，小希出现了。

"总裁，湛老回去了，心情很不好。他下了死命令挖地三尺也要把你挖出来！"

意料之中，湛佑冷冷应了一声。

小希的眼镜落到了鼻梁下方，他凑近了屏幕："那什么……总裁您肩上是什么东西？"

"雇主。"

湛佑正气定神闲地扛着杨跳跳往二楼的卧室方向走去。

小希的脸一秒钟变丧。

"总裁……咱们真的沦落到这个地步了吗……"

他抬手，佯装抹了一滴眼角的泪，那模样仿佛湛佑真的做了什么见不得人的卖身勾当。

湛佑的声音寒若冰川：“把你脑子里的垃圾倒了。”

小希“嘿嘿嘿”地笑：“我调查过了！买家是个网红，千万粉丝级别的那种！去年、大前年都拿了爱博影响力 TOP10！长得也好看！总之，总裁您要是有什么想法，我支持您！”

湛佑站在二楼的台阶之上，面无表情地扫视了一下环境，判定粉色的合金门通往杨跳跳的卧室。开了门，他把不省人事的杨跳跳丢在了床上，转身离开，一个多余的眼神也没有。

小希脸上八卦殷切的笑容渐渐消失。

“与其想这些废料，不如抓紧时间突围。”

小希正色，赶紧把自己做的财务表格和订单核算计划给湛佑发了过去。

屏幕那头，湛佑接到了文件，前后翻看，眉头越发紧锁。

“瑞京银行和开宏投资都撤资了？”

小希苦着脸：“可不。湛老说了，总裁肯定是我们放走的，我们有不可忽视的包庇罪。您一天不回来，我们一天脱不了干系，复工一天遥遥无期。”

湛佑暗暗咬了咬牙，眸子里染了一层冰冷。

“老爷子这次下了狠手，他的那些老朋友，本来就渗透在各行各业里。我们只要在京辉，是绕不过他的势力的。”

“那就去江城。”

江城是湛佑母亲的故乡，距离京辉市一千公里之遥，是经济发达富饶的南方沿海城市。

“是。”小希点头，不忘关照，“这几天总裁您千万不要自己花钱。在我给您搞到新的基因支付代码之前，您的任何一笔支付都会让老爷子迅速定位到杨跳跳家里。”

湛佑把文件丢了回去：“郁白那边什么情况？”

“郁先生下午坐穿梭机回京辉市，已经和我约好了见面地点。”

小希抬眸，有些犹豫：“那个……他说……”

“什么？”

“郁先生说，郁晴小姐也跟着来了……她说，这趟见不到您，不会回 M 国。您看……”

“不见。”

湛佑在挂断视频之前，留了最后一句话：“让郁白把钱准备好，其他多余的东西不要送到我面前来。”

“好。”

杨跳跳做了一个古怪的梦。

她梦到了老家门口山洞状的门廊。

天黑了，山里响起了窸窸窣窣的声音。她放下书，看了一眼冰冷的锅炉，天色暗得很，她揉了揉眼睛。

家里唯一一盏太阳能浮动照明灯是父母从镇子里的垃圾站里捡回来的。此刻正挂在弟弟的卧室里，而他在灯下玩着父母新买的新奇玩具。

她又听到了那个古怪的声音。

那是一个男人的声音，低哑地笑着，仿佛就在耳边，仿佛又很远。

杨跳跳告诫自己不要去看，不要去寻找，可是梦里的自己却控制不住地抬起了脚。她看到自己走出厨房，穿过了前院，又推开了大门。一轮瘦瘦的孤月把清冷的光打在了她的脸上。

“爸……妈……”

她轻轻唤了一声，四下只有风声回应她。

她的全身因预知而发冷颤抖，她在心里告诉自己赶紧回头，可是脚还是绝望地往前一步一步走去。

紧接着，她的身子被猛地一拽，然后，一切坠入了黑暗。

与往日坠入前撕心裂肺的恐惧不同，这次的梦里，她落在了一个温暖的怀抱中。

黑暗深渊变成了汪洋，继而变成了温柔的床铺。

她猛地睁开了眼睛，大口大口地呼吸着，在自己的卧室里醒来。

房内的生物感应系统捕捉到了杨跳跳生理数值的变动，立刻智能地调节室内温度、湿度，连同灯光也变得更为柔和充沛。

缓了好一会儿，杨跳跳的意识才从噩梦里抽离。

她还好端端地活着，活在一砖一瓦都由自己挣来的家里。

杨跳跳的思绪飞回了记忆“断片”前的最后一刻。

那个“机器人”！

她推开门跑出了卧室，在楼梯口停住了脚步。整间别墅，到处洋溢着温暖的饭菜香。

那是久违的，食物的味道。

她探头往下望去——一楼的餐厅里，那张似乎从来没有被使用过的餐桌上，放着三菜一汤。

刚出锅的食物盛在一套玉兰花装饰的碗碟上，挑逗着杨跳跳的食欲，也镇定着她惶惶不安的心情。

橘红色的虾仁每一只都很饱满，掩映在翠绿色的上汤西蓝花中间，汤底金黄，颜色相互映衬，让人垂涎欲滴；淋了红色酱汁的笋干之中埋着小块的牛肉，鲜绿的葱花把煨得恰到好处的一盘菜装点得赏心悦目；一小盅海鲜煲底下的小炉燃着一小簇火苗，白汤底里的扇贝、木鱼花与鱿鱼炖出缕缕热雾，往上蔓延似要融入水晶吊灯里；菌菇汤里漂着淡金色的蛋花与嫩秧草，清淡又爽口，漂亮得像是一幅春天的画卷……

杨跳跳揉了揉眼睛，一步步往下走。

她请的家政机器人只会做泥土色与水泥色的营养盅，是时下新新人类尤其是追求纤细美丽身材的女孩们热捧的“泥系食物”。

虽然都是按照杨跳跳身体最迫切需要的营养配比而成，但那些东西往往看起来就让杨跳跳倒尽了胃口。

这一桌子菜，绝对不是那个长得矮矮胖胖的机器人做的。

走到一楼，她看到围着围裙的湛佑一手托着一碗饭，另外一只手拿着餐具，款款地从厨房走出来。

杨跳跳看直了眼睛。

他脸上扬起那抹标志性的，“月光情人”的和煦笑容。

“过来吃饭。”

第二章
杨跳跳！你火了！

“你做的？”

杨跳跳盯着那桌菜，甚至忘了害怕湛佑这样的存在。她一步一步挪近，忍不住咽了咽口水。

湛佑笑：“这屋里，有智力的存在只有你和我。难道还有其他答案？”

杨跳跳看看湛佑做的菜，再想想平时自己吃的昂贵美容套餐，心里一阵悲凉——她之前过的都是什么破日子。

杨跳跳抿了抿嘴，还是选择坐下来先尝尝。

她拿起筷子随便夹了一块肉送到嘴边，炖得恰到好处的牛肉在唇齿间溢出浓香的肉汁，味蕾舒畅地绽放。

杨跳跳的眉毛高高挑起——

怎么会如此好吃！

湛佑从杨跳跳的表情里清清楚楚地读到了满意，咧嘴轻笑。

饭菜固然可口，可是被他盯得不好意思，杨跳跳塞了一嘴的食物，又瞥了他一眼，嘟囔道：“你……要不要来点？”

她离家后就再也没有和男人一起吃饭的经历。

想起今天两次在湛佑面前很不体面地昏厥，杨跳跳决定扳回一城，主动开口。

就当练胆子了。

湛佑静静地看着杨跳跳。

从那张顶级材料做的脸上，杨跳跳读出了自己的弱智。

“AI”吃什么饭？

扒了这个男人的衣裳、皮肉，里面只是一堆元件啊！

杨跳跳尴尬一笑，脑子接着不受控制地蹦出了两个诡异的画面。

画面一，湛佑举着一瓶润滑油仰着脖子“吨吨吨”地喝着，喝完了一抹嘴唇打了个响亮的饱嗝。

画面二，夜深人静，湛佑褪去了衣裳，露出不可描述的充电部位，举着插头……

“噗……”

由于脑补的画面太过刺激，杨跳跳直接把米饭喷了出来。

她心虚地扫了一眼湛佑，七手八脚地用手去拢桌上的米粒：“对不起，对不起，对不起……”

湛佑脸上又浮现出那种讽刺交杂着好奇的表情，挑了挑眉头：“对不起什么？”

杨跳跳捂脸：对不起我自己的弱智。

“光电双供能。在这段时间内，你不需要担心我没电的问题。”

湛佑看破不说破，伸手把桌面利索地擦干净，淡淡地回复。

杨跳跳的视线转向了其他地方，红着脸不敢看他：“那，那你怎么洗澡呢……”

湛佑的目光重新落在女孩脸上，因为呛到了猛咳了一阵子，她白色的小脸上还有些挥散不去的红晕。

她没有注意到男人凑得如此之近，顶着一张傻乎乎的脸就在湛佑胸口下方仰头看着他。

有些可爱。

恶趣味冒了出来，湛佑勾了勾嘴角，坐在了杨跳跳对面。

“作为你的家用机器人，因为平日里做的清洁工作很多，所以定期杀菌是必要的。”

杨跳跳点点头：“对对对，好车也要好好维护。”

湛佑挑高了眉头，继续说道：“所以……”

杨跳跳眨巴着眼睛看着他。

三秒的停顿后，他道——“晚上十二点的时候，我会自己把头部和身体分段拆解下来，一段一段地放进沸水锅里去消毒。每个部分都要炖够二十分钟，整个过程一共需要三小时左右。”

杨跳跳惊得下巴差点掉到了地上，脸色煞白，她弱弱地问：“什，什么？分段煮？”

湛佑轻笑着点头：“最原始的方法也最有效。主人，您不会有什么意见吧？”

死一样的寂静。

湛佑进一步补充：“所以深夜零点到三点这段时间，不要来厨房乱晃哦。”

他浅褐色的眸子里闪过狡黠的光。

那道光在杨跳跳看来，如同刀子一样。

杨跳跳的心脏骤停，吓得尖叫一声，飞一样地冲上了楼梯，随后“咚”的一声撞上了自己的房门。

直到女孩子的身影消失在楼梯口，湛佑才收回目光，坐在餐桌旁低低笑出了声音。

他摇了摇头，捡起女孩的筷子，慢条斯理地吃起了饭菜……

在被子里哆哆嗦嗦地抖了半天，杨跳跳越想越不对劲。她“噌”地从被窝里坐了起来，气哼哼地打电话给客服。

电话响了很久，客服终于接了电话，声音困惑而紧张。

“杨小姐，有什么可以帮您的吗？”

杨跳跳扫了一眼房门，压低了声音：“你们的机器人好可怕！他说他会把自己拆下来一段段煮着消毒！”

一想到月光下，厨房的锅里漂着一个男人的头颅，杨跳跳就一阵阵尿急。

电话那头沉默两秒，突然传来“扑哧”一声轻笑，然后笑声被捂住，客服的声音又恢复了一本正经：“哦，这种情况比较少见。我猜是您和机器人之间缺少磨合。”

“磨合？我还要去和他磨合？”

“嗯。我这边给您的建议就是……呃，多和机器人沟通沟通。他呢，初来乍到可能比较顽皮。咳，我是说不太适应与您的相处模式。您不如一项一项地完成初始化设置。毕竟设置得越细，越贴合你的使用习惯。”

客服为了进一步化解杨跳跳的忧虑，主动说道：“清洗您不用担心。我们的 A 级机器人具备自动清理功能，和普通男人洗澡没什么区别。”

杨跳跳差点把操控板丢出去，脑中不自觉地浮现出：湛佑那样高挑劲瘦的身板赤裸着，在热腾腾的水流下冲洗……

“我知道了！谢谢！”

杨跳跳在耳朵变红前结束了通话。

冷静下来以后，杨跳跳已经决定要将湛佑的“恶趣味”值降到最低。

明明是她出钱买的商品，怎么还被他三言两语地整蛊了？

人类绝不能认输！她掀开被子，“噔噔噔”地跑了出去。

饭菜被湛佑撤走了。

似乎是料想到了杨跳跳来找自己算账，湛佑又给她做了一碗小面。

餐厅的束灯下，那碗面还萦绕着热气，浇头清爽，汤汁浓厚，面条细如龙须，是刚刚做好的。

杨跳跳凑过去提鼻子吸了吸，简简单单一碗面，却不输饭菜。

这“机器人”是自带烹饪学校的满级程序？

湛佑并不在厨房。

在一楼兜了一圈，杨跳跳的目标锁定在了一楼花房旁的小卧室里。

那里头的卫生间传来了可疑的水声……

她蹑手蹑脚地走过去，把耳朵贴在了门上。

水声停止了，紧接着是马桶冲水的声音。

门被猛地拉开，探头探脑的杨跳跳被抓了个现行。

她稍一抬头，目光就落在湛佑结实的胸膛上。白色的衬衣胸前依然平整，袖口却被卷起，露出两段肌肉匀称的手腕。

他抓着一只真空拖把，居高临下地睨着杨跳跳，眼里质问的意思很明确。

两人离得太近了。

杨跳跳急急忙忙地往后退，差点撞到身后的花瓶。湛佑迅速一把伸出手拉住了她。

皮肤相触，杨跳跳分明感觉到了湛佑手心温凉的体温。

很有力，很有安全感，很……真实。

杨跳跳心中警铃大作，窒息感第三次袭来前，湛佑适时松开了她，并且拉开了两个人的距离。

“有什么吩咐？”

湛佑不会因为杨跳跳鬼鬼祟祟地站在卫生间门口蹲点恼怒。

他的声音是人类男性的腔调，但是细细分辨内容还是如同机器人一般，只有逻辑没有情绪。

“没没没……我只是，恰好路过。”杨跳跳使劲儿晃着脑袋，试图甩掉刚刚耳边出现的可疑水声。

她的心跳快得像是鼓槌，可是同时，杨跳跳也分明感受到了自己忍耐的阈值在逐渐提高。

除了冷汗与心跳，她能强撑着不休克过去。

这点，很好。

“你在做什么？”杨跳跳甩锅反问。

“如你所见，打扫卫生。”湛佑举起了真空拖把，表情镇定且无辜。

杨跳跳盯着那只拖把，想到了他晚上做的那些菜，再加上这具“机器人”美好的皮囊……“A 先生”的人设在她的大脑里越来越立体。

杨跳跳兴奋地打了一个响指，抬头兴冲冲地看向湛佑。

“你还会什么？”

俊美得人神共愤的湛佑淡然开口：“什么都会。”

十分钟后，杨跳跳狼吞虎咽地吃完了那碗面，跑回书房取了一份文件折回来，放在湛佑面前。

湛佑垂眸看去，合同封面上写着偌大的一行字——契约男友。

杨跳跳安静地等着湛佑一目十行地读完了合同的所有内容，他沉默了片刻，似乎在思忖什么。

杨跳跳舔了舔嘴唇：“在这十五天，你按照我每天给出的剧本，配合我拍一些视频、照片，或者直播出镜，扮演我心目中的完美男友。”

“定义完美。”湛佑开口。

杨跳跳扶额，果然是“机器人”。

她咽了咽口水，指了指自己的小脸蛋：“我的粉丝，都是像我这样的小姑娘。小姑娘你知道吗？”

湛佑咧嘴轻笑："知道，人类世界年纪在 15—25 岁之间的年轻雌性。当然这个年龄段的范围因人而异，给出的区间段是基于 2109 年人口普查大数据……"

杨跳跳抬手，揉了揉太阳穴："那什么，是不是要把你的智商调低点儿？"

湛佑相当善解人意："不用，可以设定你偏爱的说话风格。"

杨跳跳叹气："好的。在合约期间扮演男友的时候，要考虑我这种小姑娘的接受程度。现在比较流行的是，可甜可盐，偶尔食肉、偶尔食草的那种男人。"

湛佑的眸子里闪过一丝微微的困惑，也是那一瞬间的光，像极了他的 CPU 在搜索智库中的内容。

"可甜可盐，食肉食草。"他轻轻复述了杨跳跳的话。

杨跳跳再次想起了吃饭前，他那段惊悚的"午夜清洗"流程，直接拿这个做了反面教材。

湛佑轻笑，认错态度良好："下不为例。"

杨跳跳一鼓作气，把他的浪漫、勤奋和体贴等情商选项统统拨到了最高，又把"冷幽默""恶趣味"值降到了最低。

湛佑那双浅褐色的眼眸眨了眨，像是在飞快地录入杨跳跳的设置值，半分钟后发出中规中矩的声音："设置完毕。"

杨跳跳不放心，测试了一下："现在给我说个荤段子。"

"无段子可说。"

很好，是她设置的。

"那你晚上到底怎么杀菌？"

湛佑这一回老老实实地回答："专门的机器人清洗液，正常热水洗澡。"

杨跳跳满意地轻哼了一下："说哪儿了？哦对，我的粉丝和我一样，拥有少女心。所以，你保持晚上给我做饭时那种温柔浪漫的气质就好了。"

"你喜欢'月光情人'这一款的？"

湛佑下了结论。

杨跳跳结舌，她又没有谈过恋爱她怎么知道自己喜欢什么样的？

做情感博主这么几年，她知道的是大众的主流口味啊！

“不如……先用这个模式试一试，如果成功，我们在接下来的十五天就维持这个模式。”

杨跳跳拿定主意，起身领着湛佑往三楼的书房走去。

湛佑跟在杨跳跳的身后，维持着两米开外的距离。

看得出来，她对这种近距离的接触很是防备。

哪怕已经克服了最初的恐惧，她依然攥着小拳头，身体紧绷得厉害。她在前头走着，时不时地加快步子，像是容易受惊的小兔。

她的头发烫成深色的小卷，松散地落在瘦瘦的肩头，随着她的走动，露出一小段白皙细腻的脖颈，娇俏可爱，充满了生命力。

很难把她与刚刚见到自己就昏厥，还昏厥两次的“病人”联系在一起。

第一次昏厥时，湛佑轻而易举地从这栋别墅里调取了她的所有生理数据。

她身体健康，有的只是心理上的应激性疾病，只不过病因不详。

他调动家用智能医生给她注射了微量的镇定剂，维持了她体温的恒定，这些都促使杨跳跳很快醒了过来。

第二次，她的苏醒时间又变短了许多。

看样子，她对自己产生了一定的免疫。

湛佑默默地跟着她走进了书房。

书房很大，几乎是整栋别墅最大的空间。

书架上摆着不少心理学的书籍，湛佑扫了一眼，记住了几个关键词，然后不动声色地挪开目光。

宽大的书桌上有两台电脑和一些乱七八糟的打光机器。除了书房的功能，这间房间还统筹了直播间与化妆室的功用。

杨跳跳连续两年占据影响力前十，不单单是因为她有一张足以出道做明星的原生脸蛋，更在于她直播、卖书、带货和广告样样不落，全方位能打的数据。

发哥再怎么 diss 杨跳跳性格古怪，脾气又作，可是不得不承认，她是他手下综合业务素质最高的一张牌。

若不是今年她的人气大幅度缩水，她极有可能成为发哥手下第一个正式进军娱乐圈的网红。

不过在这中间横亘着的，不单单是劲敌“小乖兔白又白”的楚越，还有她无法克服的心魔。

杨跳跳搓搓手，从衣架上把网购的衣服一一展开，挠了挠下巴，取了两件墨绿色的情侣家居服，把男款挑出来，递给了湛佑。

“换上。”

湛佑接过了衣服，原地就开始解自己的衬衫纽扣。

“喂喂喂！你干什么！男男男……女有别啊！”

杨跳跳捂着脸差点暴走。

“我是‘AI 湛佑’。”

杨跳跳从指缝里偷看了一眼，衬衫解开了一半，湛佑漂亮的锁骨露了出来，皮肤的光泽质感和正常男人无异，还是最顶尖的那种男人。

虽然理智上知道湛佑是下了血本锻造出来的高级机器人，可是直觉和情感上杨跳跳还是无法接受初次见面的湛佑就在自己面前脱了个精光。

“好好好，我是怕自己把持不住好吧！你去屏风后面去换！”

湛佑满意地勾唇，乖乖拿着家居服就去了屏风后。

杨跳跳躲进卫生间里把女款家居服换好后出来，湛佑已经规规矩矩地站在原地等着她。

真好看。

墨绿色家居服的丝绸质地把那张禁欲的脸庞映衬得更为清冷克制，白雪青松，全身透着引人遐想、恰到好处的高级美感。

杨跳跳咽了咽口水，挪到了书桌旁，调整着直播的镜头。

“今天直播，我要给公司的两个活动做宣传，顺便提一下新书签售。待会儿我和粉丝聊天，你就敲门进来，不用露脸，直接把这盘水果递过来，露个手腕什么的就好了。”

“哦，对了！”杨跳跳把水果盘塞到湛佑怀里后，从抽屉里一阵丁零当啷地翻找，终于翻出了那套许久之前买的对戒。

她已经许久没有看到它了。

再看时，杨跳跳有些怔然。

她闭了闭眼，把戒指递给湛佑，后者倒没有表现出抗拒，甚至没有发问，直接戴了上去。

神奇的是，湛佑的手正正好好适合男戒的尺寸。

湛佑面色复杂，喃喃了一句：“这么巧……”

湛佑瞥了一眼她算不上开心的表情，回道：“A 级机器人的皮肤有伸缩功能，在不变形的范围内，外部器官可以按照客户的心愿做轻微的尺寸伸缩与调整。”

这一串话成功地让杨跳跳从伤感压抑的往事里抽身，并且产生了一个相当黄暴的念头。

呃……单身久了果然有毒啊。

她立刻强制性收回发散的思维，讪讪笑道：“呵呵，你们公司还真下得去血本。”

湛佑勾了勾嘴唇，把中指上的戒指往深处推了推，按照杨跳跳的关照，转身离开了书房。

十分钟后，直播开始了。

杨跳跳的人气最近跌得厉害，不过瘦死的骆驼比马大。

她算是琼湾正儿八经培养的第一批明星网红，原装天然脸颜值过硬，种种技能值也满点。

三年精耕细作，那些“始于段子，陷于颜值，忠于人品”的死忠粉基数也不容小觑。

一周前杨跳跳公布了 5D 直播时间，粉丝们就雀跃地表示一定准时蹲守。

与琼湾经纪娱乐公司有合作的爱博平台不但主动做了宣传，还很给面子地做了流量的引导。刚刚打开直播间，挤进来的粉丝就有两百万。

杨跳跳从不走浓妆艳抹的路子，她的穿戴偏向邻家风，今天穿了一件墨绿色材质尚好的家居服亮相，平易近人得像是邻家小妹。

“跳跳糖们”一个个捂着心脏表示自己赶上了杨跳跳的“睡前直播”，实属三生有幸。

杨跳跳按照提前安排好的脚本，在与粉丝的寒暄中开始一个一个开启发哥设定好的主题。

“嗯，师妹‘小乖兔’过阵子要去镇海市签售她的新彩妆礼盒，到时候大家多多支持呀。”

杨跳跳一张几乎不施粉黛的脸，在直播灯光下，一丝毛孔都看不出来，嫣然一笑，仿佛芙蓉出尘。

就算是在推广也推广得让人身心舒畅。

5D 直播间的魅力在于，任何参与者都可以通过粉丝值来拓展权限，获取更多的与主播接近的机会，甚至通过光感传输，两人可进行握手、拥抱，相当逼真。

而粉丝值的高低取决于平时为杨跳跳打榜、投喂、购书或者增加直播流量的投入。

粉丝值越高，粉丝在直播时可以做的事情就越多。就发言这一项就分为基础文字版、动画版、语音版，甚至自由开麦版好几个等级。

杨跳跳刚刚为楚越植入了广告，直播间里，一个钻石段位的老粉丝，也是杨跳跳熟悉的 ID“心为你跳”直接开了麦，声音里不情不愿的意味很明显。

“跳跳平时都是素颜，几乎不用化妆品，为什么要给‘小乖兔’的化妆品站台？太奇怪了吧！从前跳跳发新书或入选红 V 前三时，也没见‘小乖兔’为跳跳应援的身影啊？怎么总是我家跳跳在单方面地付出支持？跳跳，你要是被胁迫的你就眨眨眼！”

“心为你跳”此番言论一出，整个直播间瞬间炸开了锅。

上千条或质疑或附和的留言如同流水哗啦啦地掠过杨跳跳面前的屏幕，她看得一阵头疼。

“心为你跳”是她的元老级铁粉，她不可能为了人家的一句话就让对方闭麦或者踢出去，但是这样的话，在这样的时刻，显然有些不合时宜。

“琼湾一姐”之争由来已久，大家对于楚越与杨跳跳关系到底如何一直在猜测，元老粉“心为你跳”直接开麦，会被不少人解读成是杨跳跳自己的意思。

毕竟粉丝被偶像旁敲侧击或者牵着鼻子走不是什么稀松平常的事情。

杨跳跳与楚越渐行渐远是真，近日来疏于联系是真，争抢公司越来越高端的广告通告资源也是真……可是这一切，都不足以让杨跳跳此刻与楚越撕破脸。

尤其是在三代、四代走出培训期，推陈出新的当口，更是在杨跳跳得知弟弟背负天价债务的关键时刻，杨跳跳不想得罪任何同行。

如果杨跳跳反对“心为你跳”，就是和那些死忠粉为敌；如果支持“心为你跳”则是公然叫板“小乖兔”楚越，而且前头刚刚打完call，后头就撕破脸，明显是在装柔弱卖可怜，引导更多人去质疑琼湾内部的制度。

进退两难。

杨跳跳脸上的表情微微凝滞，三秒后，选择了关闭所有的声音。

她故作镇定地伸了个懒腰，好似“心为你跳”刚刚的发言她并没有听到一般，随口说了一句：“怎么都九点了，时间过得好快。”

而这句话，是她与湛佑约好的“暗号”。

书房门立刻被敲响，直播机器收音功能很棒，几乎一大半的粉丝们都听到了敲门声。

原本还在叽叽喳喳讨论楚越与杨跳跳的粉丝们，这下全部安静了下来。

来得正是时候，杨跳跳一身冷汗。此刻，只能拿湛佑来救场了。

她的直播本就是设定成了书房全景，随着杨跳跳脸上漾起幸福的笑容，娇嗔地对门口喊了一声“进来”，所有粉丝的目光全部调转到了书房门口。

一个与杨跳跳穿着同样颜色质地家居服的男人，端着一碟切得精细的水果，款款地走了进来。

“吃点水果，跟我去睡觉，嗯？”

湛佑的眸子在灯光下仿佛装了一整个星河，浅褐色的瞳孔里仿佛流淌着温柔的河水，倒映着杨跳跳呆滞的表情。

不知道是不是杨跳跳的错觉，眼前的湛佑身上似乎洒了一些淡淡的古龙香水，黑醋栗与龙涎的味道夹杂着木质基调，弥漫在空气之中……

配合他的表演，有一种不动声色但是轻易能攫取人灵魂的力量。

绝了。

杨跳跳一个哆嗦，赶紧空投了一个可爱的熊猫表情遮住了湛佑那张美得让人难以移目的脸。

粉丝们显然听到了湛佑的声音，又捕捉到了转瞬即逝的容颜，虽然只有短短几秒，但这几百万人还是差点把直播间掀翻了。

因为杨跳跳关了声音，粉丝们只能拼命通过弹幕来宣泄心中的激动——

“我的妈！是男人！是男人啊！我家跳跳有男人了！！！”

“什么时候的事情啊？我天天盯着你这个小妖精的 Vlog、爱博和直播，怎么一丁点风声都没有收到？！”

“这是什么神仙声音？！什么神仙颜值？！太好听了吧！跳跳和跳跳姐夫，我把我的少女心，哦不，命都给你们！！！”

“从今天起，再有人说我家跳跳因为没人要才天天在网上抨击渣男，我就怼死她！”

“有这种神仙男人，别人当然都是渣！哦不，是碎屑！！”

“跳跳！再让我们看看你男朋友的脸吧！！！我给你刷礼物！！！”

“我也 +10000086！”

湛佑没给窒息的粉丝们喘息的机会，看杨跳跳没有动弹，直接捏起碟子里的银叉，叉了一瓣橙子，递到了杨跳跳嘴边。

当那双漂亮得不像样的手出现在粉丝面前时，大量鲜花、游艇哗哗哗地投入了杨跳跳的账户中。

粉丝们这边还在沸腾，杨跳跳的大脑已经因为缺氧而一阵空白。

全然没有料到两人会有肢体接触，当湛佑那只温凉的手有意无意地擦过杨跳跳的脸，她起了一身鸡皮疙瘩，身子一颤，橙子掉在了睡袍上。

杨跳跳僵着手弯腰去捡，一抬头，脑门猛地撞在桌角上。

“嘶……”疼得眼泪都掉出来了，杨跳跳红着眼睛委屈地爬起来。

“怎么这么不当心？”

湛佑伸手摸了摸她的脑袋，温柔地为她缓解着疼痛。

好看的手掌配合天籁一样的嗓音，即便湛佑没有露面，杨跳跳想要的效果也已经达到了。

直播间在线人数激增，而 # 情感博主杨跳跳男友真人显现 # 的话题一度占据了热搜的前五名。

可惜杨跳跳却没有工夫去关心这场直播带来排山倒海的轰动。

在关掉直播镜头后良久，她还是没有办法从生理震颤中缓过神来。她手心背上全是冷汗，连同直播的最后几分钟她都是在一脸呆滞中度过的。

不是她不愿意做出反馈，而是湛佑那一连串摸脸摸头杀对已经五六年没有接触过男人的杨跳跳来说，实在承受得太多。

而对粉丝来说，那只不过是杨跳跳幸福的萌态罢了。

湛佑发现了杨跳跳不对劲的脸色和继续下降的体温，微微蹙起了眉头：“要不要给你叫医生？”

“不用……”

杨跳跳缓了缓，哆哆嗦嗦地拧开了手边的药瓶，拣了五六片药直接吞了下去。

过了好一会儿，她的血压才渐渐降了下来。

她狼狈地抬起头，发现湛佑还站在书房里，不过和她保持着安全的五米开外的距离，静静地看着她。

杨跳跳扬起了一个疲惫的笑容：“谢谢你，刚刚演得很好。”

“我的程序里有基本医疗诊断与急救知识，如果有需要……”

湛佑说到一半自己停了下来。

杨跳跳摇头。摸头杀，真的已经到了她能承受的极限。

也幸亏她有湛佑这个秘密武器，否则今天关于楚越与自己的争论还会继续。

湛佑是今天这次直播的关键，某种程度上说，也是她的幸运物。

她到底是赌对了。

接下来，按照发哥的剧本走恋爱剧路线，假以时日，杨跳跳有信心重拾一姐的位置，也有信心把弟弟欠下的天价债务还清。

可是经过今天的事，她也更为清楚地知道，她的心魔依然存在。哪怕她无数次地告诉自己，湛佑只是一个披着人类皮囊的“机器人”，她的心理和生理都无法迈过那个坎。

她的人生，可能会一直如此。

真正的杨跳跳只配形单影只地缩在阴影处，指挥着那个“勇敢张扬的傀儡杨跳跳”在聚光灯下舞蹈。

杨跳跳擦了擦脸上的汗水，有些狼狈地自嘲：“不用，没用的。”

抬起头，她看向不远处的男人："很难以置信吧，躲在屏幕后的我，需要拉一个'机器人'扮演男友，更可怕的是，我这辈子可能都无法接触男人。"

湛佑没有回应，浅褐色的瞳孔里没有起伏的情绪，只是静静地望着她。

杨跳跳轻叹了口气，刚刚那种皮肤接触带来的电流刺激，实在是太真实了。

她疲惫地起身，和湛佑错身而过的时候，微微颔首："不管怎么说，还是谢谢你，还有你们公司。让我这个可怜鬼在屏幕前不至于太过狼狈。半个月后，等我退货的时候，我会好好地跟你们说感谢。"

"你为什么确定自己十五天以后就会退货？"

两个人站在书房门口，杨跳跳听到湛佑这样问道。

呃……承认自己没钱？

这很伤杨跳跳的自尊心。

说对湛佑这款A级机器人不满意？

但是这确实有失公允……因为他做得确实完美无缺啊！

杨跳跳甚至怀疑，今天这一出，如果换成了人类男性来做，是否有这个效果？

"我，不需要陪伴，一个人就很好。"杨跳跳轻轻说道。

空气出现了片刻的凝滞。

湛佑开口，声音里只有属于AI的理智："理解。"

夜深了，偌大的别墅空寂了下来。

从前孤枕难眠时，杨跳跳总觉得房子如同冰窖，没有人烟没有生气，她像是尘封在冰窟的尘埃，总有种明天不会再来的错觉。

网络上那些热闹与喧嚣在电源切断的一瞬间变得虚无而遥远，隔着千山万水，不可再触碰。

可是今晚……

月光冷冷地洒在她的床头，杨跳跳睁着眼睛，枕在软软的枕头上，一帧一帧地回忆湛佑来到她家后的一幕幕。

湛佑……

她拿起手边的操控板，输入了这两个字，偌大的卧室上空，投屏上密密麻麻的网页跳了出来。

基因工程与高端仿真机器人技术的集大成者……十六岁博士毕业……二十岁开创了自己的公司……最年轻的科技黑马股公司总裁……神秘的亿万富翁……出身名门……私生活成谜……

混杂在ZIC公司首席执行官湛佑简历里的，是各种对他长相与家世的猜测。饶是网络发达到现在这个水平，也没有任何人、任何一家媒体扒出过湛佑本人真正的长相。

杨跳跳有些浮想联翩——自己家的这台"A级机器人"如果真的如客服所说，是唯一一台样机，正好又与总裁重名，会不会是按照湛总的样子锻造出来的?

不可能，不可能。下一秒，杨跳跳自我否定。

十六岁博士毕业，四年后公司就上市，到现在短短几年已是全球瞩目的AI定制公司，这是多会读书多拼的人才能有的成就。

这类人，往往有绕不开的共同点——秃头大肚+高度近视。

大概率的。

湛佑可能凝聚了湛总本人太多的心血和期待，所以才"才貌双全"吧。这样一捋思路，杨跳跳就坦然了。

毕竟完美的男人不是活在二次元，就是人造机器，哪有那么多天选之子被自己遇到呢。

湛佑深情的声音再次出现在杨跳跳耳畔……她微微红了耳朵。

可惜了……只是一个"机器人"而已……

恐男症的发作与直播透支了她的体力，杨跳跳迷迷蒙蒙地睡着了。

天刚刚亮，杨跳跳就被经纪人的电话吵醒："杨跳跳！死丫头！你火了！"

杨跳跳打开了爱博，手机宕机了好久，卡死了三次才登陆上去。

粉丝量get，话题度get，厂商合作意向get，新书热度get……更让杨跳跳意外的是，国内一档室内情侣互动综艺也发来了邀请函。

五对情侣分别在自己的家里录制节目，五个家庭之间没有互动，全程由小型拍摄机器人跟拍，没有拍摄人员实地驻扎。

对于所有条件，杨跳跳都很满意。杨跳跳立刻通知给了团队，确认了行程。

节目开拍就在这两天，耗时十天，一切来得及。

简直是，湛佑一出，天下我有。

杨跳跳难得早起脸上带着笑意，她裹着睡衣蹦蹦跳跳地下了楼，一眼就看到湛佑在弯腰给她的花花草草浇水。

而更让她意外的是，湛佑依然穿着昨天直播“表演”时的那套衣服，连戒指都没有摘下来。

两个人隔着客厅遥望对方，一模一样的衣服，暧昧得如同真实的同居情侣。

湛佑冲着杨跳跳笑了笑，杨跳跳怔然，几秒后，也冲着他笑了一下。

这样的对视，让人难免有一种深情专一，白头偕老的错觉。

杨跳跳错开了目光，一下看到了桌上新鲜出炉的华夫饼，眼睛一亮。

淡黄色的松软华夫饼热气腾腾，上面浇着焦黄色的糖浆与雪白的新鲜奶油，配上一杯牛油果香蕉柠檬汁，让人食欲大增。

“你……你怎么知道我喜欢吃这些……”杨跳跳咽了咽口水，坐了下来。

她已经不记得自己有多久没有正经吃过一顿早饭了。不等湛佑回答，她抓起华夫饼就往嘴里塞，浓郁的蛋奶香味席卷口腔每个角落。

幸福得想哭，她陶醉地闭上了眼睛。

“你是我们的贵宾客户，公司智库传送给我你的私人资料，结合昨天与你相处的行为模式，人类行为学模型会自动生成你的饮食偏好。”

杨跳跳深吸一口气。

他每次很学术地说话，她就大脑放空，只是呆呆地看着他那张俊脸，无从插嘴。

不过感觉不错。

湛佑瞥了杨跳跳一眼，就知道她又在开小差，只能简单概括：“你喜欢就好。”

杨跳跳眨眨眼，又陶醉啃了几口华夫饼，她嘟囔着：“湛佑，多亏昨天的直播，我又重回巅峰了你知道吗？多谢你带着我一炮而红。”

“一炮？”湛佑眉宇间凝聚了些微笑意。

“咳咳咳咳咳……”杨跳跳又被呛到了，瞪圆了眼睛。

抢在她前面，湛佑伸手递过去热牛奶，又很快缩了回来，与她保持距离。

“不是那个炮，是……是一种比喻！”

杨跳跳恼羞成怒，心道：这是什么“AI”，满脑子黄色废料！

对了，初始化设置里怎么没有关于“黄色废料”的选项？

“我什么炮也没说啊。”

湛佑一脸无辜。

杨跳跳干瞪眼了半天，最后吃瘪地闭了嘴。

满意地饱餐一顿后，杨跳跳起身，往楼上走去。她原本不需要向 AI 湛佑汇报行程，可还是鬼使神差地停下了脚步。

“我两点之前都会工作，所以你可以自己待着，随便做什么都可以。唔，家务大部分由清洁机器人做，你不用再拖地之类的。”

杨跳跳舔舔嘴唇，舍不得说出“饭也不需要做”这样的狠话。

湛佑读懂了她的意思，轻笑：“两点钟，午饭会为你准备好。”

这“机器人”是不是有探照内心的功能！

杨跳跳腹诽了一句，红了脸，转过头去，尽量让自己端出一副主人的样子：“咳，好，多谢。我上楼了。”

手腕间的信息振动了一段时间，等女孩的身影消失在楼梯口，湛佑才慢悠悠地走到了花房，投射出了对话的界面。

郁白吐出了一口烟，白雾散去，他看清楚了湛佑的脸，以及他身后……五颜六色的花。

“湛佑，你人呢？”

郁白捻灭了烟头，蹙眉看着表情优哉游哉的湛佑，顺手调动对方所在的位置，发现湛佑已经抢先一步屏蔽了 GPS。

老奸巨猾。

郁白心里暗骂。

“如你所见，在花房。”

湛佑动手，给自己泡了一杯花茶。

杨跳跳这小妞，虽然性子古怪，但是品位却不错。

这一间疏于打理的花房，里头的每一株盆栽都价值不菲，连看起来平平无奇的红玫瑰都是米尔提兹地区产的大马士革玫瑰。

横竖她也放任它们野蛮生长，拿来泡茶还不错。

郁白咬牙：“你还在泡茶？你被哪个女人下了蛊？”

湛佑笑得更肆意：“能给我下蛊的女人并不存在。”

“老爷子下了最后通牒，三天内你如果不出现，就把 ZIC 卖了！”

湛佑瞥了一眼郁白身边，那里，一个女人的身影投射在黑沙发旁的镀金花瓶上。

郁晴也在。

他的声音冷了下来：“ZIC 的核心和灵魂皆是我。离开了我，它不过是一个空壳。他要卖就卖，悉听尊便。”

“湛佑！我想见你……”

即便郁白冲着郁晴努力使眼色，郁晴还是忍不住冲到镜头前来，开了口。

就在她脸出现的前一刻，湛佑切断了对话。

郁晴看着骤然结束的通信画面，失魂落魄，眼眶红了一圈。

郁白瞥了她一眼，抽了一张纸巾递过去，言语里有些不耐烦：“我说你知不知道男人最讨厌的是什么？”

郁晴正欲哭无泪，抓着纸巾摇头。

“纠缠不休。”

郁白把烟头拧灭，更加没好气地说。

“从小学追到大学，你俩要成早成了！对湛佑这种人，你还来玩一哭二闹三上吊的招数，纯属给自己添堵！他要是吃你那一套，你也犯不着在湛老那儿动心思了！你这点雕虫小技只能骗骗老人家！”

郁晴咬了咬牙，表情恨恨的，又很不甘。

“你能查到湛佑现在在哪儿吗？”

郁白摊手：“凭你，凭我？这小子十岁时进出人家外国政府机密网站跟逛菜场一样方便。”

郁晴揉了揉脸，不顾之前端着的大家闺秀的精致与矜持，一脸愤愤不平：“他不会不喜欢女人吧……”

郁 · 常年和湛佑厮混 · 白一脸黑线。

“咳，还有个办法说不定可以曲线救国。”

郁晴眼睛一亮：“什么？”

郁白凑了过去：“湛佑是个大魔王，可是他那个不谙世事的小助理……”

杨跳跳不用去公司，但并不代表着公司的一些日常会议她不用出现。

全息通道在上午 10 点准时开通，杨跳跳刷了身份认证卡，在个人传输系统里推开了公司的大门。

全息通道的好处不仅仅在于你可以远程进入真实建筑的“虚拟投影”之中，更能够甄选屏蔽你不想见到的人与事。

对杨跳跳而言，只要在系统里给所有她遇到的男人打上马赛克或者直接屏蔽，从公司大门往会议室走的这一路，都不会遇到任何异性。

这样，在家远程参加一周一次的例会也变得没那么困难。

会议室里一共十个位置，都是发哥手下带的艺人与段子手。发哥左右手的位置让给了楚越与杨跳跳。

几个认识了一段时间的女同事都有些献殷勤地跟杨跳跳打着招呼。

杨跳跳一眼瞥见楚越身旁坐了一个脸生的妹子，想了想，似乎是不久前刚刚签约的美妆博主。妹子似乎叫“橘影”，是个年纪很轻的女孩。

橘影模样好看，是甜美可爱那一挂。和旁边的楚越比起来，简直有一种邻家妹妹一般让人忍不住亲近的气场。

纵然如此，楚越的脸也是冷冰冰的。

她蜜色的皮肤上，一对有些妖冶的细长眼睛不耐烦地略扫了一眼身旁的新人，似乎对橘影热情地跟杨跳跳打招呼的样子不屑一顾。

楚越自然对杨跳跳视而不见，短暂的分神后，佯装聚精会神地继续涂指甲油，脸色却随着会议室里的热闹越发不好看。

昨晚杨跳跳一声不吭地直接公布了恋情，连同发哥和公司营销团队都未曾料到她会一鸣惊人，楚越也是早晨起来翻看炸了的爱博才清楚昨晚直播发生了什么事情。

她皱着眉头反反复复地看着粉丝录下来的那一小段视频。

杨跳跳的马赛克打得很快，却还是可以让所有人看清楚，在杨跳跳屋子里的男人，绝非一般货色。

几分钟后，楚越点开了公司“商业价值”实时榜单，果然短短一晚上，被她压了整整一季的杨跳跳迎头赶上。

最后一位到齐，发哥清了清嗓子开始发言。

杨跳跳这边的全息屏幕中，打着马赛克的发哥开始动了起来。

“跳跳来啦。”他亲昵地喊了一声杨跳跳。

业绩不好就是“死丫头”，业绩好就是“跳跳”，啧啧。

“哎？你男人呢？”

发哥张望着，杨跳跳的投影后，还是她惯常待的书桌，以及一盆绿植。

“回去了。”杨跳跳简单地说道。

整个公司都知道了昨晚直播的事儿，杨跳跳没必要在同事们面前藏着掖着。

“啧啧……这就提裤走人了？”发哥咂咂嘴，一脸八婆的表情，意犹未尽。

众人：噗。

杨跳跳：……

见杨跳跳神色不好看，发哥收了自己八卦的心，正色开始开会。

“‘爱博百年盛典’，你们俩都要参加。”

他点了点杨跳跳和楚越，楚越用鼻子哼了一声算是回应。

杨跳跳反而迟疑了一下。

“发哥，这次我可以走全息通道吗？”

发哥的嘴角抽了抽，噙着一抹冷笑：“好啊，我到时候让公司给你开通道买流量，海陆空直播，再给你超级厚实的马赛克，顺便给你开一个记者专访虚拟化妆间如何？”

杨跳跳算了算这一系列的花费，有些不好意思。

“咳，这么破费真是……”

发哥气得翻白眼："杨跳跳你是什么国际巨星，还是名咖大腕！所有人都脚踏实地地走红毯，你凭什么在家躺着就能把风头出了？你是谁啊？到时候我给你介绍的那些资源大咖、国际名导你怎么跟人握手，用你的幻肢吗？"

杨跳跳："……"

一如既往，气壮山河又歇斯底里的怼人方式。

很发哥。

"我不去。"

杨跳跳咬咬牙做最后的挣扎。

会议室里每个人都将头埋得很低，大部分在憋笑，还有少部分，比如楚越，依然面无表情，脸上不过多了微微的嘲讽。

而新人橘影则一脸的关切表情，看看发哥又看看杨跳跳，似乎真的怕他们俩打起来。

发哥抱胸，冷笑："不去？不去下个季度的曝光与广告我全给别人你信不信！"

他一不做二不休，瞥向了楚越旁的橘影："楚越、橘影！散会以后你们来我办公室，我们谈谈广告商拓展的事情！"

橘影一脸复杂表情，还未表态，杨跳跳开了口："你不是说，我找到了'A先生'，下个季度的广告商都给我？"

楚越手微微一顿，橘影一脸尴尬。

发哥气笑："行啊杨跳跳，你能把'A先生'带去红毯，我给你双倍资源。"

杨跳跳起身。

全息投屏里的人，只能看到她在屋内有些焦躁不安地踱步。

发哥屏气凝神，眉眼里全是嘲讽。

三分钟后，杨跳跳一脸赴死慷慨悲歌的模样："成交。"

散会以后，杨跳跳一个人坐在书桌前挠头。逞强一时爽，可是后果却得自负。恐男症和走红毯，二者该如何取舍……

第三章
你这种 AI 自然不懂了

杨跳跳下楼的时候，楼下客厅里又空无一人。

午饭已经做好了。

湛佑极为守时，说好了两点，两点过一分钟下来的杨跳跳就看到了营养均衡的三菜一汤。米饭蒸得水分恰当，散发着香味。

她舔了舔嘴唇。

蔬菜与肉类是由她订购的那家烹饪机器人公司供应的。

如果没有湛佑的精心烹制，眼前的三菜一汤，都是以糊糊的形式穿过她的味蕾口腔，最后被身体吸收。

杨跳跳扫视了一圈屋子并没有找到湛佑的身影。

也不知道自己在楼上工作的这段时间，湛佑一个人怎么打发时间。

这个念头刚刚出来，杨跳跳就被自己的想法给逗笑了。

还能怎么样？还不是规规矩矩地站在墙边，跟骑士雕塑一样，一动不动。

难不成他还会喝喝茶、赏赏花？

杨跳跳的目光落在了屋子另一头的花房，嘴角抽搐。

那里，一杯喝了一半的花茶还在飘着袅袅热气，玻璃椅子也有动过的痕迹。

杨跳跳警觉地起身，难道今天上午有谁来过自己家？

莫不是自己的父母……

这么想着，杨跳跳不自觉地收紧了拳头，往花房的方向挪去。

刚刚推门而入，她就正面撞上了男人的胸膛，湛佑手里捏着花剪，往后避让了一下。剪刀上寒光一现，把杨跳跳吓了一跳。

“抱歉，我以为你在吃饭。”

杨跳跳咽了咽口水，警惕地瞪了一眼湛佑。

我在吃饭，所以你拿着剪刀准备伺机行凶？

湛佑像是读懂了杨跳跳眼里的意思，把剪刀丢在了一旁，捧起了放在一旁的花瓶。

花瓶里面，已经错落有致地插满了玫瑰花。

每一朵玫瑰都开得恰到好处，湛佑使用了一些朴素低调的衬花，反而显示出了玫瑰的娇艳欲滴。

盛开的一捧花落在花瓶里，怎么看怎么赏心悦目。

杨跳跳叹为观止。

“你还会插花？”

湛佑勾唇：“根据你购买之前填写的用户意向，你希望A级机器人可以给你带来全新的生活体验。不知道这样的小改变，是不是你所期待的？”

杨跳跳被他说得一愣一愣的：“所以你是在收集客户满意度？”

湛佑点头：“算是。客户的满意程度会被我第一时间传回实验室，完善ZIC的综合机器人模型，为打造更好的人机互动提供参考数据。当然你可以不授权这一次对话。”

杨跳跳捧着那个花瓶忙不迭地点头。

“可以授权。这还是我……第一次收到鲜花呢。”

杨跳跳有些不好意思，还画蛇添足地说了一句：“感谢。”

湛佑打量着女孩的脸，脸上溢出一丝淡淡的笑意：“不客气，反馈已经进行备份传输，也谢谢你填充我们公司的客户数据库。”

杨跳跳吃过饭以后，心理医生的预约提醒就响了起来。

湛佑站在饭桌边自然一眼扫到了那一行言简意赅的提示——四点，洲医院预约，是否现在前往？

杨跳跳用纸巾擦了擦嘴，有些尴尬地瞥了一眼湛佑。

他淡淡地收回目光，当作什么都没有看到。

杨跳跳关掉了激光提示字样，起身。

“我出一趟门。”

杨跳跳走了两步，又停下来解释了一下：“我去看医生。家里的安保系统做过设置，会自动过滤掉一些打扰。如果你……”

她还没说完，湛佑开口：“你坐地下室的那台汽车过去？”

杨跳跳一愣，随即反应过来，湛佑已经来家里一天多了，肯定知道了家里都放着什么电子智能设备，她点了点头。

“嗯，目的地设置好，我不用自己驾驶。”

湛佑垂下了眼眸，说得一板一眼：“发动机有些问题。我刚刚连通了它的主机程序，需要修理一下。”

杨跳跳满脸诧异：“你是说我的跑车吗……怎么会坏啊？两周前我才用过……”

那辆自动驾驶的车子是杨跳跳拿到第一笔广告推广费时做了按揭去买的。除了每两周去做一下心理治疗，深夜偶尔出去在无人的街道兜兜风，其他时间很少使用。

怎么说坏就坏了？

杨跳跳狐疑的目光飘过去。湛佑回道：“不是什么大问题，如果需要我可以做驾驶员。”

杨跳跳一愣：“你会开车？”

湛佑点头：“基本程序。”

杨跳跳咬了咬手指，AI 驾驶是没问题的，如果在路上遇到电子警察无非停下来让它检查一下程序的合规性。

可是，一想到自己和湛佑挤在小小的车子里……

湛佑似乎猜到了杨跳跳在想什么，直接给出了建议：“上了车以后，你可以待在后座，把隔板升起来，到了目的地我喊你。你全程看不到我，装作无人驾驶，如何？”

杨跳跳心想：你这个“机器人”还挺善解人意。

她又想起发哥那个咬牙切齿的威胁，有些悲哀地想道：如果真的需要自己带着男人走红毯，而她现在居然这点困难都不能克服，债务清空之日就彻底遥遥无期了。

没再做什么挣扎，杨跳跳点头上楼去换衣服。

湛佑在杨跳跳离开客厅的时候，在手表探出来的投影界面中输入一串信息，发了出去。

车子平稳地行驶在磁悬浮轨道上。

杨跳跳升起了隔板也切换了窗外的景色。

她喜欢丛林流水，把跃动的城市景色变成了大自然的鸟语花香后，就一路上放松着自己的大脑，提前进入治疗的平静心态中去。

湛佑的车子开得很稳，稳到杨跳跳甚至分不出来到底前排的驾驶室里有没有人在操作。

她认认真真地思考起带着湛佑出席宴会的可能性。

如果可以想办法屏蔽自己视野中的男人，全程减少与异性的接触，并且打通媒体的关系，找些女记者做专访，也不是什么大问题。

这么信马由缰地思考了一会儿，车子已经停在了洲医院的楼下。

这是坐落于市中心繁华地区的一座写字楼。

杨跳跳选择这一家医院的原因无非是可以为特殊病情的病人们提供 VIP 停车位，不需要接触任何人。VIP 电梯可以将病人直接带去预约的医生办公室门口。

全程零泄密，零打扰，当然价格也相当不客气。

杨跳跳做网红的这几年，大部分的积蓄都投在漫长的治疗之中。

心理治疗消耗了她的存款，同时收效甚微的治疗效果又透支了她的勇气。

治疗到第二年，她也分不清楚自己是已经如治疗师所说的“可以用平和客观的心态去面对得病这件事”，还是彻底咸鱼地接受了自己一辈子治不好的事实。

如两个人之间的约定，湛佑到了停车场的 VIP 席位依然没有开口说话，存在感完全是零。

反而是杨跳跳有些不好意思，敲了敲隔板：“我上去了。你就在这里等一下，两个小时。”

“一会儿见。”

湛佑的声音平稳地传来。

杨跳跳推开门，刷基因卡，进入了电梯里。

电梯在 L45-Z392 停住，坐在车子里的湛佑瞥了一眼电梯上的显示器，对着车子下达了语音口令：“现在去 ZIC 大厦 H4862 位。”

“是，定位成功，您的行程约为五分钟，请系好安全带。”

尚未关闭的自动驾驶以次音速的速度飞驰离开了洲医院的地下停车场。

与此同时，空无一人的 ZIC 大厦中，湛佑专属的电梯门打开。

小希握着湛佑给的特权卡刷开了总裁办公室的大门，抓紧时间按照湛佑的要求转移公司核心账目与客户信息档案。

电话响了起来，他扫了一眼是个陌生号码，直接关闭。

电话不懈地响着，小希有些不耐烦，停下了手头的事情。

“谁啊？”

“小希哥，是我，郁晴。”

小希耳郭微微发红，直起了身子：“哦，郁小姐……您……打电话找我有事儿？”

“嗯，有事儿。我车子坏了，抛锚在深田路路口这儿，维修公司的人说一个小时内赶过来……”

小希立刻耿直道：“深田路离我们公司不远！”

郁晴挑眉：“怎么，小希，你在公司里？”

小希：……

“嗯，在办公室。”

“湛佑也在？”

小希紧张地抬手看了一眼时间：“当然没有！湛总不是失踪了吗？我自己的东西落在办公室了，和朋友吃完饭顺路来拿一下，呵呵。”

他干笑了一下，电话那头的郁晴脸上露出了一丝冷笑，一时间没说话。

小希：“要不……我现在过来顺路接一下您？”

“好啊，劳驾了。”

郁晴笑着挂了电话。

三分钟后，湛佑的车子停在 ZIC 大厦底下。他动手，轻易地屏蔽了附近所有的摄像头，并且替换了一段常规监控进去。

洲医院的电梯是单面透明的，身处其中往上飞蹿时，杨跳跳可以看到停车场那辆黑色的跑车逐渐变成了一个小点。

直到她离开，那辆车依然稳稳地停泊在下面，等着自己……

从前的杨跳跳断然不会有这种小动作。

等她意识到电梯门开了有一会儿，而自己还没有往前迈一步时，有些狼狈地收回了视线。

湛佑应该会自己打发时间的吧。

电视上不是说，有些家用保姆机器人，主人不在家的时候，还会拉着吸尘机器人、园艺机器人以及美容机器人斗地主……

一想到湛佑那张风光霁月的脸专注地玩着纸牌，喊出一声声“王炸”“要不起”，杨跳跳就直想笑。

心理医生方悦已经等在了门口。

她看到走出电梯的杨跳跳嘴角竟然挂着一丝笑意，暗暗压制住了脸上的惊讶。

“跳跳来了。”

杨跳跳听到了方悦的声音，脸上的笑意还未散去，微微露着白牙，冲着她笑了笑：“嗯，来了。”

电梯门合上，电梯飞速地移开，整个空间变成了空旷无趣的白色，治疗室在走道的尽头。

看了那么多次医生，杨跳跳觉得今天自己的心态，算得上轻松。

常规的体征测试后，方悦随口问了问杨跳跳最近的饮食起居。这些问题杨跳跳熟稔得很，可是今天回答起来，有些磕磕绊绊。

方悦放下了记录的操控板，推了推脸上的眼镜，笑着等杨跳跳自己开口。

被方悦这么看着，杨跳跳有些不好意思。

“医生，我家最近是有了一些变化。”

“哦，什么变化？”

方悦笑着问道。

“嗯，我买了一台机器人，现在市面上比较少见的 AI。”

下面的话杨跳跳不知道该怎么启齿了。

对于杨跳跳这种慢热的人来说，让她把自己过去的心结全盘托出，方悦用了整整半年的时间。

而解开她的精神死结则看起来像是一个遥遥无期的任务。

杨跳跳一边坦诚着，一边抵抗退缩着。

可是这次不同。

方悦的心里甚至燃起了一丝希望，也许杨跳跳的治疗彻底成功就在眼前。

方悦微微调整了一下坐姿，并没有逼杨跳跳立刻交代来龙去脉，而是鼓励杨跳跳自己字斟句酌组织语言。

“……最开始，是业务需要，我只是找了网上长得最好看的……后来，我觉得，家里有这么一个东西存在，好像也不错。”

“多久？”

“两天。”

方悦动作一顿，转了转眼睛：“长得好看，有多好看？”

这个看似和治疗没有关联的问题让杨跳跳放松了下来，她用手点了点自己的下巴，看着天花板，想了想：“我家那个‘机器人’，长得足以秒杀电视里的任何当红明星。”

方悦失笑。

杨跳跳突然又想到了什么：“方医生，你从前说过，我不应该通过移情他物来抗拒与取代自己和异性交往的念头。那你说，我欣赏买回来的机器人，这算不算移情他物，逃避现实？”

ZIC 大厦设置了各种访问屏障，尤其是针对湛佑的。

湛启山纵横商场多年，除了自己的独生子，没人敢这么一次次忤逆他的意思。

他了解儿子的手段，着实找了不少搜索高手，在全市全省全国的范围撒网，试图在汪洋人海中捞出湛佑行踪的点滴痕迹。

可已经过去两天了，一无所获。

一气之下，湛启山下令关了 ZIC 的公司与工厂，动用了自己的力量切断了供应链截走了订单——湛佑一天不回来，公司一天不营业。

湛佑对这些早就有了心理准备。

在黑了中央监控系统以后，他没费多大劲就给自己重新搞了一个权限，畅通无阻地进了公司。

除了一些重要的模型数据需要从公司原始服务器里用多重口令解锁才能迁移之外，最关键的是新公司园区的设计模拟图。

这份图纸被湛佑存在了办公室隐蔽的保险柜里。

海量的数据正极速地往外导出，湛佑估摸着还有半小时才能结束，他在办公室里泡了一杯清茶，一边等待一边翻动着丢在他桌上还未批阅的文件。

缺席“人工智能创新模型大赛”的新闻被媒体多番渲染，现在已经成了证明湛佑“孤僻癫狂”科学怪人人设的佐证。而ZIC公司突然关门休业的风波，短短两天之内让ZIC蒸蒸日上的股票市值蒸发了近一个亿。

湛佑嘴角勾起嘲讽的冷笑，在湛启山心里，果然什么都比传宗接代重要。

湛佑翻看着文件，片刻后，目光落在了一张包装精致的邀请函上。

打开后，里头滑落了一张黑色卡片，烫金的字龙飞凤舞——我们诚邀湛佑先生莅临“爱博百年盛典”。

湛佑摩挲了一下下巴。

卡片邮寄出来的时间是在他缺席人工智能大赛之后，ZIC关门之前，想必庆典的主办方也是鬼精。

人工智能创新模型大赛没有让湛佑这个京辉市最年轻最神秘的企业家露面，“爱博百年盛典”就正好上赶着补缺。

不管湛佑来不来，都是一条绝佳的宣传新闻。

湛佑正准备把邀请函丢在一旁，底下一行手写的字引起了他的注意——

“湛先生如能出席‘爱博百年盛典’，我司愿意与ZIC集团进一步洽谈广告位免费投放及未来爱博人工智能展会赞助一事。”

修长的手指轻轻敲着桌面，几分钟后，湛佑把卡片收了起来。

离开京辉市以后，一切从头再来，他面临的压力可能远远大于第一次创业。

能保存的实力与资源，应该保存。

所有的数据都被复刻进了湛佑随身携带的存储器之中，他干净利落地做了扫尾工作，看了看时间，离杨跳跳的心理咨询结束时间还剩下半小时不到。

他给小希发了消息，正准备从电梯直接离开，二十米开外，总裁办公室的门倏然被打开。

从门外走进来的是一脸不耐烦的郁晴，以及紧赶慢赶拦着还是没有拦住她的小希。

“都说来你们公司坐一会儿！怎么，从前湛佑在的时候，你们拦着，今天没人也不让我来？”

郁晴推开了小希，不管不顾地往里走去。

小希冷汗都淌下来了一层。

三分钟前，小希就收到了湛佑的消息，此刻他深知湛佑大概率还没离开，可是自己的车早就被胡搅蛮缠的郁晴控制住。没等小希想出对策，郁晴就率先开车来了公司。

郁晴还是不相信湛佑就这么放着这么庞大的资产消失，非要自己来看个明白。

室内空无一人，郁晴一眼看到湛佑的办公桌前有一张纸像是刚从桌上飘落到了地上。

环形窗户是密闭的，哪儿来的空气流动。

郁晴狐疑地往里走去，小希紧张地咽了咽口水。

室内的陈设本来就很少，郁晴很容易地扫过了空荡荡的室内，目光落在一扇不起眼的门上。

那后头……似乎是休息室一类的地方。

郁晴信心满满地拔腿就要去推休息室的门。

小希一咬牙准备上前用自己的躯体去挡郁晴，这时候，室内响起了一串不易察觉的“嗡嗡嗡”声。

嗡嗡声在空旷的室内被放大了数倍，极容易被人捕捉。

是通信请求。

小希心一惊，在郁晴转身之前抢先看到被湛佑落在服务器接驳口处的表式微电脑。

而微电脑也连接着湛佑的私人电话。

想必是躲得急促，湛佑没时间断开连接，拿走重要的备份资源。

小希慌慌张张地把表攥在手里，可是误点了同意通话的按钮。

就在郁晴满脸狐疑地转过身来的瞬间，一张年轻漂亮的脸蛋投射在了空中——

画面中的杨跳跳似乎并不确认货箱上留下的号码可以联络到她失踪的“机器人”。

她瞪着未开通信视频页面的那一头，一头雾水：“湛佑在吗？你跑去哪儿了？”

杨跳跳蹲在墙角画着圈圈。

治疗第一次提前结束，下到停车场时，她发现自己的“机器人”卷走了自己的跑车。

啧啧，人生真是变幻莫测。

就在此刻，跑车如同一道闪电，在磁悬浮的轨道上一个漂亮的急转弯，半秒不到，停在了杨跳跳面前。

白色的灯光打在了她的脸上，她从墙角慢慢地站了起来，用手挡着眼睛。

车内的湛佑：……

得，就这一次“潜逃”，还被小姑娘抓了个正着。

他眯了眯眼，试图去看清楚杨跳跳此刻的表情，却只能看到她的小手挡着巴掌脸。

她不是哭了吧？

湛佑下了车，朝着杨跳跳走了过去。

“杨跳跳。”

灯光调暗，杨跳跳认出了被灯光勾勒的湛佑修长的轮廓。

她有些蒙。

湛佑站在她的面前，微微碰了碰她的手心，又很快撤回到了安全距离。

还好，手心是干燥的。

“你去哪儿了？”

被湛佑碰了一下掌心，哪怕只是短暂的一秒钟，杨跳跳也被激得起了一身鸡皮疙瘩。

她想到了方悦说的话，强行让自己镇定下来。

刚刚她给湛佑打了电话，谁知道电话那头传来了一段匪夷所思的对话——

男："湛佑现在不在！你暂时不要打过来了！"

女："谁啊？找阿佑的电话怎么打到了你这边？"

男："呵呵呵，客户，客户。"

女："给我看看。"

男："别了吧……"

在两人莫名其妙的你一言我一语之中，杨跳跳弱弱地开了口："那我的车子怎么办？"

对方果断地挂了电话。

杨跳跳当时就觉得自己怕不是遇到了什么侵入AI主机系统的盗车团伙。

湛佑对这样一个直白的问题略沉吟了一下："返厂维修。"

杨跳跳下巴差点惊掉，她一边围着湛佑转，一边颇为紧张地叨叨："是我用得太厉害了吗？完了，完了，要是修不好我的一百五十万岂不是打水漂了？"

湛佑：……

杨跳跳猛地顿住了脚步，直接戳了戳湛佑，又往后猛地退了一步，像是被烫到了一样。

为了掩盖刚刚那个"沙雕"行径，杨跳跳仰着脸，问得很虔诚："我听说很多机器一年内核心零部件包换，三年内所有零部件保修的，你不会返厂了一次就从里到外都被拆了吧！"

说这话时，杨跳跳还一脸怀疑他贞洁的模样。

湛佑强忍着吐槽她的欲望，轻叹了口气："只是日常检查，无碍。"

杨跳跳放下心来，又追问："多久一次？"

湛佑："不确定，下次被召回日常维护，我会提前告知你。"

杨跳跳长舒一口气，拍了拍胸口："没事，没事，我车子在就好。这车当了也能当个二十万呢，我可不能把它弄丢了。"

湛佑没忍住："你很缺钱？"

小希传送过来的那份资料他粗略地扫过，杨跳跳属于网红圈里的顶流。

就连她发的那些爱博，湛佑也简单地看了几眼。

言辞犀利，直击要点，观点很独特，在一群无病呻吟或者只知道带货的网红里，算是个肚子里有点墨水，特立独行的存在。

所以，无论杨跳跳说什么，有一大群死忠粉追捧，是被称为"表面蜜桃邻家女孩，内心麻辣情感教师"的存在。

这种流量级别的人物，不会缺钱才对。

而以湛佑对杨跳跳的观察，她的物质欲望可谓简单到有些朴实。

除了一辆跑车、一套房子，杨跳跳的日常消费需求不过是一日三餐和必要的行头置办。

杨跳跳的眼睛微微黯淡下去，她捶了捶自己的肩膀，上了车："哎，人类都是缺钱的，你这种'AI'自然不懂了。"

湛佑：……

直到车子开出去好长一段距离，反射弧有些长的杨跳跳才记起来自己应该盘问湛佑，刚刚听到的那段对话是怎么回事儿。

碍于车内的空间有限，杨跳跳缩在后座直犯困。

她脑子里动了这个念想，就昏昏沉沉地睡着了……

郁白从公司回来就看到郁晴在咬牙切齿地翻找着什么，絮絮叨叨显得十分焦灼。

"又怎么了？"郁白嗤笑，"你这个样子，对胎儿成长不好，知道吗？"

郁晴一愣，下意识地捂了一下小腹，脸上一闪而过一丝微妙复杂的感情，她嘀咕了一句谁也没听清楚的话，又继续专注地盯着屏幕看。

郁白若有所思地盯了郁晴一会儿，放下了外套，走了过去，微微蹙眉。

"这是在找下一季彩妆的代言人？"

郁晴面前的投屏上，无数张女人的脸切换得飞快。郁白挑眉，这不是公司的模特脸库吗？

那些花花绿绿的脸闪动得极快，郁晴眼睛眨也不眨地在搜索着。

“不是！”

郁晴暂停了一下，闭上眼深吸一口气，那个女人的脸庞再次浮现在了她脑海之中。

那个打电话来找湛佑的女人分明很年轻，有种清水出芙蓉的美丽，没什么攻击力，但是让人过目难忘。尤其是一双眼睛，里头跟缀着星子一样，有些怯怯的茫然的美感。

过目难忘……

郁晴是知名的彩妆设计师，经手的模特数以千计，每一个人的骨相特点、皮肤特征她都记得清清楚楚。

她见过这张脸。

可是究竟在哪儿见过呢……

郁白嘟囔了一声“发神经”便往书房的方向走去，准备继续处理一些公务，走了两步被郁晴叫住。

“那个小希，你最近有没有联系过？”

郁白略一踟蹰，摇头：“没有。”

郁晴满脸的狐疑：“可是我听小希的意思，他这阵子准备离开京辉市。”

郁白挑眉：“所以呢？”

郁晴“啪”的一声放下了操控板，瞪了一眼郁白：“小希于湛佑，像是卖了身的忠仆。湛佑是他的偶像也是毕生明灯，你说这个人会不会趁着湛佑现在孤立无援抛弃他另谋高就？”

郁白不置可否。

郁晴继续：“小希说离开京辉只有两种可能，一、湛佑也去了外地，二、湛佑可能要在其他城市东山再起，这样彻底离开湛老的势力范围。而这两个选项本身也并不冲突。”

郁白伸手，凑过去摸了摸郁晴的脑袋，点头：“我觉得你已经为爱痴狂，失了心智。”

郁晴不客气地狠狠一巴掌拍在了郁白的手背上，怒道：“如果让我发现自己的亲哥哥帮着湛佑躲起来，我第一件事情就去告诉你的白月光蓉蓉你背着她干过的蠢事！”

郁白的眼睛里闪过一丝阴鸷。

不过那阴影消失得很快。

他顿住了转身的脚步，又扭过头来，盯着郁晴：“你知道我和湛佑的区别是什么吗？”

郁晴没吭声。

“他懒得和女人纠缠，我，不怕和女人纠缠。”

郁晴：“……”

郁白丢了一沓资料投影到了郁晴正在看的私人电脑上。

“下个季度的代言人，这里有三个选项。好不容易回一次国，干点正事！”

说是楚越的“学徒”，但每个人都知道橘影不过是楚越的跟班与喽啰。

楚越的办公室外有两层玻璃，她站在天台讲着电话。

橘影扫了一眼她桌上的文件，一张褐色的木质卡片刚刚被电子管家送到。她伸手轻轻摊平那张卡片——

彩妆品牌 YU 的品牌洽谈邀请函。

橘影凝视着楚越的背影，悄悄地藏起了那张卡片。

楚越打完电话回到了办公室，就看到了桌上放着刚榨的蔓越莓混合果汁，她微微蹙了眉头。

橘影立刻凑了上来，一脸小心地赔笑：“越姐，我今天能不能早点下班？”

楚越觉得莫名其妙：“我一不是你上司，二不是给你发工资的 HR，你跟我打什么招呼？”

她还抬了抬下巴，指了指门的方向：“要走就走，以后都不用跟我说。”

楚越的肤色本就是充满了野性的蜜色调调，挺巧的鼻子有种让人无法忽视的锐意，这么说话很难让人听不出夹枪带棒的意思。

橘影尴尬地笑了笑，说了一声“明天见”，便转身离开。

一出公司的大门，橘影脸上的笑容被冷意所取代。

一辆出租车停在了她的面前，橘影捏着自己的包爬进了车里。车子在无声之中往城市的主干道驶去。

前面开车的机器人微微侧过脸，用僵硬的机械音问道：“小姐，请问要去哪里？”

橘影从包里掏出了操控板，点了点——那上面，从发哥电脑里拷出来的杨跳跳的地址浮现在了空中……

对每次治疗都会消耗大量体力这件事，杨跳跳已经习以为常。在回家的路上，她入睡得飞快。

车子在车库停稳，湛佑下车拉开了后座的门，杨跳跳歪着头正在打瞌睡。

“杨跳跳，到家了。”

听到了男人的召唤，杨跳跳猛地从睡梦中醒过来，一双眼睛瞪得滴溜圆，无辜之中带着一点惊吓。

湛佑：……

这个女人，前一刻不还在委屈巴巴地蹲地上画圈圈，下一秒说睡就睡，真可以。

“呵呵，这就到了……好快。”

“如果你喜欢在车上睡觉，我不介意陪着您。”

杨跳跳拼命地摆手：“不了，不了，我这就上楼去睡！”

她红了脸，低下头下了车。

湛佑给她让出了上楼的通道，杨跳跳丢了一句“吃晚饭不用叫我！”，便径直冲上了卧室。

湛佑的目光追随着杨跳跳的身影，直到她消失在了粉色的金属门后，才缓缓收回视线。

杨跳跳把一份检验报告落在了车后座，此刻正好被他捏在了手上。

Androphobia，异性社交恐惧症，评估等级——六级。

六级是什么级别……是可以胆大到伸手戳一下自己胸膛的程度了吗？

湛佑随意挑出了几篇国际心理医学前沿学术杂志内的相关内容，一目十行地扫了扫，目光落在最后一行字上——

异性社交恐惧症的成因复杂多样，而对应个体病例的治疗手法也要因人而异，国际与国内学术界暂时没有立竿见影的治疗方法……让患者真正痊愈需要漫长的心理诱导与纾解过程，并辅以药物……

静默地立了会儿，湛佑重新把那份报告塞回了杨跳跳的包里。

他转头坐在沙发上，拿出微电脑开始工作。

郁白的注资与杨跳跳的订单解决了湛佑的燃眉之急。

冲破老爷子的经济封锁之后，他做的第一件事就是把虚拟服务器连同ZIC珍贵的模型数据打包加密；接下来则需要小希尽快在江城重新注册公司，选择合适的实验基地；第三则是在恰当的契机连人带物，神不知鬼不觉地离开京辉。

电脑的冷光洒在男人棱角分明的脸上。

他面前的屏幕上，数字矩阵以极快的速度滚动着，修长的手指翻飞在激光键盘上，一行行代码如同被狂风卷起的沙粒精准地落入程序的空白之中……

在短短的几分钟内，一个有着全新身份的男人被湛佑在虚拟世界里创造了出来。

他拥有全新的学历、国籍、职业、财产与……外貌。

最后一个字符录入，这个叫“乔同”的男人，成为一名合法入境，寻找投资机会的神秘归国华侨。

湛佑的脸上浮起一丝满意的笑容。

空旷的客厅里响起了“嗡嗡嗡”的声响。

湛佑停止了手头的工作，瞥了一眼来电显示——是小希。

他把程序折叠，展开了对话框。

“湛总！您没事儿吧？”

小希一脸惊魂未定，额头上还挂着几滴汗水。

甩掉郁晴比甩掉如来佛祖还要困难，幸好那个叫杨跳跳的女孩打来了电话，郁晴的注意力才在关键时刻被转移，否则她第一目标绝对是湛佑藏身的休息室。

湛佑冷冷地望着小希，没有回应。

小希：“抱歉，湛总！我真的不知道郁小姐惦记着来公司找您……”

他挠了挠头，更正："我下次一定引以为戒！看到郁晴绕道走！"

湛佑挪开了视线，点开了分屏幕，继续之前的工作。

小希干笑着补充："不过，我这次和郁晴接触，也不是完全没有收获。"

他故作神秘地顿了顿，湛佑的手指没有一秒钟的停顿。

小希："咳咳，一方面，郁公子这次确确实实偏帮着您，家里人一概不知他回国的真正目的是帮您挡住老爷子的眼线，都以为他不过是回来参加几个比较重要的商业活动。"

"继续。"

湛佑连眼睛都没眨，他当然知道郁白是可以信赖的。

"还有就是……郁晴小姐实在不像是个孕妇啊！我拦着她不让她进公司的时候，她对我又抓又挠的！力气比谁都要大！"

小希委屈地揉了揉自己的胳膊："像只母老虎……"

"把这个拿去，找机会植入郁晴的手机或者电脑里。"

湛佑发了一个文件过去。

小希点开一看——这是一个全面监控人体生理数据的程序，只要塞进郁晴随身物品中，分分钟就可以勘测出她到底有没有怀孕。

小希把文件存了下来，紧接着有些狐疑："可是总裁……如果这件事完全和您没有关系，您去跟老爷子解释一下不是更好？"

湛佑嘴角勾起讽刺的微笑："你知道谎言什么时候比真相更受欢迎吗？"

小希摇头。

"人们更愿意看到谎言成真的时候。"

杨跳跳发现了一件很奇怪的事。

在回来的路上，车内的空间有限，她却睡得安稳。可是到了家，睡在舒适的大床上，她反而辗转难眠了起来。

她迷迷糊糊地在床上待了会儿，电子管家传来了前门的动静。

一段监控视频展开，杨跳跳揉揉眼睛坐了起来，看到一个女孩站在自家门外，一边按动门铃，一边时不时地往院子里张望。

是橘影。

“是否开门？”

安保系统跳出这样一句询问。

杨跳跳沉吟了几秒，选择了否。

她随便套上一件衣服，点开了视频通话。

橘影一抬头便看到杨跳跳的头像，脸上立刻绽放出了如在公司里一模一样的笑容来。

杨跳跳凝视着那张笑脸，说不上来是喜欢还是排斥。

“橘影？你怎么会有我家的地址？”

橘影完全没有想要正面回答杨跳跳的问题：“前辈您好啊。您在休息吗？我是不是打扰了？”

杨跳跳吸了吸鼻子，配上那条有些不修边幅的家居裙，显得有些憔悴。

“哦，嗯，感冒了。所以我就不请你来家里坐一坐了，小心传染。”

橘影脸上的笑容有半秒的凝滞，转瞬就又恢复了自然。

她从包里掏出了那张从楚越桌上随手顺走的邀请函，有些邀功似的晃了晃。

“没事，我是特意来给您送邀请函的！是郁氏化妆品集团的秋日晚宴，楚越姐和您都收到了……”

杨跳跳皱眉：“我的电子管家上午已经跑过一趟公司了，它没有见过邀请函。再者这种事儿，发哥也没在私下里和我提起过。”

橘影面不改色：“兴许发哥是忙忘了。我看到您的电子管家走了，所以下班就过来送一下，反正也是顺路。”

杨跳跳凝视着那张脸，天真无邪的笑容，确实很容易让人放下心防。

她懒懒地点点头：“好的。你放在门口信箱里，系统会直接送到我的客厅。”

橘影咽了咽口水，看了一眼在三十米之遥的客厅窗户，那里似乎隐约晃动着一个男人的身影。

她收敛了眼神里的冷光，笑着点了点头。

“行。”

杨跳跳不是什么初出茅庐的新人，对这一套背后的意思清楚得很。

她与橘影客套了两句，突然切换了话题。

“邀请函一般要带一个人出去的，你是跟着楚越去吗？”

这种化妆品大公司组织的活动，请美妆博主才更为合情合理，更何况楚越不单单是风头无二的美妆师，更是橘影这个新人名义上的师父。

果然这个问题正中橘影的下怀，她抬起头，一脸楚楚可怜。

“跳跳姐，楚越姐说可能档期调不开了，所以就不准备去了。您看，如果您去的话，能不能带着我……”

方才吞了那封邀请函的口子突然打开，原原本本地把邀请函吐了出来。

橘影一脸诧异。

杨跳跳笑：“那这样，其实你大可以一个人去的。”

橘影离开了，东西自然也退了回去。

杨跳跳对这种专业范围以外的东西毫无兴趣，更没有蠢到从楚越眼皮子底下，把对方带的新人拉拢到自己的阵营里。

两个人寒暄一阵子，橘影灰溜溜地离开了。

被橘影这么一闹，杨跳跳彻底没了睡意，她坐起来回了十几封粉丝的来信，又想到了橘影，顺手查了一下郁氏化妆品最近的品牌公关活动。

杨跳跳心里的疑窦越来越重，她隐约记得，楚越似乎是整个公司唯一一个收到邀请函的人。

她唤醒了电子管家，把刚刚那个信件从系统里扫描了出来，正准备自己想办法鉴别真假，突然想到了湛佑。

不知道他现在在做什么？杨跳跳抿抿嘴，捏着那张纸片就下了楼。

她刚刚推开房门就听到了楼下传来轻微“咚咚咚”的声音。

杨跳跳脚步略微停顿，越往下走，那声音越是清晰，其中还混合着男人微微喘气的声音。

杨跳跳：……

旋梯尽头，杨跳跳蹑手蹑脚地探头望去：客厅一角，那台被她买回来就闲置的跑步机上，湛佑正光着上半身在……跑步。

他的速度极快，修长有力的腿宛如奔腾的猎豹。

黑色的头发湿漉漉地落在额间，上半身的肌肉相当分明，马甲线、六块腹肌清晰可见。因为核心强大，跑步的时候，他轻松得如同在散步，上半身稳健到他居然一边跑步，一边在看书。

每跑十秒左右，他就迅速将书页翻到下一页，一目十行，轻松自如。

杨跳跳揉了揉眼睛，又揉了揉眼睛，像个傻子一样杵在原地不知道该走还是该留，隐隐约约感觉腿软。

要说这是机器人，做得也太逼真了吧！

杨跳跳连男人的手都没有拉过，眼前骤然出现这么顶级的一具肉体……这谁扛得住？

猝不及防地，湛佑双腿一迈，踩在飞速转动的履带两边，稳住了身子，他低低地喘了喘，同时眯眼看了过来，直勾勾地扫向杨跳跳站立的地方。

那双眼睛幽冷无光，正如一具没有感情的机器人一样。

杨跳跳很不争气地一屁股坐在了楼梯上。

湛佑按停了跑步机，挥挥手打开了客厅里最亮的一盏灯，试图营造出安全光明的环境。

几秒后，他看到杨跳跳还是目瞪口呆地坐在地上，有些无奈，一边擦着汗，一边走了过来，不紧不慢地在杨跳跳身边站住。

“自己可以起来吗？”

“可以，可以……”杨跳跳慌慌张张地站起来，好像被抓包的是她，而不是一个人默默练习慢跑的……“机器人”。

“打扰你睡觉了？抱歉。”湛佑平静地道歉。

“不……我只是随便打个盹。”

杨跳跳慌乱地咽了咽口水，正好目光落在湛佑的上身，那咽口水的动作立刻变了味——

变得十分猥琐下流。

“我的身体是最新的仿生材料做的，如果不适当运动保持弹性，分子材料会老化。毛孔微表层里也有些存水，可以让我保持与人类类似的皮肤湿度与手感。”

湛佑如是说道。

杨跳跳慌乱地点着头，一句都没听进去。

这大概是她这辈子所能见到的最好看、最完美的男人身体了吧。

也是，正常的男人怎么会有这种刀刻一样精致的身体曲线呢……

杨跳跳红着脸结结巴巴地解释：“我，只不过想请你看一个东西……不知道你还会锻炼……”

杨跳跳把电子管家打印出来的，刚刚橘影带来的邀请函的扫描件递给了湛佑。

“刚刚有人来过……”杨跳跳解释。

“我知道。我透过监控看到了，是你的同事。”

湛佑说这话时，用的是笃定的口吻。

杨跳跳有些意外，但是转念一想，也并不奇怪。

AI 过目不忘，恐怕橘影那张脸一出现，他就通过扫描定位人脸库，查到了她的身份。

幸好，湛佑没有去开门。对这一点杨跳跳很满意。

扫描件落到了湛佑的手里，他的呼吸已经恢复成了最正常的频率。

他的眉头忍不住微微跳了跳：郁氏。

“你同事过来，就是为了送这个？”

杨跳跳点头，一脸忍不住吐槽的模样：“很奇怪对不对？彩妆是楚越和橘影的范畴，为什么要把邀请函送到我这里来！我又不会做美妆师，给他们推广产品受众哪有直接找楚越那么精准。”

湛佑的瞳孔深处变幻莫测，脸上却温温淡淡。没等杨跳跳再开口，他把扫描件丢了回去，语气十分笃定：“假的。”

杨跳跳惊得下巴都快掉下来：“哦，啊？你确定吗？”

湛佑挑眉，意思很明显：不相信你问我做什么。

杨跳跳悻悻地把那扫描件丢在垃圾桶里，表情有些气恼：“还好我没有上当，我就说，楚越带出来的人怎么会那么好心。”

杨跳跳正准备上楼质问楚越，像是突然想到了什么，又停住了脚步。

湛佑站在原地，像是在等待她的命令，脸上平静得完全没有“跑步”被抓包的自觉，甚至和刚刚在跑步机上“策马奔腾”的男人完全是两个截然不同的存在。

“湛佑，你还会什么呀？”

湛佑那张美得人神共愤的脸缓缓转向了杨跳跳，张嘴轻轻吐字：“什么都会。”

“唔……”杨跳跳眼珠子转了转，“会念诗吗？骆宾王的《咏鹅》？”

一秒后，湛佑忍不住吐槽：“你不能找个难度高点儿的？”

汉语言文学专业出身的杨跳跳感觉权威受到了挑战，还是被一具“机器人”，更可恶的是，那张脸上的讽刺居然活灵活现。

“喂！我总要试试你的水吧，从简单到复杂是个缓慢的过程！”

“行。”湛佑没什么偶像包袱，脸上立刻恢复了波澜不惊，“鹅鹅鹅，曲项向天歌。白毛浮绿水，红掌拨清波。”

好听。

杨跳跳舔舔嘴唇，这普通话的水准怎么着也是个播音主持级，还更细腻柔和，让人听了如沐春风啊……

“会跳舞吗？”

湛佑：“会。”

“会什么？”

“华尔兹，维也纳，布鲁斯，探戈……”

杨跳跳一阵郁闷，她一个都不会。

她做了个停止的手势：“会蹦野迪吗？”

湛佑沉默了。

杨跳跳起身眨眨眼：“这么一下就死机了？”

“抱歉，暂时没有植入蹦野迪的功能。”

“想必你肯定也不会二人转了。”杨跳跳点头表示理解。

这一次，湛佑沉默得更久。

在杨跳跳上楼之前，他听到女孩丢下了一句：“决定了！就你陪我去‘爱博百年盛典’了！”

楚越详细地把今晚直播要推的口红色号以及搭配的眼影做了分类，密密麻麻的笔记和台本写了足足三四页。

这些品牌方是她精心筛选过的，产品也经过了稳定的试用期，和楚越八字十分契合，这才被她放心地加入了直播推广名录之中。

楚越名声大噪的时间，正好是全国化妆品大洗牌的时期。

不少曾经红红火火的网红因为推广产品的质量卫生问题跌入了谷底，而眼尖的网友发现，楚越推荐的那一些，无一遭殃。

猜不透楚越是后台太强还是眼光毒辣，再辅以楚越直播从来不说废话，风风火火开干，漂漂亮亮化妆的风格，楚越在美妆博主里，一跃从二十名腾飞到了前三。

半年以后，稳居第一。

还有半个小时直播开始，楚越准备蒸脸、敷面膜再上个底妆开始营业，此刻杨跳跳的电话打了进来。

楚越只当自己眼花看走眼，那来电显示坚持不懈地在她面前晃动了一分钟，她才伸手接通。

对面的杨跳跳已经有些不耐烦了。

楚越当下也没有好脸色，两个人大眼瞪小眼地沉默了几秒。

“干吗？”

“这么慢。”

两个人同时开了口。

两人均是一愣，心里没由来地觉得好笑，又在彼此带着些许敌意防备的眼里硬生生地把笑意压了下来。

“有何贵干？”

楚越换上了讽刺意味十足的词语。

杨跳跳心头一把小火苗“噌噌噌”地烧起来，也没好气起来：“管好你的人，不要到我面前搬弄。”

楚越一脸莫名其妙，去拿面膜的手停在半空：“杨跳跳你是不是血口喷人惯了？别以为我说不过你就可以任由你往我身上泼脏水！”

她撸撸袖子，露出了一段花臂。

杨跳跳眉头一挑："怕你啊，你全身文得跟座山雕一样我要是说一个怕字我跟你姓楚！"

看到杨跳跳要关对话框，楚越急了："你把话说清楚！"

杨跳跳懒得解释，直接把那张扫描件丢了过去，结束了视频电话。

第四章
他…… 入戏了

“YU时尚晚宴”的事情只是一段插曲，杨跳跳很快把这件事抛在了脑后。

她并没有料想到，这件事竟然成了她和楚越关系“破冰”的转折点。

在接下来的几次直播里，楚越在处理完了本职工作以后，总是轻飘飘好似不经意地为杨跳跳的新书和综艺节目打call。

此举被不少人认为是“琼湾一姐”之争的两人关系缓和的信号。

接下来几天，只要楚越或者杨跳跳谁上了热搜，另外一个一定是与有荣焉地跟着蹭了蹭热度。

发哥乐见其成，大手一挥，给两个人弄了个捆绑姐妹套餐。琼湾跟着这两人的流量，股价都水涨船高了不少。

就连外冷内热的杨跳跳也觉得，不管楚越是出于歉疚补偿，还是真情实感地想要和自己修好，眼下双赢的营销策略也不差。

整个公司人人欢天喜地。

除了橘影。

在橘影第三次明示楚越带自己未遂后，她跑去了发哥那里告状。

发哥是个人精，早就清楚楚越不肯带橘影的原因是橘影太过功利，和楚越“深耕细作，爱惜羽毛”的理念完全是两条路子。

他嘴上打着哈哈把橘影请出了办公室。

橘影气呼呼地刚刚离开，正好就撞上了楚越。与橘影撞了个对脸，楚越当下就没了好脸色。

橘影一脸楚楚可怜地伸手想要拽一把楚越的袖口却被后者让开：“楚越姐……”

楚越冷若冰霜：“刚刚打完小报告，眼下就卖惨，你别做美妆了，你去做变脸吧。”

橘影：“……”

橘影急着申辩，楚越并不给她机会。

“去杨跳跳那里挑拨我们俩关系的人是你，把我的邀请函给她的人是你，差点搞黄我代言试图鸠占鹊巢的人也是你吧？”

一串质问如连珠炮似的，橘影脸都垮了。

楚越高傲地挑眉：“我不喜欢谁也轮不到你来指手画脚从中作梗。你那点渔翁得利的心思都写在脸上了，也不能怪杨跳跳和我都容不得你。”

楚越扭头就走，橘影站在原地。

黑色的大理石地砖倒映出了橘影的身影，她攥着拳头，绷着脸，独自静默地立了许久……

签约仪式的当天，郁白带着郁晴亲自去了一趟琼湾文化。

发哥花大价钱举办了一场高规格的商务酒宴款待楚越的“新金主爸爸”。

除了深居简出的杨跳跳，发哥旗下的艺人、网红，连同公司其他拿得出手的培养对象，统统到场。

传闻郁氏集团的当家人是郁家兄妹俩，哥哥是做品牌公关营销起家，是个人精，而妹妹则是年纪轻轻就专利拿到手软的特级彩妆研发专家。

这次兄妹俩一起出席，可谓是圈内大新闻。

楚越近日来风头无二，一身剪裁合身的黑色西装出席活动。在一群花枝招展的网红中凌厉得如同一道闪电。

正是这种干练的衣着，反而大幅度地衬托出了脸上妆容的多变与可塑性。

商业酒会授权了直播。

在镜头前，楚越于觥筹交错之中迅速地用彩妆工具变换着脸上的妆效，不留痕迹又让人叹为观止。

郁晴是个身经百战的彩妆师，看了也是赞不绝口。

她有理由相信，这个能 PK 掉两个当红流量明星的姑娘，绝对有能力帮助 YU 打开市场。

不远处，郁白坐在人群中央，一边应付着各种前来讨好接近的人，一边目光落在楚越身上。

这就是湛佑强力推荐的彩妆师？

当时市场部的人把三个候选人名单递给郁白的时候，他可是最先就认定楚越是可能性最小的代言人，最后却还是在湛佑的“压迫”下，选择了这么一号人……

这个科学怪人什么时候关心起彩妆圈的事情来了？

联系上湛佑现在成谜的行踪，郁白对眼前的女人越发好奇，他决定亲自上阵自己谈一谈。

他扬起富贵公子最让人难以抗拒的和煦笑容，端着酒杯款款上前，在楚越一米开外处站定。

“楚小姐，合作愉快。可否借一步说话？”

楚越刚刚完成今日变妆的最后一个项目，把珠光眼影丢进了随身携带的盒子里，头都没有抬，甚至连“金主爸爸”的脸都没有好好看一眼。

“不借。”

发哥看着一片和乐融融的景象，心里一边乐开了花，一边惋惜那个油盐不进的杨跳跳不肯露面又错失认识大佬的机会。

他大手一挥，让大屏幕上滚动播放公司的宣传片。

这片子是公司找著名导演拍的，虽然只有短短几分钟，但是把公司旗下大小红人这几年来突飞猛进的成长和成绩展露得淋漓尽致。

现场不少人的注意力都被巨大的投屏吸引。

就在此刻，杨跳跳那张精致的脸蛋从屏幕上一闪而过。

发哥注意到郁家两兄妹也注意到了杨跳跳，尤其是郁晴，那双眸子像是锁死在了屏幕上一样……

他颇为得意地想，自己给杨跳跳接下了一个都市剧，如果杨跳跳肯出演，说不定还能从郁氏捞一些赞助……

人群之外，被众人孤立的橘影无人问津，脸色越发难看。

整个公司近日流言蜚语不断，说的无非是橘影被楚越与发哥当作了“弃子”，以后永无出头之日了。

橘影深知，出头之日这种东西，是靠自己博来的。

她的视线一直停留在郁家两兄妹身上。

郁晴在看到杨跳跳之后，整个人的表情和气场都发生了改变。

橘影扫了一眼大屏幕，随手抓了一碟小点心，举着酒杯，施施然地朝着郁晴走去。

郁晴回头，看到一个娃娃脸的女孩站在自己的身后，脸上挂着殷切热情，与无害的笑容。

“郁小姐也认识我们公司一姐杨跳跳吗？”

杨跳跳时间紧促。

她在墙上挂了一个纸质的日历，清楚地标注了湛佑来自己家的日期和退货的日期。

湛佑来她家已经四天了。

剩下十一天不到的时间内，她需要把这台“AI”用到极致。

除了约定好的，时长为一周的综艺跟拍计划、出席“爱博百年盛典”，眼下她最迫切要做的事就是储存大量的，她恋爱的素材。

这些素材会在以后，根据杨跳跳的商业营销需求，一点一点配合她的宣传造势被放出去。

用完午餐，杨跳跳把自己关书房里将细化的剧情台本拿出来，密密麻麻地铺了整整一张桌子。

湛佑硬生生地愣了愣。

女孩的字很好看。

这年头在纸上写东西的人实在是少之又少，像杨跳跳这种认认真真一个字一个字地写下来，还把两个人的台词、走位、场景切换用不同颜色的水笔勾勒下来的，实在是……稀缺动物。

除了台本之外，杨跳跳还详细地制定了自己与湛佑的作息计划。

最早的比如“双人晨练”脚本，早到凌晨五点，而诸如“午夜熬汤”“午夜剧场”等项目则直达凌晨三点。

这中间还穿插了杨跳跳的日常直播、单人 Vlog、广告推广和公司日常事务处理。

湛佑扫了一眼，在密密麻麻的数字里捕捉到了杨跳跳给自己留的休息时间——吃饭十分钟，睡觉三小时。

湛佑：“……”

他记得诊断书上写了，杨跳跳需要静养，需要充足的睡眠与休息时间，甚至需要大量的冥想去对抗潜在的心理疾病。

这个日常行程，连让人喘口气的时间都没有，谈何休养治疗？

另外一边，杨跳跳正为眼前这份完美计划忍不住为自己点赞。

“我们抓紧时间！”

杨跳跳把计划给湛佑后，抓着小毯子就踟蹰地站在他身边。

湛佑一脸莫名：“抓紧时间做什么？”

一个小姑娘，突然一脸急切地站在男人面前，手里还攥着小毯子，实在是让人很难不去胡思乱想什么。

杨跳跳戳了戳桌面上的 Vlog 脚本 1.01——午后打盹，脸上带着一脸的天真无邪：“你现在躺沙发上去，睡觉，我来给你盖毯子。”

湛佑：“……”

AI 是不能反抗主人的命令的。

三秒后，湛佑拖着沉重的身体，往沙发走去。

他的身后，杨跳跳像是一只忙碌的小兔子，一会儿去调整打光机的方向，一会儿去更换花瓶里的鲜花。

湛佑忍不住发问：“你没有雇一两个助理？”

杨跳跳蹲下来，把沙发上的软垫拍了拍重新放置好，摇头：“不用，能省则省。”

一切准备妥当，湛佑躺了下来。

根据脚本，他是在沙发上看书后，打盹睡着的。

午后的阳光极好，那本书正巧遮住了湛佑的大部分脸，只留下漂亮的眉峰与下巴，骨节分明的手扣着那本书，慵懒随意。

男人衬衫领口下微微露出一段锁骨。杨跳跳用语音控制着机器跟着自己的视线走位。

下一秒，她一个紧张，把毯子整个盖在了湛佑的头上。

毯子上带着一点杨跳跳的体温与阳光的味道，还飘着若有似无的她喜欢的香薰的气息。

湛佑被毯子遮了个彻头彻尾，嘴角却悄悄扬起一个弧度。

杨跳跳轻呼一声，七手八脚地扒开毯子。毯子落到了湛佑的鼻尖下，露出了他半张脸。

湛佑睁开眼，目光清明地望着她。

他除了头发略微有些凌乱，一切还是帅得完美。

“抱歉，抱歉。”

杨跳跳一脸歉疚，暗骂自己笨手笨脚。

她准备删除那一段，刚刚倒退了几步，手腕被湛佑轻轻攥住，很快他又慢慢松开，只是做出虚扣着的动作。

镜头之中，湛佑一副初醒后眷恋着不让恋人离开的样子。

男人的脸被金灿灿的阳光铺上了一层暖色调，瞳孔浸染成了最温和的浅色，看着杨跳跳的时候，似笑非笑。

“你来了。”

他嗓音微微沙哑，轻轻咧嘴，一如刚刚睡醒的样子。

杨跳跳的心跳骤然暂停了两秒。

他……入戏了。

顺着湛佑的意思往下走，剧情是杨跳跳想要给爱人盖毯子无意中却惊醒了他。他伸手，挽留了她离开的步伐。

温暖的空气流动在两个人中间，整个客厅的氛围都变得温柔而富有人情味。

杨跳跳艰难地咽了咽口水，两个人的皮肤并没有实质性的接触，可是灼人的体温还是清清楚楚地传到了她的皮肤上。

“渴吗？”

杨跳跳开口，说着预先设置好的话，头皮一阵阵发麻。

“不渴。”

“已经下午三点了。”

“还不是上午被你闹腾得太厉害。”

男人失笑，眼角眉梢都是宠溺。

杨跳跳全身的血都往一处涌去，艰难地从湛佑的脸上移开视线。

这个“机器人”，真的意识不到此刻的自己有多能撩吗？

杨跳跳暗暗叹气：如果湛佑是真的男人，怕是地球上没有他撩不到手的女人吧。

一种莫名其妙酸酸的感觉悄然而生。

室内安静了下来。

在湛佑的注视里，杨跳跳觉得自己五官的敏锐度都在无限放大。

她甚至听得到别墅外蓝天下飞过的小鸟怎样扑扇着翅膀，听到花房里的蝴蝶怎么从绣球跳跃到洋牡丹上，听到家里那些智能电器里细细碎碎的电流通过线路，听到湛佑胸膛里的心跳……

杨跳跳觉得自己肯定是在高压之下出现了幻觉。

“卡——”

她抽出了手腕，转过身去喊了停，又很多此一举地关掉了机器。耳朵烫得仿佛下一秒就要烧起来。

湛佑在她身后坐直了身体。

“刚刚那段怎么样，不回播看一下？”

他的声音恢复了理智与平静，前一刻爱人式的缱绻已经消失不见了。湛佑又恢复了一副没有感情的 AI 应该有的样子。

杨跳跳深吸一口气，缓缓平复着过快的心跳，转过身来：“应该不错，不用重来。我……我去楼上剪一下，然后在直播前上传。”

湛佑伸手，拦住了她。

“我会剪视频，你现在需要休息一下。”

因为长期服用抗压的药物，杨跳跳每天都需要午睡。

忙了一上午，她眼底已经有了一些倦意，身上也因为刚刚一番折腾出了一层冷汗，额角的黑发有些湿漉漉，全都粘在额头上。

“哦，好吧……多谢。”

AI 修片剪辑应该远远好过自己。

杨跳跳伸手擦了擦额头的冷汗，把片子交给了湛佑，交代了一些要点，准备上楼洗个澡打个盹。

就在此刻，院子前门处传来了震耳欲聋的砸门声。

杨跳跳的房门前鲜有人路过，这样攻击力极强的声音，把她吓了一大跳。

电子管家迅速导出了前门的监控——别墅的正门口，不知道什么时候停了一辆中包车。

车子是黑色的，没有其他标识。车子前十几个穿着黑衣的男人气势汹汹地围在门口，大声喧嚣着。

“杨琪！给我滚出来！”

男人们的拳头砸在铁门的电子屏幕上，那里迅速凹下去，电路暴露，连同室内的影像也立刻变得模糊不清。

电子门立刻发出了报警提示。那些人却不依不饶，活脱脱像是黑社会团伙上门来打砸抢。

“杨琪是谁？”

湛佑皱着眉头问道。

杨跳跳咬了咬嘴唇，没有回答他的提问。

湛佑默了默，想到了小希调查出来的杨跳跳的背景资料。

损坏的前门很快连通了电子警察网络，杨跳跳同时通知了小区的物业保安，电话那头电子巡逻员应允很快就过来查看。

前门并不是固若金汤，此刻在那几个男人拳头的重击下发出了让人不安的嘎吱声。

屋内一片死寂。

杨跳跳心慌地捂住了胸口，生怕下一秒那些人就砸碎了门，冲进来掐死自己。她自然也不会蠢到出去迎敌，何况对方是十几个陌生男人。

眼前一个身影一闪，湛佑丢下一句“待着别动”便迈步跑了出去。

“哎哎哎！你别……”

湛佑跑得如同一阵风，转眼就冲出了庭院，杨跳跳尚未说完的话硬生生地噎在嗓子眼里。

她急得攥紧了拳头——门砸坏没关系，可是湛佑不能坏啊！

这具“AI”从头到尾每一个毛细孔都金贵，怎么能和那群不速之客肉搏，砸坏了可怎么办？

此时此刻，对湛佑的担心换算成了大大小小的金钱单位在杨跳跳头顶盘旋着。

转眼间，湛佑就已经冲到了前门，黑衣人蜂拥而上。

杨跳跳在家里根本看不清楚战况如何，只能听到两方对抗发出的隐隐约约的叫喊声。

杨跳跳焦虑地等了好一阵子，门口传来了电子保安的声音。

“杨小姐您在家吗，可以出来看一下吗？”

不知道是不是杨跳跳的错觉，那电子音里带着些许颤抖与敬畏。

庭院门口空荡荡的，下一秒，湛佑闪身走了进来。他的衬衣袖子卷了上去，领口微露，除此以外，和离开时没有任何差别。

杨跳跳的目光最先落在了他的脸上，紧接着是锁骨上，最后落在了他结实的胳膊和青筋分明的手上——幸好幸好，没有任何磨损或者凹陷的痕迹。

看到杨跳跳，湛佑往外指了指：“没有男人在外面了，放心去看。”

杨跳跳小心翼翼地探头往外看了看——最后一个黑衣男人被电子警察羁押带走。

那个小机器人松开了男人，关上了运押车的后门，转头看向杨跳跳。

“抱歉杨小姐，让您受到了惊扰。我们现在就把这群闹事者带去分局调查处理，您需要和我们走一趟。”

杨跳跳实力抗拒，摆手：“我不去。”

电子警察有些为难，这些是高利贷公司的打手，追债恐吓威胁债务人是他们的职责。这次他们前来砸门，显然是冲着杨跳跳本人来的。

而湛佑居然三下五除二就把这一帮人制伏，等电子警察赶来的时候，最壮最能打的那个被湛佑反扣着手踩在地上，痛得“嗷嗷”叫。

其他人在地上滚作一团，全然没有刚刚嚣张砸门的气势。

电子警察敏锐地用电子音问道："杨小姐最近有私下与高利贷组织打交道的经历吗？"

杨跳跳慌忙摇头否认："没有，当然没有。"

电子警察不依不饶："既然没有关系，为了弄清楚他们上门滋事的原因，还请您跟我们走一趟。"

跟我们走一趟……

听到这句话，杨跳跳后背起了一层鸡皮疙瘩。

电子警察是出外勤的，可是在警局里的，可都是真实的人类，而且大部分是……男人。

她手心又冒出了一层冷汗，有些绝望地挣扎："要不，要不算了吧……我不行，我真的不行……"

湛佑开了口，声音平静稳定，带着让人心安的力量："我代替她去可以吗？"

电子警察停止了信息录入，有些好奇地看了看湛佑，又看了看杨跳跳。

"你们俩是什么关系？"

"我是她的男友。"

警车闪着灯在轨道上离开，杨跳跳扒着门目送着"挺身而出"的湛佑，后知后觉地又意识到了一个问题——进警察局是要搜身要扫描的啊！

湛佑不是真正的人类，一验不就曝光了，到时候怎么解释？

从警局回来已经过了晚上七点，湛佑在小区门口停了车，步行往里走去。

一路上，设置的一些安全检验通道都没有起到实质性的拦截警告效果。

他蹙着眉头，一边走，一边记下了几处筛查与报警端口的位置。

湛佑遥遥地望着从客厅里漏出来的暖光，猜想着杨跳跳独自在里头做直播的模样，不由自主地加快了脚步。

可是让他意外的是，杨跳跳并没有开始工作，她在院子里等着自己。

不知道她等了多久，也不知道她有没有吃过晚饭，湛佑用密码开启大门的时候，不大不小的动静都没有吵醒倚靠在秋千上睡觉的杨跳跳。

她全副武装，身上穿着厚实的外套，帽檐压得很低，远看黑乎乎的一团，根本辨别不出长相。

她像是个等父母回家的孩子，执拗地守在角落里。如果不是湛佑眼尖，很容易忽略庭院里这小小的一团。

“进去，外面很冷容易感冒。”

听到了湛佑的声音，杨跳跳从睡梦中惊醒，起身后下意识地抓住了他的袖子，水汪汪的眼睛茫然地左右观望。

“你有没有露馅？那些警察有没有追究你的责任？”

杨跳跳可是看得清楚，那些气势汹汹的男人被湛佑揍得满地找牙。

在湛佑离开后，杨跳跳拜托了一圈人去警局里打探情况。

她甚至下决心，如果湛佑被扣住了，自己拼了老命也要出去找他回来。

眼前，湛佑是她最值钱的资产。

湛佑微微一顿，轻笑着摇头：“没有。我把自己存储下来的关于你的信息导出给他们，警察采集整理以后，做了你的证词。”

“你知道些什么？”

“我是‘AI’，所有你公开的信息，我都可以阅读到，包括你的家庭、你的职业，以及你的资产信用。”

难怪别人说，在这个信息透明的时代，没有人身上有秘密。

杨跳跳眨了眨眼：“所以你的意思是，你可以在法律层面做我的发言人或者代表？”

“倒不至于上升到这个层次，只是本来他们闹事在前，你需要提供给警方的东西，我也可以提供而已。”

杨跳跳低下头：“那……他们有没有说，为什么要上门来找我？”

湛佑短暂地静默了一下：“提到。警方那边的口供显示，他们是受人之托。高利贷公司给你的胞弟借了 2000 万，现在偿还时限过去了四个月，连本带息需要偿还 3240 万。”

这些杨跳跳都知道。

只不过经由外人之口诉说，让她觉得格外窘迫与无奈。

她的家庭，是她最后一层遮羞布，是她远走高飞的原因，也是她深陷其中的泥沼。

“这就是你想要卖车卖房的原因？”湛佑轻轻问道。

他不止一次撞见杨跳跳在关注房产售卖的信息。

杨跳跳点点头：“算是吧。

“湛佑……你懂法律吗？”

“你想要查什么？”

“这种公司的存在本身是不是违法的？如果杨琪，我弟弟被抓进去，有没有一种可能……”

湛佑突然打断了杨跳跳的话：“我觉得现在比起你那个人间失踪，把烂摊子丢给你的弟弟，你的居住出行安全是最需要注意的地方。”

杨跳跳抬起头，对上了湛佑的眸子。

他的瞳孔颜色似乎是可以变化的。

在暮色之中，花园里微微的灯光投射下，他的眸底变得深邃，一眼望去，很轻易就被其中的旋涡吸附。

在杨跳跳印象里，除了在录制视频与直播中，湛佑鲜有带着鲜明感情色彩的语气对自己讲话，也是他少见的，不直接回答自己问题的时刻。

不过不能否认，他说得有道理，自己真的快泥菩萨过河自身难保了。

如果今天，只有她一个人在家，在电子警察赶来之前，庭院的大门就被这些男人砸开了，她一个人，连半个有正当防卫能力的女人都抵不上，完全是案板上的鱼肉。

杨跳跳轻轻叹气，往屋内走去。

“不管怎么说，今天感谢你保护我。你没事儿就好，八点直播，我还要准备准备。”

女孩的疲惫声音里带着些许无奈的味道，飘荡在晚风里，轻轻软软送入人的耳中。

湛佑无声地跟着杨跳跳，没有再开口说话。

湛佑花了一个小时，将杨跳跳家周围所有安全监控设备做了升级与重新部署。

不用再等人冲到自家门口砸门，所有访客在距离她家一百米开外的地方就要接受扫描与盘问。而无论杨跳跳在不在家，这套系统都不会失效，堪称无懈可击。

别墅的另外一个房间里，杨跳跳的直播间再次被热情的粉丝掀翻。

下午早些时候，杨跳跳匆匆上传了第一段她与“A先生”的短视频，网友炸开了锅。

这个只有数十秒的短视频，配上了轻快的钢琴曲。就算在没有滤镜的镜头里，湛佑露出来的半张脸也足以让人发花痴发个半年。

尤其是他醒过来睁眼的瞬间下意识就扣住杨跳跳手腕的那个动作，堪称甜蜜绝杀。

杨跳跳的镜头角度选得很妙，和她本人的语言一样犀利精准，正中要害。

那一点点挪到湛佑身边，带着小心翼翼又温柔备至的视角，足以萌化所有人。

短短一下午，视频点击量破亿，成绩喜人。

不仅如此，在粉丝们听闻杨跳跳会带着“A先生”参加“爱博百年盛典”的消息后，一众人在短短数分钟内将剩下的观众余票抢购一空。

抢不到票的那群人又哀号着横扫了盛典直播的网络节目订购。

发哥在办公室里盯数据盯了一下午，开心得连点了三杯奶茶庆祝。

到了晚上，合作方寄过来剧本，他立刻转发给了杨跳跳，并且发了数条激动的语音。

剧本是继真人综艺邀约后，杨跳跳创造的另一个出圈的“第一”。

这是一部备受瞩目的IP改编的都市爱情惊悚剧。

在这个剧里，分给杨跳跳的是一个戏份很重的配角角色——白天温柔和善的情感咨询师，晚上则是冷血无情、算计枕边人的暗夜杀手。

这样角色弹性很大的戏份不仅有可能获奖，更容易留给观众一个极深的印象。发哥和公司的高层一致认为，这是杨跳跳扬眉吐气进军娱乐圈的龙门。

发哥有把握，杨跳跳如果肯接，一定会红。

而看了杨跳跳的视频，发哥更是信心百倍——这不跟男人同居了吗？什么恐男症，怕是在爱情的滋润下早就烟消云散了吧。

让发哥不爽的是，面对这么大一块饼，杨跳跳并没有立刻表态，甚至表现得有些恹恹的。

她只说自己会考虑，还掐断了发哥的视频通话邀请，气得发哥跑来直播间“视奸”杨跳跳。

他口吐“芬芳”，刚刚说了几句不冷不热旁敲侧击的话，就被眼尖的杨跳跳的粉丝误认为是黑粉卧底，毫不客气地给轰了出去。

发哥表示十分心塞。

直播继续。

杨跳跳表示自己会把更多“A先生”与自己的恋爱细节放在新书的电子版本中作为特殊彩蛋与番外，粉丝们又“嗖嗖嗖”地付款预购了新书。

眼看今天的任务快要完成，杨跳跳准备回答几个粉丝提问就下线。

就在此刻，一个她从来没有见过的ID突然在直播间里出现，眼睛眨也不眨地往里砸钱很快就砸到了打赏榜第一的位置。

把那个跟了杨跳跳三年的，原本霸占榜首的老粉气得不轻。

杨跳跳皱眉，发哥绝不可能这么大方。

那个ID在爬到了榜首后，做的第一件事，就要求与杨跳跳单独连线视频。

一晚上的打赏就有一百万之巨，撇除网站的分成，杨跳跳到手能有四十几万。

见杨跳跳久久不接，对方似乎等得有些不耐烦，直接私聊了杨跳跳一句话：女神，只要和我见面，你的债务问题，我包了。

杨跳跳盯着那几句话反复地看了几遍，脊背发冷。

ID是“暗夜秘密”，个人资料写得很宽泛，几乎一眼就能看出是信手胡乱填写的。

杨跳跳深吸一口气，关掉了所有的直播窗口，清点了账户里由那个ID砸进来的钱，前前后后有52万。杨跳跳没有耽误，立刻联系了直播间的VIP客服，把钱做了退回处理。

杨跳跳坐在楼梯上思考着前因后果，捋了捋思路还是无法猜测屏幕那头的人到底是谁。

如果是高利贷那边的人或者是自己的黑粉要勒索恐吓，断然不可能砸钱进来；如果是普通粉丝，会有什么人有渠道知道自己的私事呢……

唯一能确定的是，杨跳跳绝对不会动这笔钱。所有平白无故的馈赠，暗地里一定标注好了价码。

她一个人出来闯荡这么多年，这些基本道理还是知道的。

湛佑端着热茶上来的时候，落地窗外洒进来的月光正洒在杨跳跳的身上。女孩不施粉黛，长发披散在肩头，托着脑袋蹙眉不知道在想什么。

他拧开了楼梯的灯，氤氲的热气从杯口缓缓飘出。杨跳跳抬眸，就撞进了湛佑关切的眼神里。

“你的日程表上，现在我们应该拍下一段了。”

是杨跳跳自己写的剧本，这一段是湛佑来给正处于例假周期的杨跳跳送茶。

杨跳跳赶紧站起来，拍拍脑袋：“对对对，还有正事要干。”

湛佑好笑：“你刚刚坐在楼梯口，想的不是正事儿？”

杨跳跳被抢白，立刻反驳：“是思考！思考人生你懂吗？”

“我怎么不懂？”湛佑笑着反问。

她翻了个白眼，机器人哪里来的人生。

两个人插科打诨，笼罩在杨跳跳心头的疑云消散了许多，心情也明朗了不少。

既然 ID 被拉黑，钱也退了回去，这件事可以暂时告一段落了。杨跳跳心里这么安慰着自己，并没有准备把这件事告诉湛佑。

让杨跳跳意外的是，原本剧本里设置的清茶，被湛佑换成了红枣桂圆玫瑰花茶。

杨跳跳狐疑地抬头，这是湛佑的私设？

湛佑瞥了一眼杨跳跳，顺口解释：“查阅了相关资料，这些东西更适合生理期的女生泡茶喝。”

“你懂得还挺多……”

杨跳跳提鼻子吸了吸，弯了弯眉眼：“湛佑，如果你真是一个人类，我是说，一种假设。”

湛佑面无表情："然后？"

"唔，我觉得你肯定是那种女朋友不间断，桃花运好到爆的恋爱高手！"

湛佑对这一通夸奖不为所动："在你的思维体系里，恋爱高手是褒义词？"

杨跳跳"嘿嘿嘿"地笑："那也总比我这种零经验，只会纸上谈兵的菜鸟来得强！"

趁着今天第一条Vlog上传就圈了不少粉的热度，两个人又录制了三条短片。每一条片子的时间不是很长，可是中间调整、配乐与处理花了不少时间。

把所有的素材归档以后，已经快深夜一点。杨跳跳正在兴头上，哪肯轻易停下来，撸着袖子还想再来，被湛佑按住。

"明天继续。"

杨跳跳不满意："你累了？"

湛佑露出了那种看智障的表情。

杨跳跳皱眉："你不累我们接着拍啊……"

湛佑语气十分果决："考量主人的健康情况也是我的程序目标之一。你现在疲惫值已经很高了，不适合继续工作。"

杨跳跳还想开口，被湛佑一句话给彻底堵了回去："需要我花五秒钟的时间给你的心理治疗师发消息汇报你违反治疗方案里的作息吗？"

呵，还会威胁人了。

杨跳跳天人交战了一下，还是苦着脸认尿，悻悻地去洗漱睡觉。

夜深了。

湛佑坐在次卧的书桌前审阅着小希发来的最后一封文件。

去江城是早晚的事，按照眼下的进度，最多不超过一个月。如果新公司进展顺利，可能最快十天内就可以抽身离开。

湛佑的手指点了点桌面，给小希发去了视频电话邀请。

顶着两个黑眼圈的小希出现在了镜头前。

"很累？"

小希打了一个哈欠，揉了揉眼睛：“不累不累，为了让湛总早日脱离苦海再苦再累也没什么！”

湛佑听到这一通莫名其妙的口号有些好笑：“不如换你来做家用机器人？”

小希慌了，连连摆手：“不可能的！这辈子都不可能的！我没办法和女生共处一室！”

湛佑挑眉：“你……‘恐女’？”

小希一愣，随即摇头：“倒没那么严重啦……只是觉得女生在我的世界里跟外星人一样……我应付不来。”

湛佑其实很早之前就发现了小希这个问题。明明是八面玲珑的总裁特助，事事湛佑都放心地交代下去，唯有和女性近距离接触时，小希就一下变成了一只行走的木头。

湛佑若有所思：“之前就这样，还是某段时间后突然就这样了。”

小希挠头：“小时候总是被女生嘲笑，所以有点怕她们……”

“那你说……女生惧怕男生，也是因为小时候被人尤其是异性嘲笑？”

小希抿抿嘴，皱着眉头认真想了想，又说了一句“稍等”，最后回答道：“可能事情会更复杂一些。”

湛佑的眉头微不可察地蹙了蹙。

沉吟了会儿，他开了口：“实验室里的那台A级机器人是不是快做好了？”

“是的。湛老上次突袭公司之前，已经到了外模拼装组合阶段，最后一步就是调试。”小希停了停，眼睛一亮，“您的意思是我们搬去了新的公司直接用它来打开销路？”

“不，送给她。”

小希的嘴动了动，半天才反应过来，“她”指的是……杨跳跳。

“哇！总裁，您不会是动了凡心了吧！”

说完，小希意识到自己说的并不是人话，赶紧在湛佑脸阴沉下来加以纠正：“我是说，您想通过这种法子追杨小姐吗？”

湛佑还没有回答，小希先”啧啧“了两声。

别看现在的湛总数亿资产被自家老爸牢牢抓在手里，追起妹子来还真是大手笔。

不愧是湛家的人。

湛佑猜到小希脑子里乱七八糟在想什么，冷笑了一声：“不如，下一代机器人外模就做成你的样子。”

小希往自己的嘴上做了一个拉拉链的动作，又举手敬礼表示自己坚决执行，绝不多话。

视频电话结束了，湛佑看着杨跳跳的诊断书，嘴角勾起一抹若有似无的浅笑。

如果他离开了，能留下一个念想给她，或者给她一个过渡期，也不算太坏。

她会好起来的，关于这一点，湛佑从未怀疑过。

因为前一天的劳累，杨跳跳睡到了日上三竿才起来。

她揉了揉眼睛在床上打了一个哈欠，伸手拨通了楼下的分机。

两秒后，湛佑接通了她的视频电话。他已经适应了杨跳跳不愿意看到男人的特点，很自觉地关掉了自己这边的投屏。

杨跳跳盯着黑漆漆的屏幕，脸上划过一丝很明显的失望。

“湛佑，早。”

“上午十一点二十四分，早。”

杨跳跳：……

一个“机器人”计较什么生物钟！

“你在干吗？”

“帮你做早饭。”

“你怎么知道我起来了？”

湛佑回答得很自然：“屋里的生物感应系统都是以你的身体数据为参考中心的。每次你起床，我都可以接收到微电脑数据……”

杨跳跳抬手叹气：“好了，好了，我这就起来。”

湛佑停了停，接着说下去：“门口有你的快递。”

杨跳跳一愣，皱眉：“什么东西？”

“玫瑰花。”

“哈？”

“我没买啊！谁送来的？”

“电子快递员，放下就走了。”

杨跳跳赶紧穿好了晨衣，跑去了窗口往下望去——一大束玫瑰花，看样子有一千多枝，密密实实地捆在一起，巨大的一簇堆在家门口。

湛佑开了门把花搬到了院子里。杨跳跳走出家门，和湛佑围观着红艳艳的玫瑰花，双双沉默。

玫瑰花被捆扎成了爱心的形状，杨跳跳却没有任何被人告白的喜悦。

她有些忐忑不安地看向湛佑：“我家花房里的花种都是由一个特供商户送过来的……这是老客户大酬宾？”

湛佑没有说话，弯腰从花丛中捡起了一张藏在里面的卡片：From 暗夜秘密。

“暗夜秘密？男人送的？”

湛佑看向杨跳跳。

“不是，不认识。”杨跳跳想也不想就否认。

湛佑浅色的瞳孔盯着她，几秒后开口：“不认识怎么就能确定不是男人？”

杨跳跳败下阵来，有些沮丧地坦白：“昨天直播里冒出来的。”

“你没有告诉我。”

杨跳跳抿了抿嘴，满脸的烦躁，事情超出了她的预期和控制。

湛佑只是静静地看着她，没有开口催促。

“这家伙一晚上给我打赏了不少钱，我让平台还给他了……他还知道我欠高利贷的事儿……”

“你肯定在想，一个对你抱着不明目的的人现在不但知道你的家庭地址，还给你送来了花，心怀鬼胎又意图不明，对吗？”

杨跳跳点了点头。

她知道，只要湛佑稍微一查就可以从她直播回放里找到那个 ID。

杨跳跳心里涌起一种很奇特的感觉，似乎湛佑的凝视里，多了一层说不清的意思，以至于被他盯着的时候，杨跳跳感受到了无形的压力。

那张俊朗的脸，并没有因为她的解释有些缓和，反而有一丝冷肃。

杨跳跳说罢，自觉无趣地舔了舔嘴唇，自己跟一个机器人解释个什么劲儿？

她耳朵微微发热，再没有看一眼那束花，转身就进了屋子。

她的身后，湛佑直立在院子中央，垂眸打量起那束花……

杨跳跳知会了发哥。

发哥笑得合不拢嘴："这有什么啊！不就是你家'A先生'干的吗？小两口之间的情趣你懂不懂，真是个榆木脑袋！"

杨跳跳语气十分坚决地否认，并且把昨天经历的一切倒豆子似的告诉了发哥，发哥脸上的笑容逐渐消失。

"你怎么昨天不告诉我呢！高利贷上门？还闹到警察局去了！万一损害了你的名誉怎么办！"

"不会，是'A先生'代我去的。闹事的事儿不会曝光到我的头上。"

听杨跳跳这么说，发哥脸色缓和了一些。

杨跳跳揉了揉额头："我以为自己住的地方很安全，毕竟整个公司只有你知道我的家庭地址。"

她停了下来，用意很明显——能泄露她住址的，只有发哥了。

发哥拍了拍脑门，随即肯定地说："必然不是我！你之前就千叮咛万嘱咐，家庭地址是保密项目。如果不是因为法律合同需要，你也不会提供给我，我一直都保存的……"

他一边说，一边打开了自己的抽屉，话语一顿——存放手下员工所有私密合同信息的存储器保险盒，显然被动过。

发哥后背一层冷汗。

杨跳跳看不到他那边的情况，只感觉到了发哥语气的变化，赶紧追问："怎么了？"

发哥回道："没什么！总之我这边会调查一下，再去老总那里给你申请几个保镖……"

杨跳跳一听到"保镖"两个字一个头两个大，立刻极力拒绝。

“不用！‘A 先生’住在我家，我人身安全暂时没有危险。你帮我把泄密者找到就好。这两天我可能会搬出去躲躲风头，直播暂停一阵子，Vlog 和新书的发售流程我让小云帮忙一起弄一下。”

三言两语地交代好了以后，杨跳跳就挂了电话。

发哥自然是以公司利益为重，让杨跳跳搬去安全、私密性好的地方暂居。他这边会想办法找到泄密者。

湛佑回到屋子里时，杨跳跳正一边与发哥的助理小云打视频电话，一边急匆匆地收拾着衣服和其他必要的工具。

湛佑一把拉住了杨跳跳的手腕，她停下了动作，他便松开了她。

“不用躲，这个问题，我会帮你解决。”

杨跳跳手心里，被湛佑塞了一枚小型通信器。

这是湛佑在玫瑰花束里找到的。

杨跳跳捏着那“小米粒”沉思了一下，还是把它贴在了自己的通信操控板上，一秒不到，一通号码保护的视频电话就马上发出。

三秒后，黑色的屏幕那头，响起了一个年轻男人的声音。

“跳跳，好久不见。”

湛佑手指翻动得飞快，从操控板里读取着对方所在的地址。地址很快显示了出来——京辉市市区的一家咖啡馆内。

而与此同时，杨跳跳辨认出了视频电话里的声音，艰难地开了口：“程……呈？”

年轻男人低笑了起来：“唔，不错，多年未见，你还记得我。”

杨跳跳微微蹙眉：“你怎么知道我的地址？”

“是伯父伯母告诉我的。”程呈很快答道。

杨跳跳：……

“这个年头，也只有你们家还在坚持不懈地用平邮信联系了。还记得两年前，你给你弟弟邮寄过一张支票吗？”

杨跳跳迟疑着，缓缓点点头。

说实在的每一年，她往家汇钱的次数多到自己都记不清，大部分时候给父母，也有直接邮寄给弟弟杨琪的。

“那个时候，你弟弟因为躲高利贷，在我家暂住了一段时间。收件地址做了更改，可是杨琪这小子留了心眼，故意让信退了回去，那封信里有芯片定位器。我想，也许是那个时候，他知道了你的家庭地址。”

听了程呈这段话，杨跳跳不知道该做出什么表情。

家里人从不管杨跳跳在外面是干什么，只要每个月能收到女儿足够的支票，甚至可以一辈子不问杨跳跳的死活。

除了，她的弟弟。

起先，杨跳跳以为杨琪是出于血浓于水的亲情，还对这个被家庭抛弃的姐姐有一丝怜悯。直到杨跳跳知道了杨琪债台高筑、藏无可藏。她苦笑，自己不过又一次被利用做了可供吸血的肥肉。

程呈声音柔和了下来：“跳跳，抱歉用这么唐突的方式再次出现在你的生活中。我也想直接去你家找你，可是我知道……你一直比较抵触直接见面这种事儿。”

程呈那头依然是黑色，可是声音温柔得仿佛能滴出水，听起来有种循循善诱的味道。

“我来京辉市定居了。现在一个人，你呢。”

大家都是成年人，程呈话里的意思很明确，他也确实有这个资本。

在杨跳跳的心理疾病没有彻底爆发的那些年里，程呈几乎是她生活中唯一的男性朋友。

没有家人，没有爱情的日子里，杨跳跳着实多多少少得到了他的不少关照。

彼此没有挑明的那一些情愫，早就消散在了岁月里。

重逢，让这一切都有了别样的意义，尤其是在昨晚那下了血本的打赏与今天巨大一束玫瑰花示爱后。

可是这一切都与她记忆里那个阳光矜持的学长，相去甚远。

湛佑把最后一个字母输入了微电脑之中，在杨跳跳迟疑着没有开口说话的空隙里，屏幕上投射出了一串长长的代码。

他面沉似水：“一起见个面，跳跳和我，这就过来找你。”

杨跳跳与程呈几乎同时目瞪口呆。

程呈是没有料到杨跳跳身边还站了一个男人，而杨跳跳内心震颤更是无以复加。

出门去见程呈？还是她和湛佑两个人？

程呈有些按捺不住，直接开了自己这边的镜头，一张架着细框眼镜的脸出现，表情算不上友好，意外震惊多于久别重逢的欣喜。

杨跳跳吓了一跳，下意识地就要闪人，被湛佑扣着手掌按在了原地。

那一个瞬间，湛佑修长的手指穿过了杨跳跳温凉的指间……两个人在没有任何排练的情况下，自然而然地十指相扣。

杨跳跳为了躲避程呈的注视，把脸靠在了湛佑的肩头，逃避似的闭上了眼睛。

而程呈的注意力全部集中在湛佑的脸上。

片刻后，程呈的嘴角扯出了一丝冷笑。

“鹭岛咖啡店，二楼包厢。恭候二位到来。”

第五章
永远忠于当下

视频电话结束，程呈揉了揉自己的额头。坐在他身边的人冷声开了口：“就这样退缩了？”

程呈脸上那点温文尔雅的气质荡然无存，他眼里闪过一丝阴鸷：“你这是在利用我。”

“你可别忘了，我给过你选择的。”

“你不了解，你不了解杨跳跳，也不了解我和她之间……”

冷硬的鳄鱼包倏然砸在了玻璃桌上，发出有些刺耳的钝响，程呈未说完的话被生生打断。

“我最讨厌看到男人犹豫不决的样子！不想让杨跳跳知道你的真面目，现在就乖乖听我的话！”

杨跳跳站在衣柜前发呆，已经过去了十分钟。

她叹了口气，随便套了一件宽大的帽衫推开房门。房门开得太快，她走路又轻，一开门她就看到了站在楼梯口等着自己的湛佑。

他斜倚在楼梯的木质扶手处，懒洋洋地垂眸望着客厅，浅褐色的眸子没有聚焦，像是在出神想着什么。

杨跳跳一愣，嗓子眼一紧，明明有尖叫的冲动，就在这冲动形成具体念想时，又被生生憋了回去。

湛佑不对劲……这种不对劲是无法形容的。

如果非要说的话，此时此刻的湛佑……太像一个人类了。

那种悠闲的姿态，微微发冷的眼神，凉薄的侧脸轮廓，与正常男性的气质毫无差别。

这短短的瞬间，如同刀刻一样，留在了杨跳跳的大脑之中。

湛佑也几乎是立刻捕捉到了在房门口傻站着的杨跳跳，直起了身子。

只是，他的脸上连一丝要解释的表情都没有，几乎没有任何过渡地切换了表情，留下的，只有属于机器的理智疏远。

他的视线扫过黑漆漆的 oversize 帽衫，最后落在了杨跳跳两条光溜溜的大长腿上。

湛佑蹙眉：“你就穿成这样去见你的老情人？”

杨跳跳气急辩驳：“我没有！程呈不是我老情人！”

湛佑不说话了。

杨跳跳迅速撩了一下帽衫的衣角——一条热裤一闪而过。

她不是没有穿裤子！是比较短而已！

湛佑简直要被气笑了：“要不要我找点基本着装礼仪学的课程给你救急。”

杨跳跳心灰意冷：“算了……我不想去，要不还是跟警局那次一样，你去吧。”

“不可以，这一次你要出面。”

车子平稳地行驶在城市的磁悬浮轨道上。

不知道是不是因为太过紧张引起的错觉，杨跳跳总感觉今天湛佑驾驶的速度有些快。

半个小时前，她被迫穿上了一条能出席舞会的小裙子，还稍微化了点妆。

“湛佑……”杨跳跳气若游丝地敲了敲挡板，“我真的不行……要不我在车内等你，你出去和程呈交涉。主要就是，第一，不要再给我打赏；第二，短期内我无法和老同学会面；第三，我家的家事不需要他一个外人来过问……”

湛佑开了隔板，杨跳跳没有设防，吓得一哆嗦，他没有转头，丢过来一个东西。

杨跳跳低头的瞬间，隔板又被拉了上去。她的怀里，躺着一副浅灰色的墨镜。

杨跳跳：？

湛佑开口：“戴上试试。”

杨跳跳蹙着眉头，还是戴上了墨镜。

没有任何的不同，除了……

杨跳跳凑到了车窗边，拉开了小屏障，往热闹的城市街区望去——商场前的喷泉还吐着晶莹的水花，几辆空着的婴儿车在绿荫下轻轻晃动，不远处，十几个气球可疑地悬浮在空中……

杨跳跳再次拉开了她与湛佑之间的挡板——开车的人不见了。

车子仿佛再次回到了无人驾驶的状态。

杨跳跳隐约捕捉到了方向盘的边缘有一丝丝光线的扭曲。

她试探性地伸出手，很快，就触碰到了湛佑的肩膀。

那一瞬间，答案全然揭晓。

“这副眼镜可以……”

“过滤生物细胞体，也就是说，戴上这副眼镜，所有的动物人类都会从你的视野里消失。你去任何地方，都如入无人之境。”

这是什么高级的发明创造！她怎么闻所未闻？杨跳跳内心咆哮。

“这哪里买的？贵不贵？”

湛佑：“自己做的。不难，你喜欢就送给你。”

杨跳跳心里一阵尖叫：怎么不喜欢？这玩意儿简直解决了自己的燃眉之急好吗？有了这个利器，出席盛典走红毯什么的根本不是问题啊！

低头仔细打量那副墨镜，杨跳跳觉得莫名有些眼熟——唔，怎么这么像她以前弄丢的旧墨镜？

难道……是被湛佑二次开发利用了？哇，自家的“机器人”果然优秀！

想到这儿，杨跳跳不禁又有些狐疑——可是眼镜里，湛佑怎么也消失了呢？

从后视镜里，湛佑似乎读懂了杨跳跳的心声，他轻笑着解释：“因为制作我身体的材料是最先进的人类仿真技术，任何情况下均可以以假乱真。你虽然看不到我，但是我在墨镜里加了一个特殊的频段。任何场合，只要我在你身边，你便可以通过频段与我交流。默语，知道吗？”

杨跳跳当然知道，这是最近几年流行的一项技术。只要安装上特定的频段，在很短的距离内，人与人的脑电波可以定向交流。

设备昂贵再加上技术不稳定，普通的工薪阶层、白领与学生族根本无福消受。

这一副平平无奇的眼镜居然拥有？

杨跳跳用手小心翼翼地擦了擦镜片，做出了若无其事的样子："湛佑啊，我问你啊！如果你退货了，这些东西……"

湛佑没有停顿："直接送给你。"

杨跳跳把眼镜捧在胸口，一颗心终于落了地。

车子到了鹭岛咖啡店。

湛佑下车给杨跳跳开了后车门。

虽然视线内空无一人，杨跳跳还是感觉到了湛佑的存在。

戴上墨镜后，杨跳跳很快掌握了诀窍。在有人的地方，视野里会出现轻微飘浮闪动的水痕。

其实，即便没有湛佑在身旁，她也能完美地躲避，不至于冒冒失失地撞在谁身上。

2208 包厢到了。杨跳跳鼓足勇气推开了大门。包括包厢里的人，连同站在她身后的湛佑一时间都安静了下来。

杨跳跳捕捉到，在深绿色的桌子后，似乎有两个人？

程呈率先站了起来。

几乎是在他起身的一瞬间，湛佑就微不可察地往前迈了一步，把一脸蒙的杨跳跳挡在了身后。

而桌子后面，从两人进门开始就死死地盯着湛佑的郁晴，已经到了暴怒的边缘。

"湛佑！"

听到一个陌生女人的声音，杨跳跳吓了一跳，下意识地就去抱旁边湛佑的胳膊。

湛佑伸出一只手轻轻拍了拍她。

默语的频道里传来这样一句话：不要怕。

杨跳跳：说话的是谁？

湛佑：不重要。

杨跳跳：那你，看到程呈了吗？

没等湛佑回复，程呈开了口。

他生硬地把杨跳跳从湛佑身边拽开一段距离："跳跳，我们俩单独谈谈。"

他语气急迫，杨跳跳几乎立刻起了反感。

她从程呈的束缚里抽出了手臂，手心已经浮出了一层冷汗："我不要。"

不管两人之间曾经发生了什么，杨跳跳只明确了一点，她对程呈的信赖已经不复从前。

另外一个女人也幽幽道："湛佑，我们俩聊聊。"

"郁小姐，我想你没有听清楚我女朋友的话。要么我们一起谈，要么免谈。"

郁晴气得发抖，声音凌厉了两倍："所以你也不介意她知道你让我怀孕的事情吗？"

包厢里的空气陷入了更为长久的凝滞。

在诡异的空无一人的视野里，骤然听到这样一句话，杨跳跳无异于接受了一颗炸弹。

那一瞬间，有无数的念头蹿入她的脑海之中，其中最重要的那个念头居然不是湛佑身为人工智能能繁衍后代，而是自己原来不是湛佑的第一个。

第一个主人？第一个"同居女友"，还是……

杨跳跳乱七八糟的思绪被湛佑冰冷至极的声音打断。

"需要我现在读取你生理数据监控卡上的数据吗？你上一个排卵周期刚刚过去十六天而已，而我们也已经三个月零九天没有见面了。"

郁晴的愤怒变成了惊恐，她微微愣了一下，开始拼命动手翻自己的包与携带的操控板，几秒后她又想到了什么，停下了动作，有些失态地朝着湛佑吼道："你监视我？"

湛佑轻飘飘地耸耸肩："很难？"

他又停了停，接着说道："哦对了，我已经把结果发给了所有对这件事感兴趣的人，你不用一个个去解释来龙去脉了。"

这一段爱恨情仇，反转得如此之快，杨跳跳费劲地听着两人一言一语的交流，直觉自己已经逼近了事实真相的那个点……

程呈对湛佑与郁晴之间到底发生过什么毫不感兴趣。

他认真地看着杨跳跳再次开口：“跳跳，来这里，我有话对你说，能不能给我十分钟？关于你弟弟，我需要解释一下。”

杨跳跳低下了头，想了想，点了点头。

她看向湛佑，下意识地用一种征求意见的口吻问道：“就一会儿，可以吗？”

杨跳跳：反正我也看不到他。如果他对我做了什么不好的举动，我就跑出来。

后面一句话，她只是用默语输送给湛佑的。

迟疑了几秒，湛佑点了点头。

程呈搓搓手，脸上几乎立刻闪过了一丝兴奋，推开了包厢里小隔间的门。

四个人被分割在两个区域之中。

杨跳跳从视线里离开后，湛佑的最后一丝耐心也透支得干干净净。

让郁晴熟悉的，那个世界里只有数字公式、编程算法的湛佑又回来了。

这几日郁晴并不是一无所获。

在湛老封锁了 ZIC 的那一天，唯一进出公司的车子是从质检部来的。ZIC 的人说，这辆车子负责把一台报废的机器送去工厂，可是车子在城市中环就失去了讯号。

说这个里头没有湛佑的功劳，郁晴自己也不相信。

她找了湛佑许久，直到，她阴错阳差地看到杨跳跳的脸，又阴错阳差地认识了那个叫橘影的蠢货……

一个谎言需要更多的谎言去圆。

郁晴知道自己的谎言，自己的亲哥郁白从来都没有信过，在湛老那里，自己还有一丝胜算。

原来郁晴计划着用莫须有的孩子逼婚，不管湛佑承不承认，先让老爷子认可自己儿媳妇的身份再说。甚至为了这个谎言，她拿出了自己的卵子送去了地下克隆实验室。

可是她没有想到，原本“人间消失”的湛佑还给自己留了一手。

“湛佑，我真的很爱你。你为什么……”

郁晴闭上了眼睛，两行眼泪流了下来。

“你和我父亲一样，在一个最基本的问题上是非不分。”

“什么？”郁晴睁开了眼睛。

“什么是爱，什么只是单纯的占有欲与控制欲。”

湛佑抬手，距离程呈拉杨跳跳进去已经过去五分钟了。

郁晴刚刚按捺下去的怒火被湛佑的微动作再次燃起。

她怒视着湛佑：“我们认识了那么多年，你碰都不碰我一下！为了那么一个出身低下的女网红，你甘愿躲着自己的父亲、家族还有我们？”

湛佑微微侧头，目光如水地打量着郁晴，看着她失控的怒容像是在看一件崩坏的物件。

“这么多年，我还不对你心动，难道不足以证明你与我的可能性是零？”

湛佑又补充了一句：“从今天起，再让我看到你在我父亲和我朋友面前造谣我们有肌肤之亲，我不会放过你。”

“还有郁氏。”他又补充道。

与此同时，失去了耐心的湛佑开始用默语联系杨跳跳：出来，我带你回家。

三秒后，没有任何回音。

湛佑瞥了一眼郁晴，后者的脸上露出了一丝算计的得意。

只是一瞥，湛佑迅速收回了目光，抬腿一脚直接踢开了隔间的大门。

里面空无一人。

湛佑的脸彻彻底底地沉了下去……

十分钟前。

杨跳跳推了推鼻梁上的眼镜，看到了隔间的门被看不见的程呈关上。

奇怪，只是与湛佑隔着五米不到的距离，为什么她总觉得，这一扇门里外的温度都产生了变化。

没有湛佑在的空间逼仄、狭小、阴冷无比。

她看不到程呈，也并不想看到那张她曾经倾心过的脸现在变化得如何。

物是人非这个道理她再明白不过了。再者，他们俩那点过去根本算不得过去。

见杨跳跳双手抱胸，全身防备的模样，程呈有些无奈，随即开了口：“跳跳，我很想你。”

杨跳跳：……

“程呈好久不见，你……变了很多。”

在杨跳跳印象里，程呈真诚老实，绝对不可能也没有那个钱干出打赏网红这种事儿来。

“我只是很想见你。跳跳，我……”

程呈往前一步，身体带出的风让杨跳跳下意识地往后缩。

“程呈，外面的女人是谁？你和她怎么回事儿？那些钱都是你自己挣来的吗？”

三连问后，程呈沉默了。

眼镜只是在欺骗视线，实际上，一个活生生的大男人站在自己面前，光是共处一室的压力就让杨跳跳心里涌起沉甸甸的呕吐的眩晕感。

她极力忍着，声音都微微颤抖了起来。

这些表情与反馈，被程呈解读成了——杨跳跳在厌恶自己，害怕自己。可是对门外那个男人，杨跳跳明明依赖得很。

程呈没有忍住，冲上去，不管不顾地就抱住了杨跳跳。

杨跳跳闷声躲闪，然而力气根本撼动不了眼前的男人。挣扎之中，湛佑给她的眼镜落在了地上，她清清楚楚地看到了程呈的脸。

和程呈熟识，是在大学里的一个社工志愿者培训班，程呈学长是负责人。

彼时，杨跳跳的心理疾病还未完全显现出来，和普通的女孩子相比，不过是比较安静内向，不愿意参加集体活动。

那一次，在社工志愿者的宣传板上，她看到了“关爱留守儿童心理健康”的字样，委托了几个人问了加入的方式，参加了由程呈主持的宣讲会。

也是在那次宣讲会上，杨跳跳知道了程呈是自己的老乡。程呈学长在很长一段时间内，给予了杨跳跳必要的精神支持与心理辅导。

他甚至亲口告诉她，毕业后，他不会留在技术进步的都市，他会回到自己的家乡，去脚踏实地做一些事业：比如清理那些污染了河流与山川的高科技垃圾，比如保护那些被遗留的缺乏父母照顾的孩子……

杨跳跳心里，程呈是明月清风一样的存在。

不像此刻，布着血丝的眼、邋遢的胡楂，强行抱着自己时带着些许恶臭的体味与粗鲁的动作……

“放，放开我……”

大脑开始不受控制地跳闸，杨跳跳的旧疾发作了。

“跟我走……跳跳……你的父母一直在找你……你弟弟也是……”

“我拿到了一笔钱……足够我们在老家过好日子……你也不用去直播抛头露面了……”

“你大学的时候，不是喜欢我……现在我来找你了……”

“放、开、我……”在意识脱离身体之前，全身被冷汗打湿的杨跳跳拼尽最后一丝力气狠狠地一巴掌抽在了程呈脸上。

男人的眼镜也飞了出去。

五条指痕留在了他脸颊，他的笑容完全消失，直接一巴掌劈在了杨跳跳的脖颈后。

彻底昏死之前，杨跳跳听到了他愧疚的低喃声：“我只能带你走，否则外面那个疯女人不会放过你，也不会给我尾款……”

室内空无一人。

湛佑在地板上找到了那副眼镜，他做了两个晚上，这是他送给杨跳跳的第一份礼物。

室内有个秘密电梯，通往地下车库——这一切都是早就设计好的陷阱。

湛佑拿出了微电脑迅速输入了一串代码，十秒后，他推开包厢门往外跑去，郁晴伸手拦住了他。

“湛佑！别追了！他喜欢那个女人很多年了！你成全他们好不好！”

湛佑的脸上闪过戾气，眼里的阴沉恨不得吞噬天地。

那种吃人的眼神，郁晴从来没有在冰山王子般的湛佑脸上见过。

“郁晴，你现在最好祈祷杨跳跳能平安回来。否则，她经历的一切，我都会让你悉数品尝。”

京辉市市中心五星级酒店顶层的下午茶餐厅。

楚越约的那个杂志社总编临时爽约，她有些不悦地翻动着行程单上的安排，嘴角突然绽放了一个松快的笑容。

把操控板丢在了桌上，她望向窗外的江景——也好，难得没有工作的一下午，可以舒舒坦坦地休息一下。

只是没过三秒，她的余光捕捉到了一个穿着白衬衫的男人。

吧台处，那个男人也正好看向楚越的方向。

楚越一秒钟垮脸，把剩下的半杯美式一饮而尽，起身就往外走。

郁白笑眯眯地拦住了她：“这个世界真小。”

楚越在心里狠狠翻了个白眼：“郁总还真是能言善辩，我三十分钟前发了自拍，你紧赶慢赶地就跑过来装邂逅。”

这一顿夹枪带棒的嘲讽让郁白不急不恼，他笑着舔了舔牙槽：“知道我是装邂逅，能不能赏脸喝杯咖啡？”

“我今天的咖啡因摄入量到了。”

楚越皮笑肉不笑地丢给机器人服务生一张大额现金电子券：“多的算我请郁总喝咖啡。”

楚越再次往外走时，郁白没有拦着，她走了两步，听到身后传来了女人说话的声音：“那个叫杨跳跳的女人已经被弄出来了，我不会再让她回京辉市！”

楚越面无表情地转过身，看着身后脸上挂着满意笑容的郁白。

“你什么意思？”

郁白收起了录音笔，耸耸肩：“听闻在你们公司，杨跳跳与你一姐之争由来已久了。我以为你知道这个消息会很开心。”

楚越轻嗤：“你们到底是趁火打劫，还是金钱收买，我不感兴趣。但是如果这里头违背了杨跳跳自己的意思，我不能坐视不管。”

她低下头，迅速给杨跳跳发了一条消息。

一秒后，对话框内弹出了红色的感叹号，消息发送失败了。

郁白把楚越这点表情都看在眼里，他笑着做出了一个“请”的动作：“所以，楚越小姐可以和在下喝一杯咖啡吗？”

“一杯咖啡以后呢？”楚越板着脸。

“一杯咖啡后，知无不言。”

安全带被程呈系了一个绳结，扣住了杨跳跳的手腕。

她醒过来的时候，感觉自己像是被从水里捞出来一样，全身上下被冷汗浸泡，低血压与脱水带来的眩晕感让她犯恶心。

她看向驾驶座上的程呈，车子是全新的豪车，自动驾驶不在话下。此刻程呈正用手在显示屏上拼命地戳着什么，一脸抓狂的样子。

“停，停车，带我去医院。”

程呈转过头，眼里闪过一丝愧疚：“跳跳，我知道你不舒服，等我们离开了京辉，我会好好照顾你的！”

杨跳跳闭了闭眼，微弱地呼吸着：“我不要……放我走！”

程呈狠狠地砸了一下主屏幕，骂了一句脏话。

“被那个臭女人给耍了！”

车子是自动驾驶的没错，可是根本由不得程呈更换目的地。此刻，车子飞速驶向京辉市最大的海湾港口。

这风驰电掣的速度仿佛根本不准备停下来似的。

一个冰冷的念头浮上程呈的心头——那女人该不会是想要他和杨跳跳去死吧！

“报警……”杨跳跳用尽意志力支撑着自己把话说完。

说完了最后两个字，杨跳跳再次陷入了无意识的噪音中……

程呈倒吸一口冷气，伸手探了探杨跳跳的呼吸，眼眶通红。

“对不起跳跳……实在是对不起，我骗了你……你弟弟的赌债有一部分是我欠的。你爸妈躲回山里老家了，他们只能吓唬我……他们说，把你交出去，我就可以没事了……对不起……”

男人哭得涕泪横流之时，车子已经到了港湾。暮色暗沉，码头上到处都是自动运行的起重机与电子搬运工。

灯火通明处，郁晴给程呈的车子如同一条水蛇，灵活地在由集装箱构成的矩阵里漂移，速度越来越快。

程呈彻底失去了理智，开始挥拳头使劲地砸操控板，可是他不管怎么砸怎么喊停，车子根本不听他的话……

码头的边界出现在了眼前，再往前一千米就是大海了。

程呈大脑一片空白，一边推搡着不省人事的杨跳跳，一边试图用脚去踹门。

他使出了全身的力气，终于门锁被他生生踹断。跳车前，程呈绝望地看了一眼杨跳跳，有瞬间的挣扎，但只是一个瞬间，他还是扭头自己跳了下去……

“来不及了！”

郁白咬着牙，在电话里报出一堆术语，而就在此刻那辆黑色的车子在监控屏里像是失控的玩具车，一头栽进了大海之中……

“跳跳！”

楚越挣脱开郁白，骑上超速摩托就冲向了码头。

郁白暗骂了一声，赶紧驱车跟上……

杨跳跳的医生曾经给她设计过一种治疗方案——进入冬眠舱内进行深度催眠。

脑科学家会根据心理医生给出的建议，用梦境替换梦境，从源头上消除造成人心魔的场景。这样的做法，像是给腐烂的墙根重新砌上新的砖头基石，将梦魇变成可依赖的存在。

在湛佑出现在杨跳跳的生活里之前，杨跳跳已经答应试用这套新的治疗方案了。

虽然她知道脑神经与心理学合作的疗法并不成熟，可是她实在是太想离开“恐男症”的牢笼。

湛佑的到来改变了一切。

在冰冷的海水咆哮着没入车厢时，杨跳跳独自一人被困在副驾驶座上，睁开了眼睛……

倒数第二个念头，程呈终于从她的视线里消失了。

倒数第一个念头，湛佑会不会真的是地球男性……

楚越把摩托车甩在了岸边，直接跳下了水。让她觉得魔幻的是，水面在她跳落的水间陡然拔高，准确地说，连同水下的地幔都在抬升。

海水迅速退去，楚越把杨跳跳从座位上解开时看到了巨大的起重机把整个近处的引水层都挖了出来。

岸上，站着的是一个一身黑衣的男人……

“你别激动，杨跳跳没事儿，生理指数一切正常。不过病人可能需要时间从精神重创中复苏过来，给她一点时间。”

发哥很不体面地擤鼻涕：“所以你说我家跳跳现在是不肯醒过来？”

楚越冷冷地开了口：“我拜托你别哭哭啼啼的，不知道的还以为杨跳跳已经凉了。”

发哥：“你个死丫头，出这么大事情不告诉我！”

楚越：“怎么告诉？你是能飞还是能下海！”

发哥：“你……”

楚越：“走走走，等会儿跳跳醒过来看到你个大活人又要晕过去！”

发哥咬牙切齿：“那她醒过来你第一个通知我！”

楚越：“随缘吧。”

发哥：？？？

昏迷的时候，大脑反应很慢，杨跳跳觉得两个人的对话刚刚过去不过五分钟，她慢慢地睁开眼，房间里早就空无一人。

电子护士告诉了医生，医生和楚越几乎是同时走了进来。

“别乱动。”

“你醒了。”

床慢慢抬了起来，除了手腕处有勒伤的疼感，胸口因为呛水做了清理还残存着微微窒息的感受外，杨跳跳安然无恙。

楚越冷着脸上下打量杨跳跳："看上去还不错？"

"是你救了我？"

杨跳跳记得一双柔软的手解开了自己手上的结，抱着自己离开了冰冷的水域……

没等楚越回答，杨跳跳由衷地说道："谢谢。"

楚越抬手，一脸不耐烦："别谢。我下午正好没活动，误打误撞听到了你出事儿的事儿。要不是那个杀千刀的浑蛋……"

这一串粗口爆得浑然天成，杨跳跳听得一愣一愣的。

楚越摸了摸脸："没事儿，你现在不适合问问题，也不适合听太多有的没的，好好休息。"

"楚越……"杨跳跳扫视着自己的病房，除了记录她身体指征的女医生、电子护士以及楚越外，没有其他人。

"嗯。"

"我住院后……你有没有看到一个男人？"

"哦？你说你家'A 先生'？"楚越笑，"在外头呢。"

一行人离开，湛佑轻轻叩门。杨跳跳把被子捂在了胸口，往被窝深处缩了缩，低低软软地说了一声："请进。"

湛佑走了进来。

已经是第二天的中午，按照楚越的话说，"A 先生"全程陪在医院里，没有离开半步。

从湛佑进来以后，杨跳跳仔细观察着他的举动与神色。

在他的脸上，找不到任何情绪波动的痕迹，也没有疲累、担忧和慌张的模样。

"程呈去了哪里？

"她是你的谁？

"你是不是真的人类？"

三连问后，杨跳跳自己也发现了自己的语气凶巴巴的，很不友好，可是眼下她管不了那么多了。

她可是差点死了，发点脾气怎么了！

湛佑被杨跳跳明明很害怕、很委屈还要强撑出来奶凶奶凶的模样逗笑了。

他努力绷着脸：“就这三个问题？”

“还有一个……”杨跳跳又往被窝里缩了缩，一双乌溜溜的眼睛巴巴地看着湛佑——

“你把衣服脱了，给我看看。”

湛佑的表情肉眼可见地微微抽搐了一下，但也有可能是杨跳跳的错觉。

因为听到了自己这句要求后，湛佑整个人非常坦然平静，仿佛自己完全没有理由拒绝来自人类主人的请求。

他转身，锁上了房门，开始慢条斯理地解开自己的衬衫领口……

杨跳跳眼睛瞪圆，嘴微张。

第一粒纽扣，第二粒纽扣，第三粒……

她的视线不受控制地黏在男人的身上，心里有一个声音疯狂地拼命喊着——“快给我停下来！别看了！”

男人的胸膛露了出来，光洁白皙，肌肉分明如同雕刻，顺着气息微微有些起伏……

“确定还要？”湛佑笑着，又解开了一粒。

杨跳跳崩溃了。

她如小蚯蚓一样钻进了被窝里，伸出一只小手拼命地晃动：“不要了，不要了，不要了！”

湛佑凝视着她露在外头的半个脑袋，咧嘴笑。

过了会儿，杨跳跳把脑袋探了出来，湛佑已经把衣服整理好，恢复成了平时日正经清冷的样子。

“还有点遗憾？”

“没有……”

“好，现在回答前三个问题。”

湛佑坐在床前的椅子上，正视着杨跳跳。

两个人离得很近，杨跳跳眨眼，试图从那张毛孔都看不到的帅脸上找出一丝机器人的痕迹。

第一百次失败了。

难道，她的疾病真的只是心理暗示?

她知道程呈是真人，所以恐惧得不行。她下意识地认定湛佑是假人，所以就……毫不设防。

“第一个问题，程呈受了一点轻伤，现在被羁押在医院里。”

湛佑顿了顿，见杨跳跳要开口，抢先说道：“不用为他觉得可怜，他抛下你独自跳的车。”

杨跳跳清楚地捕捉到了湛佑话语里隐约的怒意。

“我还不至于圣母心到去同情一个绑架我，趁着我没有反抗能力让我去送死的人，他活该。”

“程呈被羁押后，司法部门会提出公诉，到时候法庭上，你的同事和我都可以代你出庭做证。”

“程呈有提及我弟弟吗？”

“等你病好后，可以亲自去问个究竟。”

看着杨跳跳脸上闪过一丝后怕，湛佑补充：“我陪着你。”

“第二个问题，那个叫郁晴的女人。

“在机器试用期的时候，她因为和公司总裁的私交，已经用了我的初代版本一段时间。”

杨跳跳的目光变得很不纯洁起来。

湛佑：“……”

“不是你想象的那种使用，和你的情况类似，也是陪伴型机器人，不过她产生了移情。”

“移情？”

“是，机器人移情。”

杨跳跳立刻点头：“我在媒体上见过这种病症的描述，就是分不清楚真人与机器人的区别……”

她舔了舔嘴唇，小心翼翼地问：“那你觉得，我对你有移情的倾向吗？”

湛佑笑得有些讳莫如深：“你不会，你比她清醒得多。她到了后来，已经分不清楚自己是否已经有男友，包括后续的亲密接触，都是她自己想象出来的。她的家人为了及时扼杀这种心理疾病，把我送回了公司。”

杨跳跳皱起了眉头。她瞥了一眼湛佑的脸，确实，这张皮囊有让人色令智昏的本事。

湛佑继续道：“程呈的事儿郁晴脱不了干系，送你们出去的车子是她安排的。她原本是要送你们去京辉市机场，飞机票都已经买好了，中途车子却突然产生了操作系统问题，所以才酿成了大祸。”

杨跳跳想到了程呈崩溃之际说的话，立刻激动地捶床：“她就是故意的！程呈也说自己被她骗了！”

湛佑点头：“不排除这种可能性存在。”

他扫了一眼生命体征显示器，放缓了口吻：“不管是什么原因，我都会帮你调查清楚。如果郁晴真的有害人之心，我不会放过她，你现在不可以情绪激动。”

杨跳跳一怔，有些感动，也有些茫然。

“可是你能拿她怎么样？她可是你的前任主人。”

“你知道 2096 年，联合国颁布的《人工智能机器人公约》第一百一十六条规定是什么？”

杨跳跳摇头。

“永远忠于当下。”

离开病房前，见杨跳跳还是闷闷不乐，湛佑从口袋里掏出了一个小盒子，递给了她。

打开那个小盒子，里头蹦出了一个橙子大小的机器人。它在被子上滚了滚，竟然长出了两条腿两只手，活蹦乱跳地开始跳舞。

圆头圆脑的样子煞是可爱。

杨跳跳忍俊不禁，笑了起来：“这是你做的？”

湛佑点头：“随意做了一个，你喜欢就留着。上次你不是问我会跳什么舞？”

杨跳跳想起来，点头。

湛佑：“你说的那些，它都会。”

看着那个活蹦乱跳的机器人，杨跳跳不知怎的，鼻子一阵发酸。只有在生死之际时，杨跳跳才清楚地感受到，自己其实并没有依靠。

如果没有楚越，没有湛佑，她此刻可能已经尸沉大海。

而她真正的亲人，除了一次次把她推向死亡的深渊，根本不在乎她是否健康平安。

这种荒凉悲观的意识一旦形成，就像一座自己会长大的山岭，沉甸甸的，压得杨跳跳喘不过气来。

杨跳跳多多少少算是个公众人物，在港湾闹出那么大的动静，早就被记者用无人机拍下了整个惊险的过程。

除了那个跳车被羁押的男人身份不明外，很快那辆郁氏名下的车子就被人扒了出来。

一时间网上关于“当红情感博主九死一生，惊险逃命”的讨论帖一次次被顶上了热搜。

杨跳跳的名字以及住院地址被扒出来不说，连郁氏的股票也跟着受到了牵连。

发哥是第一个倍感意外的人——杨跳跳的人气分明早就出了圈，只等最后临门一脚了！

他火速联络了《让我们同居吧！》节目组的人，把那档室内恋爱互动的节目的场景直接设定在了医院。

杨跳跳还有三天出院，这三天话题不减，赶紧趁机给节目造势。双方一拍即合，加上杨跳跳本身没有意见，这件事就被安排好了。

节目正式开拍之前，一个意想不到的访客来了医院。

护士台的值班护士给杨跳跳的高级病房打来了电话：“杨小姐，一位姓郁的先生想要拜访您，时长半小时。”

杨跳跳正缩在床上翻看这几日爱博粉丝狂轰滥炸的问候，她名下一共有五个公共账号，全部被粉丝们各种嘘寒问暖的私信挤得满满当当。

“郁先生？”杨跳跳放下了操控板。

“杨小姐你好，我是郁白，想就这次事故还有赔偿的问题和你谈谈。”

郁白说话都带着笑意，让人不那么容易设防。

察觉到了杨跳跳的犹豫，郁白也隐约听说了杨跳跳对异性的“特别抵触”，很体贴地说道：“你的病房旁边有一间私人会面室。那里的玻璃可以自由调节成单方面屏蔽状态，隔着玻璃聊天也可以。”

杨跳跳应了下来。

去小房间里等郁白的时候，她顺手在网上查了查这家伙的资料，略挑起眉头。

输入“郁白”两个字，最先跳出来的新闻居然全部是……这家伙的花边新闻。

从国际超模到一线明星再到一些高颜值的素人……传没传绯闻的，反正所有和郁白扯上关系的女人都是清一色的肤白貌美大长腿。

而最近和他在一起被拍到的，居然是楚越。

楚越走在前头，依然一脸漠然霸气女王范，郁白跟在后头，手里……全是购物袋。

灯光不够明亮，看样子，两个人像是在什么地下停车场被拍到的。

楚越自顾自地开了车，伸手就把购物袋从郁白的手里抓了过来往后座一扔。她上了驾驶座，正准备去关门，被郁白扣住了。

他弯腰微微探头，不知道对楚越说了什么，脸上挂着温柔的笑容。

谦谦公子又带着些雅痞劲儿，很少有女人能招架得住。这模样，说是恋爱，也不为过。

杨跳跳这几天光顾着养病，这类八卦倒是很提神。

传闻楚越刚刚签约了郁氏，转头就被拍到了和金主少东家出双入对……说出去多少有点让人唏嘘。

啧啧。

杨跳跳略过了那些林林总总的八卦，最后在郁白的维基百科介绍最下面，翻到了一行字，好友那一栏写着两个字——

湛佑。

郁白很快上了病房，两个人隔着不透明的玻璃开始对话。

杨跳跳有些拘谨，又把椅子往后拖了一点。

那一头的郁白察觉到了对面女人的紧张，半开玩笑地说道：“其实，我更喜欢和女人通信联络，如果你愿意，我们可以……”

“你认识湛佑？ZIC公司的那个总裁？”

突如其来的问题最让人无法招架，郁白身经百战，只是微微一愣，咧嘴笑道：“你是对湛总本人感兴趣，还是对你家那个以湛佑名字命名的机器人感兴趣？”

杨跳跳翻白眼：“当然是真实的湛佑。什么样的人会自恋到用自己的名字按到自己的作品身上去呢？”

郁白挠挠下巴：“嗯，真是相当自恋。”

“回答我的问题。”杨跳跳直截了当地问道，“我查了报道，湛佑本人似乎失踪了……”

而时间则在“AI湛佑”到自己家前后。

这未免太巧合了吧！

杨跳跳醒过来以后，关于湛佑的疑思就一日多于一日。这个天天晃在眼前的人究竟是人是机器，她越发迷茫了。

可是明明她是无法接触男人的……那么多和湛佑接触的瞬间，她怎么能够安然无恙？

原来杨跳跳以为是自己的病情好转，直到她碰到了程呈……

完全讲不通。

郁白用手指敲了敲玻璃，那里出现了一个小窗口，男人的操控板被递了过来：“这是湛佑本人的照片，杨小姐你先过目。”

照片上，是一位三十五六岁的男人，气质不错，眉宇英挺，一看便是个成功人士。可是仅仅就颜值来说，与杨跳跳家的那个湛佑相比可差远了。

杨跳跳扫了几眼，敲敲窗户，递回了操控板。

不知道为什么，杨跳跳的第一反应并不是去追问照片上ZIC公司的总裁去了哪里，而是如释重负……幸好，她的“湛佑”只是AI。

幸好……她不会和郁晴一样，产生分不清界限的“移情”。

“有何感想？”郁白接回了操控板，笑着问杨跳跳。

“就，平平无奇一男子。”

郁白：“……”

“我满足了你的好奇心，现在换我了。”

杨跳跳“嗯”了一声，语气变得公事公办起来：“我知道出事那一天，你和楚越最先赶到了现场。我会记念你的恩情，如果郁氏或者郁总私人有需要我帮忙的，在我能力范围内的，我义不容辞。”

玻璃那一头半天没有传来郁白的回应，过了好一会儿，郁白无奈地笑道：“杨小姐的性格，有时候真是较真到可爱。”

杨跳跳没少被粉丝追着吹“彩虹屁”，下意识地就分辨出了这个“可爱”里有一点损的意思。

“我喜欢一码事归一码事。”

“那我也不绕圈子了，我这次来，是为了舍妹来的。”

杨跳跳沉默。

郁白继续道：“郁氏的律师团队研究过，让郁晴完全脱离司法干系也不是不可以。但是考虑到我本人对你的尊重，我想如果你松口放弃对郁晴的诉讼，那么事情会变得简单很多。”

杨跳跳早就查清楚了郁晴的来头，在看到郁白与楚越的绯闻后，竟也不知道该说这个世界是太小还是太巧。

“郁先生这话说得很有意思，一个女人试图想要害死我，你居然说出于尊重，让我放弃对她的诉讼？”

前一分钟还是个奶萌的小姑娘，连男人的正脸都不敢看，下一秒就义正词严全身上下都是不可冒犯的拧劲儿。

“如果我说，后台的车辆程序也可以证明，郁晴最初设定的目的地是在飞机场，而真的是中途出了问题呢？”郁白叹了口气，“杨小姐刚刚还在说，算是欠我一个人情，用这个去抵消也不可以？”

“我说过，一码事归一码事。”

郁白笑了笑，春风和煦的声音里却带着一丝胁迫的强势：“我也说过，郁氏的金牌律师团队有信心搞定一切。”

杨跳跳耸耸肩：“那我们今天就只是单纯的聊聊天了。”

郁白听出了送客的意思，摇摇头起身往外走，突然想到了什么似的，顿住了脚步。

“你们琼湾的女艺人，是不是都这样，油盐不进，拒绝捷径？”

杨跳跳下意识地想到了那段狗仔在地下停车场拍的视频……

人前风光，身边美女从来不断的郁白没有料到自己会磕上楚越这么一块硬石头。

视频里郁白的神情，换个角度来诠释，完全可以理解成郁白在楚越那里吃瘪了啊。

不知道为什么，杨跳跳心里有点想笑，还有点暗爽。

郁白出门的时候，正好碰上了折回来的湛佑。

湛佑回了一趟杨跳跳的家，给她做了一些营养餐，提着病号饭正从电梯里走出来。

两个男人时隔数月再次相见，在几米开外停止了步伐。

“哎，如果静夫人在这里，真的不知道她看到宝贝儿子给人洗手做羹汤会是什么反应？”

“如果你的白月光蓉蓉看到你为了郁晴跑来一个女网红病房做说客，又不知道会吃多大的飞醋。”

郁白：“……”

过了几秒，郁白挥起一拳头砸在了湛佑肩上：“你借了我钱还那么横。”

湛佑不动声色：“三个月，连本带息双倍返还。”

郁白笑嘻嘻：“二十几年好兄弟怎么可能要你利息！我说，新ZIC你随随便便分点原始股给我就好啦！”

湛佑眼皮子都没动：“滚。”

郁白进一步邀功：“我给你的小可爱看了湛老年轻时的照片，你猜她怎么评论？”

湛佑脚步没停，似乎完全忽略郁白所说的话：“我查了，当天的车子确实是系统突然出了问题，但是……”

他在杨跳跳的病房前停住，回头看了一眼目瞪口呆的郁白：“也许对郁睛来说，是个很不错的教训。”

杨跳跳正在病房里熟读脚本。

湛佑推开房门时，全封闭病房里一束电子阳光正暖融融地落在杨跳跳身上。

女孩穿着浅粉色的病号服被阳光镀上了一层金色，她把长发绾了起来，露出了尖尖的小耳郭，与她粉嫩嫩的小脸一样，让人很难不心动。

门在背后合上时发出了轻微的响动，杨跳跳几乎在那一瞬间，自然而然地把包装成普通书籍的脚本放了下来。

“你什么时候带我出去晒真正的太阳呀……闷死我了。”

为了配合她糯糯的嗓音，杨跳跳甚至伸了一个懒腰。

女孩姣好慵懒的容颜，再加上薄薄病号服下凹凸有致的身形，湛佑有那么短暂一阵子，忘了往前迈一步。

“你做了什么好吃的？”

杨跳跳的视线落在了湛佑手上的便当盒上，眼睛一亮，蹦跶着跑过来。

凑近湛佑的那一刻，她低下头，用几乎听不清的低音说道：“摄像机就在病房里，开拍了，直播。”

湛佑的声音很快响了起来，温柔得如同最初设置“月光情人”的那一天。

“你要是身体好得更快一些，我明天还可以带你去坐光速摩托，不争气的小东西。”

湛佑没有看过脚本，只是顺着杨跳跳的意思往下说道。

原来脚本上，发哥的编剧团队安排的话是“吃完午餐，我就带你出去兜兜风”，可是这样继续下去的话，杨跳跳只要一走出隔离病房，就难免会在走廊上遇到男医生、男护士或者男性外貌的类人机器人。

湛佑的回答，才是熟稔的爱人之间该有的口吻，而且更适合杨跳跳本人的情况。

她耳朵微微发红——这男人太会撩了吧。

下一秒，她被便当盒里摆放得相当精致的营养午餐惊艳得恨不得流口水。

几块切割均匀的牛肉煨在晶莹的萝卜里，烤过又淋了薄奶油、香茅汁的玉米一个个饱满圆润，清炒的蔬菜搭配杂粮饭，红红绿绿的，很是好看……

杨跳跳仰头，露出了一个大大的、没心没肺的笑容。

“你最好了！”

她伸手拿起了筷子，埋头吃了起来。

湛佑凝视着她大快朵颐，有些出神。

记忆里，一家三口坐在一起吃饭的时间……几近于零。

母亲是蜚声国际的传媒女强人，父亲是金融帝国无可厚非的王者。在湛佑的印象里，似乎只有一些大型的家庭聚会或者庆典，一家人才会坐在一起。

有那么一次，母亲在酒宴途中，胃病犯了。她强撑着笑容，应酬完了所有的客人后，一个人按压着绞痛的胃部躲去了楼上。

九岁的湛佑把这一切看在了眼里。

他生平，第一次做了一碗面条。

很简单，只是做到煮熟了而已，捞出来的时候因为煮得过久有些烂，他在厨房里找了一点香油、葱花淋了上去，试图“挽尊”。

面条端到母亲房间时，父亲正因为母亲的突然缺席而大发雷霆。

两人在争吵的间隙，扭头看到了站在门口端着一碗热面条的湛佑。

双方的表情都有了缓和。

母亲吃完了那一碗面，父亲在旁边耐心地等着。

那个画面，湛佑终生难忘。

在往后的很多年岁月里，每次在实验室里待到烦闷，湛佑便钻进厨房，慢条斯理地卷起衬衣的袖口，闷不吭声地做一桌精致的料理。

热菜热饭氤氲的香气中，久被冰冷数字与元件浸润的心，仿佛也感受到了被需要的，人间烟火的滋味。

第六章
猫系男友 A 先生

杨跳跳吃完，打了一个饱嗝，抬头看到湛佑正看着自己，有些不好意思地擦擦嘴，把空了的餐具推到了一边。

“嗯，看这架势，出院指日可待。”

杨跳跳气鼓鼓的，斜了湛佑一眼：“嫌我吃得多就直说。”

“不多，小猫一样的胃口，再多养几只也可以。”

“几只？你想养几只？”杨跳跳横眉倒竖，伸手就要去捏湛佑的脸，手指离他皮肤几寸处时倏然停住。

两个人在病房的暖光下对望着。

女孩的手指尖传递着温暖，湛佑总觉得再往前一点，他的脸就可以贴上那只小手，也许像是云朵一样软绵绵的触感，也许像是果冻一下凉凉的、滑滑的……

可是杨跳跳没有继续。

杨跳跳转过身去，双手抱着胸口，一脸生闷气的模样。她的肩膀微微抖着，不敢直接触碰湛佑，只能对着墙边立着的仿真芦苇撒气。

湛佑伸出手，将杨跳跳困他与墙壁之间的空隙，低头哄着：“说翻脸就翻脸？好了，我的小猫只有你……”

半个小时后，病房几个角落放置的无人摄像机里传来了导演组兴奋的声音：“咔——谢谢杨小姐，完美！”

杨跳跳与湛佑几乎立刻拉开了一段距离。

“谢谢。如果需要补镜头，我们可以补一下。”

“不用，不用！节目是一边录制，一边后期处理，直接放出去的！我们这边会收集观众意见，等花絮投票结果出来，再通知您补拍花絮，现在您好好休息就好！‘A 先生’再见！”

湛佑轻轻点头：“辛苦，再见。”

病房门打开，拍摄机飞了出去，病房里只剩下了湛佑和杨跳跳。

湛佑从恋爱模式恢复成了冷静自持的机器人模样。杨跳跳也收敛起了一脸天真明媚，沉醉在恋爱中的笑容。

“湛佑，你能不能联络到你的老板？”

湛佑挑眉，想到了在走廊上与郁白的相遇——“你想知道杨小姐怎么评论湛老年轻的时候？”

湛佑的声音有些发冷：“怎么，对湛总很感兴趣？”

杨跳跳从操控板里拿出拟好的合同丢给了湛佑。

“我研究过你们公司的机器人租赁手册，如果我明确表示自己会退还家用 AI，那么我的行为则属于一种变相的免费租赁。我用你来从事商业用途，所得的收入，应该知会机器人所属公司。”

湛佑扫了一眼那份合同，在“报酬”那一栏里，杨跳跳录制《让我们同居吧！》节目的收入是 50 万一集。

这差不多等同于一个刚入行的小明星的通告水平。

在“分成”那一栏里，杨跳跳仔细地写着五五分成，又写了拍摄 Vlog 的集数、时长与折算成的商业收入。

密密麻麻林林总总的账目明细有近百条，湛佑看完，心情复杂。

“让你在病房里好好养着，你就是这么养的？”

杨跳跳咬咬手指头：“反正闲着也是闲着。我算是正式转型了，不能在这种事情上留下污点。万一有一天，你转去了别的女主人家，再遇到一个歇斯底里的郁晴怎么办？”

杨跳跳原本没有在意，可是经历了郁晴一事后，她深深地明白了，没人能保护她，除了她自己。

方方面面，只有杨跳跳自己为自己筹谋，考虑周到，以后才不会吃亏。

湛佑的脸色更沉了：“离退货期还有九天，我怎么觉得，你每一天都在为怎么完美告别做准备？”

“这个世间，本来就没有什么理所当然的天长地久，不是吗？”

杨跳跳抬头，一双澄澈的眼睛直勾勾地看到了湛佑的心底。

没有任何欲望，没有任何情绪，甚至看不出任何激烈的挣扎，只是顺其自然地问着，像是在陈述一个最简单不过的道理。

湛佑喉结动了动，指了指条款的最后。那是一份买断建议书：杨跳跳表示，如果 ZIC 公司同意，她愿意出三十万买断湛佑的……皮囊。

湛佑几乎要被气笑："你要买断我的脸，还是整个身体？"

杨跳跳捏捏手指头："我要替我弟弟还债，钱不多，估计就只能买得起你的脸了。"

杨跳跳研究了一下，"AI 湛佑"的皮囊也是 ZIC 公司的资产，买一张高档机器人的人脸模型，市场价格差不多是十万到二十万不等。

湛佑这张脸，可以称得上帅到巧夺天工，她开价三十万，不算占便宜。

如果杨跳跳不买断，以后把湛佑退回去，别人用到"同款脸"，她的秘密不就保不住了？毕竟不像 Vlog，今天综艺节目一播，"A 先生"的脸就会全面曝光。

到时候她和一个"人工智能机器人"之间荒谬的恋爱契约也会完全穿帮。这样的风险，是杨跳跳承受不了的。

湛佑面无表情："你是想要等我离开的时候，把脸留在你家？"

杨跳跳一哆嗦，几乎立刻就想到了两人第一天见面时，湛佑那个恶俗的笑话——"午夜时分，我会把头摘下来放沸水里煮着……"

"不要，不要，不要！你带走就好！就是以后再有新东家，换个脸，换个脸……"

湛佑把合同丢下，眨了眨眼："已经传送给湛总，等待他的回复。"

听到这话，杨跳跳才放下心来。

程呈被关第二天时，看守所里来了一个探访者。

只是被羁押了短短二十四小时，郁氏律师团队就来了两拨，加上事无巨细的口供，程呈再傻也知道，不管郁晴当初是否真的想要害死他们俩，在这两人眼皮子底下绑走杨跳跳，差点害她溺水而亡这件事中，他是做定了替罪羔羊。

看管的警察推开病房门说有个姓高的先生来探访时，程呈差点烦躁地爆粗口。

可是当他拄着拐杖走到羁押室，看到铁窗外的男人时，差点惊掉了下巴——那是……乔装后的杨琪。

《让我们同居吧！》节目果然一炮而红。

第一季第一集在网上发酵了不过二十四个小时，爱博热搜前十条里有八条是关于该节目的讨论。

节目中一共请了四对情侣，除了杨跳跳以外，另外三对分别是新晋人气花旦 VS 歌手男友，国内模特 VS 健身冠军男友，实力派女演员 VS 投资实业家丈夫。

杨跳跳虽然是个名气很大，粉丝基数稳固的网红，却是综艺首秀，原本就是发哥争取来的资源，在谁也没有看好她的情况下，带着“纯素人”“A 先生”一举成名。

节目里，两个人完全没有人设与包袱的表演自然流畅，杨跳跳时不时跳脱与睿智呆萌的日常表现，“A 先生”无懈可击的温柔呵护，以及两个人之间默契无间的相处，都完爆了另外三对。

在分频道订阅的数据流中，杨跳跳这一对，在二十四小时内，几乎就完成了对前三对质的超越。

其中，“猫系男友‘A 先生’”与“跳跳式撒娇女友”等词条一跃上了热搜前三。

发哥一高兴，就搞了个临时会议准备好好表扬杨跳跳。

模拟会议室开通了以后，杨跳跳窝在病房里，听着发哥一顿天花乱坠地夸——

“你们知道什么叫老天赏饭吃吗？咱们跳跳就是，大碗吃饭！”

“天下武功唯快不破！跳跳这步棋走得好，前脚事故后脚发财！”

“真正的高手要什么人设，此处无招胜有招！”

楚越一边在快速地调着自己的新款眼影盘，一边对发哥这番言辞直白地翻了个白眼。

杨跳跳也听得兴致缺缺。

她扫了一眼会议室，突然开口打断了发哥："橘影去哪儿了？"

慷慨激昂的发哥被打断，听到橘影的名字，他像是吃了一只苍蝇，挥挥手："咳，今天就说到这里，你们去忙吧！"

强行结束了会议以后，会议室里只剩下两个人。

发哥看向杨跳跳："怎么突然问到了橘影？"

杨跳跳耸耸肩："就是想到而已。"

"她……被老总开掉了。合约提前结束，还用公司的保密法让她赔了二十万。"

杨跳跳挑眉："保密法？"

发哥的声音里带上了愧疚："那什么……你上次不是问我，你的家庭地址是谁泄漏出去的吗？你前阵子出了事儿，我怕影响你恢复，没有说……"

"其实是橘影泄露的是吗？"

杨跳跳平静地说。

高利贷的那帮人上门这事就发生在橘影登门吃了闭门羹后不久，紧接着阔别多年的程呈也知道了杨跳跳家里的地址，再加上郁晴那个权贵之女浮出水面，不难猜测这里头的关系。

"是我管理上的疏漏。橘影之前是楚越的助手，有一阵子我忙不过来，整个团队就她日程很松，于是我放手让她帮忙打理郁氏那场晚会嘉宾名单，想必是那时候她拷走你的地址。"

"橘影现在去了哪里？"

"办辞职手续那一天她回公司收拾东西，情绪不好，没和任何人打招呼，我也就没凑上去问。"发哥有些感慨，"本来想着把她当第二个楚越培养的，现在看来……"

"楚越人品比橘影靠得住。"杨跳跳坦率地说道。

发哥点点头。

"你不用自责，我也没怪你。这种事，说到底家贼难防。"

发哥眼眶微微有些湿润，看着镜头里一脸淡然的杨跳跳，声音里都带上了一些哽咽。

突然他舒了一口气，笑了起来："跳跳，保持这种淡泊明志的超然心态。"

"什么高级心态？"

"影视圈封后的心态！"

杨跳跳被他逗得笑出声。

《让我们同居吧！》综艺节目播出后，网上的花絮投票结果很快出来了。

粉丝们最想看到杨跳跳与"A 先生"的桥段居然是——泳池约会。

杨跳跳嘴角抽搐，视频电话那头，发哥一边唾沫星子横飞地让团队赶紧整理约会剧本，一边止不住笑容地劝说杨跳跳。

"哎呀，不就是穿个泳衣赤诚相对！你和'A 先生'都同居了，这点小事儿有什么遮遮掩掩的！再说了，我家跳跳身材一直是前凸后翘女神型啊！这次我找两个专业化妆师去给你捯饬，就那种 360 度防水妆……"

杨跳跳嫌弃发哥叨叨叨地吵得头疼，把电话静了音，转头看向身后摩挲着下巴的湛佑。

自家"AI 机器人"看着投票结果，平静的脸上有微妙的复杂神色。

"你也觉得太过了，是吗？"

"我在分析，现在的观众普遍喜欢看情侣中的男人露肉，从人类心理学的角度来看，是什么成因？"

杨跳跳心里嘀咕：还能是什么成因，好色呗。

下一秒，她突然不服气地争辩："明明我也要露肉的！"

湛佑寸土不让："有我需要献身的部分多吗？"

杨跳跳：……行吧，你赢了。

"你要是介意，可以穿潜水服，我们俩都穿！这样就公平啦！"

杨跳跳暗暗点赞：我可真是个小机灵鬼！

"不用，我们 AI 对于性羞耻这件事，相当看得开。"

湛佑一脸不在意，轻飘飘地丢下了这么一句话。

杨跳跳："……"

泳池约会肯定要有泳池。

下午和杨跳跳的创作团队商量怎么拍摄花絮时，发哥提出了包五星级酒店游泳池的想法。

不过，他刚说出口，就被湛佑否决了："不用，我家有泳池。"

众人："……"

杨跳跳："你有家？"意识到这么说实在是太蠢了以后，她马上调整口吻，"我是说……那个，你有自己的泳池？"

湛佑静静地瞥了她一眼。

发哥八卦之火熊熊燃烧，一拍大腿："好啊！那下午我们就去'A先生'家！"

"抱歉，我家只对跳跳开放。节目组那边我也会打好招呼，拍摄机器里的定位系统会被拿走，只准机器过来。"

相当直白的拒绝，发哥脸上刚打过水光针的苹果肌抖了抖，捂脸："这小两口果然是一个德行……"

杨跳跳没来得及关心湛佑到底什么时候，在哪儿有一个拥有泳池的"家"，此刻她注意力全部集中在如何"逃出生天"上——医院楼下那些听闻她今日出院的新老粉丝，以及嗑CP的节目狂热粉已经把行人与车辆的出口围了个水泄不通。

"湛佑，你能像电视里的战斗机器人一样，突然，'咻'地长出一对天使大翅膀，带着我飞走吗？"

"少看弱智动画片。"

湛佑不容分说地把之前给杨跳跳制作的墨镜架在了她的脸上，又给她套了一件黑色帽衫的外套。

"待会儿乖乖的，别嚷嚷。"

很快杨跳跳就知道了"别嚷嚷"的具体内涵。

两人前脚刚离开封闭病房，后脚，杨跳跳的视线就被突如其来的闪光灯海所覆盖。

戴着墨镜的杨跳跳看到几百台飘浮在空中的自动照录机宛如被看不见的幽灵控制，在她与湛佑出门的瞬间，直接朝着她的脸上飞过来。

"啊！"

她低呼一声，一个失重，整个人被湛佑不容分说地抱起。

那件厚重的外套隔绝了两个人的肌肤之亲，可是湛佑搂紧杨跳跳的时候，她还是能感觉到男人紧绷的肌肉与源源不断的温度传递过来……

她自顾不暇，把头深深地埋在帽檐底下，全世界嘈杂的声音消失了，记者与粉丝狂热的呼喊声也消失了……她只能真切地听到自己擂鼓一般的心跳。

一个念头如同电流般，自脊椎往上攀爬，最后清醒地占据了杨跳跳的大脑。

短得像是闪电，但是足以照亮夜空——其实，如果一辈子有湛佑陪在身边，也不是不可以……

没人能追得上湛佑，那些带着机器的记者不行，挥舞着应援装备的粉丝也不行。

甚至鲜有人看清楚湛佑的正脸，在此起彼伏的闪光之中，男人戴着与杨跳跳同款的黑色帽子，帽檐压得很低。

人群发出了惊呼，他漂亮的薄唇抿紧，棱角分明的下巴透着不可冒犯的严肃。他弯腰轻轻松松地抱起了杨跳跳，迈着长腿，以追风的速度，迅速消失在安全电梯门后。

两个身影出现在停车场时，记者们才反应过来，从病房门口到逃出重围，这男人用了……四五秒？

车库依然蹲守着人。

出了电梯，湛佑抱着杨跳跳并没有跑向早被媒体曝光过的杨跳跳的跑车。

而是在偌大的停车场里绕了一圈，甩开了一些同样跟不上的记者，用语音开启了停在僻静处的一辆超跑。

有着银黑色流线形车身的超跑如同潜伏在暗处的猎豹，半秒后，车子点火启动，瞬间挪移到两人面前。

后座车门打开，最近的追踪者也有十米之遥，湛佑把杨跳跳妥善地放在了位置上。

两个人的身体分开时，杨跳跳没忍住，轻轻用手指抹了一下他鼻尖沁出的汗水。

汗水就一点点，像是那天男人在自己的跑步机上运动流下的一样，如果不仔细看，根本无法察觉到。

她指间有些微凉，他的气息没有乱，杨跳跳却被自己冒失的举动吓得微微一怔。

湛佑轻笑，又听到女孩娇娇软软地说了一声："谢谢你。"

杨跳跳这几年也算是在京辉市见过世面了，可是眼前湛佑开的这辆车依然豪华得超出了她的想象。

这辆车目测除了造价不可估量之外，连性能都是赛车级。

那些跟出医院的狗仔，很多人开的偷拍车都是久经考验的高级货，但在湛佑的这辆车面前，简直如废铁一般。

只是绕着医院兜了一圈，湛佑车后便再找不到一台偷拍器或者跟踪车。

湛佑做了雷达扫描，确认无人跟踪后，才放心大胆地设置了目的地。

车子进入平稳的自动驾驶阶段，汇入了城市的车流后，杨跳跳昏睡了过去。

临近目的地，车子放慢了速度，

隔板前的驾驶舱，传来了湛佑的声音："到了。"

杨跳跳伸了个懒腰，醒了过来。

她直起身子，打开了车窗的遮阳板往外望去，吓得直往后退——"湛佑！我们怎么在海面上飘着？"

杨跳跳知道此刻自己并没有离开京辉市的地界，可是京辉市两面环水……这到底是哪里？

这辆超级跑车本身就有避水功能，此刻轮胎收缩，宛如一辆小型飞行器稳稳地停在离水面五米开外的上空。

杨跳跳又瞅了一眼翻滚着海浪的水面，在胸口画了一个十字。

"我们该不会是要……"

"沉到水底"这四个字杨跳跳实在是没有勇气说出口。

她可是前几天刚被人从水里打捞出来的啊！

"在前面。"

湛佑简单地说了三个字，突然之间，远方缓缓出现了一座……水上别墅。

起初如同视线内有了模糊的影子，继而那座建筑宛如海市蜃楼有了模糊的影子，紧接着倒梯形的轮廓一点一点完全展露了出来。

在杨跳跳面前出现的是一座倒立在水面上，暗灰色的建筑。

远看它像是把埃及金字塔倒吊在水面上的塔尖的部分与水面衔接，越往上看越能感受它气势磅礴的美与绝对统治力的科技感。

水面倒影是正立的金字塔，两个巨大的三角体在海平面上交接，形成了让人震撼的孤岛景观。

凑近看，可以发现别墅的外侧浅浅的玻璃窗边缘，可是如果只是远看，建筑物如同无懈可击的金属体，没有入口，没有出口，浑然天成。

杨跳跳叹为观止。

倒立的金字塔别墅像是感知到了湛佑车子的到来，在车子距它五米不到时，塔尖一寸寸收起，从建筑物的内侧伸出了一个小小平台——正好是一辆车的面积。

车子就这样，于无声之中被巨大的建筑体“吞噬”。

短暂的黑暗以后，杨跳跳看清楚了周围的环境——她此刻身处建筑的停车场。

停车场面积不小，停了六七辆与湛佑开来的车子极为相似的高档豪车。送他们来的那辆“黑豹”，像是长了眼睛一样，自己开去了一块空地停好。

杨跳跳心里暗暗推算，停车场应该处于“金字塔”的下层，面积已经算不小，上层的空间应该有近千平方米。

湛佑打开了车门，让目瞪口呆的杨跳跳下了车。

她愣愣地看了看男人，张口：“这是你的房子？现在连 AI 也能置办不动产了？”

“这玩意儿运用了什么原理可以倒立在水面上？

“等等，我们是在京辉的近海域对吗？这么大的东西，来来往往的渔船商船能看不到？

“这个金字塔会不会倒下来啊？砸海里真的不会进水吗？”

湛佑被杨跳跳叽叽喳喳的一顿问吵得有些头疼，打了个响指，空荡荡的停车场中心突然出现了一台光柱一样的电梯。

门打开，里头正好容得下两个人站立。

“进去，我解释给你听。”

杨跳跳动了动嘴，觉得再问也是徒劳，乖乖地跟着湛佑走了进去。

刚刚站稳，光柱的一侧，电梯门突然自动关闭，紧接着风穿过耳边，有个瞬间，杨跳跳以为自己被腾空弹起，下意识地就抓住了湛佑的胳膊。

一秒，两秒，耳边只有呼呼的风声，杨跳跳可怜巴巴地看着光柱的幻动，忘了松开湛佑。

五秒后，电梯停稳，光柱消失了。

两个人站在类似会客厅的一层空间之中。

地板是深色的，天花板要宽阔得多，是让人心旷神怡的浅色，没有照明灯。天花板每隔几米就漏出一些光，像是生生凿了几个洞，与外面的世界相连。

整体环境让人觉得舒适安全。

杨跳跳舒了口气，这才发现自己宛如树袋熊似的紧紧地攀在湛佑身上。

她缩回了手脚，红着脸解释：“那什么……电梯风驰电掣的，有点吓人。”

“等离子气流传输，当今世界最先进的安全传输系统。”

湛佑说完，轻轻点头：“坐。”

光洁的地面突然“长”出了一把明黄色的沙发椅，软绵绵地出现在杨跳跳面前一米开外的地方。

沙发椅的茶托上，还有一杯热气腾腾的玫瑰花茶。

杨跳跳：“……”

“屋子是湛总的。整个别墅建在水底的一个巨型磁场基地之上。磁悬浮产生的稳定动力可以让数千吨的东西稳如泰山地矗立几百年。至于你说的渔船可见问题，这里临近京辉市内海边缘，往来船只稀少。别墅里的雷达可以完美地规避任何军事、民用雷达频段搜索。所以总体上，房子的隐私性你不用担心，这里会是整个京辉市最安全的庇护所。”

杨跳跳叹为观止。

似乎和湛佑认识的每一天，她都在被刷新着对于“有钱”与“有实力”的认知上限。

“这些……都是湛总自己设计的？”

“是的。昨天和他通信过，他很欣赏你能遵守诚实合作的商业品格，也听闻了你眼下的困境。正好他本人不在国内，这套房子空置，可以借用给你逃避高利贷以及记者、粉丝的骚扰。”

感动是感动，可是杨跳跳立刻起身：“无功不受禄。我和湛总算不得认识，不能贸贸然地住人家里，请你……”

湛佑抬手，制止了她往下说的话：“湛总是商人，自然不会平白无故地把房子给一位陌生的女士住。”

杨跳跳警觉起来，警惕地环视四周，两只胳膊抱着胸口。

湛佑有些无奈：“不是你想的那种回馈。”

“那是哪种？”

“ZIC 公司的高级机器人借给你使用，你也是京辉市第一批使用 A 级家用机器人的幸运客户。后期如果有……”

杨跳跳的口气比之前更坚定：“不行，你与我是合约情侣这件事儿不能作为商业宣传点。抱歉，这一点，我之前给湛总的报告和盈利分成书里提到过。”

湛佑笑：“不是我这一台，是下一台。”

杨跳跳脸色微僵：“下……一台？”

“湛总说，等你试用完第一台 A 级机器人后，ZIC 可以以商务合作的方式提供 A 级家用机器人给你使用，只需要你在直播或者其他公共账号中帮我们新产品做推广即可。”

杨跳跳垂下头：“湛佑。”

“我在。”

“次 A 级机器人……和你有什么区别吗？”

“当然有，主要是外貌。它更趋近于人工智能机器人的模样，而不是人类。当然，你也可以选择定制你喜欢的模样。”

会客厅很大，一眼扫过去空空荡荡，但是超立体环绕声的室内生态系统里传来了潺潺水声与隐约的鸟鸣，很容易让人觉得自己置身在一片原始密林之中。

杨跳跳长久地沉默着。

湛佑无法判断，杨跳跳的这种沉默到底是因为在思忖次 A 级替换了自己以后，如何展开商务合作与推广，还是只是单纯因为自己即将离开而产生的伤感与不安。

他没有开口催促，杨跳跳也没有抬头。

茶几上氤氲的热茶逐渐冷却，隔了许久，杨跳跳终于站了起来："湛佑，代我谢谢湛总。"

节目拍摄组的机器是下午两点到的。

在杨跳跳住院这段时间，湛佑已经开始着手帮她搬家。短短两三日的工夫，原本杨跳跳别墅里必需的生活用品，以及衣物和直播的设备等都被挪到了这套水上别墅里。

一想到自己的那些贴身衣物都经由湛佑的手，杨跳跳心里升起一股微妙的情愫。

等待拍摄的间隙，杨跳跳在偌大的主卧里给自己上了妆也换好了衣服。

身后的那张悬浮床比她自己家的大上两倍，床上铺着上好的埃及锦缎织的床单被套，整齐得没有一丝褶皱，乍一眼望去像是整块浅灰色的铁。

与整栋房子其他地方的装饰基调一样，是冷硬的、单身男人居住的风格。

杨跳跳实在是没办法容忍自己躺在陌生男人的床上，从收纳橱里翻出了一床备用被褥，准备晚上打个地铺度过这几晚。

湛佑敲门进来的时候，杨跳跳正趴在地上兢兢业业地打地铺。

她穿着柔软的绸缎家居服，宛如一缕银白色的光，地上铺着一条被子，她屈腿跪在地上，背对着湛佑。

从他的角度，能看到她盈盈一握的腰肢和胸口蕾丝处若隐若现的肌肤……

整个卧室，因为她的到来变得……柔软而富有女人的气味。

隔了几秒，湛佑清了清嗓子。

杨跳跳从"地铺"上抬起头。

"地铺是给你睡的，还是给我睡的？"

那张床，别说一个杨跳跳一个湛佑，六七个成年人并排躺也能躺下。

“我啊。”杨跳跳站起来，理了一下耳边垂落的头发，莞尔一笑，“不好意思睡你们湛总的床。”

湛佑微微动了动唇，想要说什么，片刻后，还是改了口：“拍摄机器人到了。我抹掉了它们的目的地程序，回去的时候也只有节目组的方位，你的位置不会暴露。”

杨跳跳抬手看表，时间到了：“有心了。”

她说着就往外走去，一边走，一边解开了自己的家居服。

银白色的袍子如同流水一样从她的身上滑落，最后堆在脚踝处，杨跳跳轻轻踏过，露出了里面天鹅绒质地的酒红色比基尼。

在如雪的肌肤衬托下，比基尼勾勒出女孩曼妙的身姿，如同雪上含苞待放的花骨朵儿，每一缕姿色都深深地映进了湛佑的心底……

杨跳跳离开了卧室，湛佑凝视着光洁的地面上云朵一样的睡袍，微微动了动喉结。

她还不知道，游泳池是露天的……兴许海面上风大，游完泳若不披衣服有可能会着凉?

湛佑也弄不明白自己是在说服自己，还是在为杨跳跳着想。他反应过来的时候，女孩的睡袍已经被他挽在了手臂上。

流云一般的触感还带着些许她的体温，杨跳跳喜欢所有柑橘味的洗护用品，那“云团”便像是在橘子汽水里浸泡过一般……

手臂上的微电脑传来了振动，湛佑把视线从女孩的睡袍上移开，是小希。

“湛总，郁晴……”

小希推了推鼻梁上的眼镜，正要汇报工作，倏然看到全景象视频电话里湛佑所处的方位，继而是他手上挂着的睡袍。

小希猛地拍了一下嘴，用军训一般标准的声音回道：“抱歉湛总！我不是有意打扰您好事儿的！继续！”

“啪”的一声，视频电话关了。

三秒后，湛佑黑着脸回拨了。

这回借小希一万个胆子他也不敢开视频电话，只敢反复道歉：“湛总，不是什么要紧的事儿，我可以半小时后打过来……”

湛佑气笑了：“谁告诉你，我半小时能完事儿的？”

小希：“……”

“说正事。”

“哎哎哎，好！郁晴已经被郁先生送回 M 国了！郁家那些大家长听闻她在京辉市差点弄出人命来以后，勒令她待在家里，这阵子应该是可以消停了。”

湛佑点头，这些郁白作为郁晴“负荆请罪的长兄”已经告知他了。

“继续。”

“江城那边已经全部搞定，大约两周后便可以正式投产，湛总您这边……”

“按计划进行。”

“好的！最后是关于杨小姐家里，我查到她的父母因为之前被高利贷骚扰过一阵子，现在躲去了老家。杨小姐的老家在明秀山那一带，因为实在是落后，生活方式比较原始，我们查不到更多的资料。您看要不要我跑一趟？”

湛佑思索了片刻：“不用。只要把杨琪与杨跳跳的父母隔绝在她的生活之外，就不用插手太多她的私事。”

小希在那头一边记，一边点头。

“湛总……您的屋子……”

湛佑别说谈恋爱，之前生活的二十几年里，家里一只母蚊子都不曾来过。杨跳跳这样搬进来，很难让人不浮想联翩。

“老爷子之前放置的那些监控机器人都被我关闭了。房子空着也是空着，杨跳跳愿意住的话，我不会赶她走。”

小希万幸自己提前关了视频电话——否则湛佑此刻一定能看到自己憋也憋不住的，意味不明的坏笑。

泳池在金字塔的顶层，也是占地面积最大的一层。

光柱把杨跳跳传送上来的时候，有个瞬间，她以为自己踩在了海面上——大块大块的地砖会根据海水的颜色即时调整色彩，形成海天一色的效果，同时也模糊了自然界与人造建筑的区别。

目之所及全是此起彼伏的潮水，蔚蓝色的海面闪着金色的光点，只有边缘处的几把阳伞、凉椅提示着杨跳跳她此刻真实的所在地……

这哪里是个泳池，这分明是海中湖泊!

杨跳跳看着水面荡漾开来的波纹，看着倒映其中的自己，悲哀地想：帮杨琪还掉两千万以后，她还得奋斗多少个二十年才能住得起这样的房子。

一个小型管家机器人涉水来到了杨跳跳面前，高高举起的托盘里放着一杯鲜榨的果蔬汁。

又一道光柱闪现，湛佑出现了。

他似乎抽空去换了衣服，下身只穿了一条深色的泳裤，上身是宽袖和服一般半透明的浴袍。

海风扬起了他的衣袖，把线条分明、肌肉结实的长腿、窄腰、宽肩、人鱼线、马甲线一点不漏地送到了杨跳跳眼里。

杨跳跳原本举着果汁准备嘬，目光落在湛佑身上的那一刻，嘴忘了合上，果汁顺着下巴流到了胸口——形成了很不得体，宛如小孩吐奶的一幕。

机器管家相当没有眼力见儿地发出了报警：“污染报警！主人别动！”

一块帕子弹出，直接砸在了杨跳跳的脸上。

杨跳跳：“……”

湛佑笑着捡起了那块帕子，隔着布料给窘得快昏过去的杨跳跳擦拭下巴与颈项。

“抱歉，这个小机器人的动作精准度还需要调试。”

不知道是不是杨跳跳又有了应激反应，帕子落在她身上的一刻，她呆愣愣地忘了回避，连湛佑宽大的手掌一点点地擦拭她的脖颈，她都没有避让。

她的脖颈很好看，雪白细腻，柔软纤小，让人有忍不住抚摩的冲动，又能激起人狠狠怜爱的欲望。

更别说此刻她脸上挂着这样对男人不设防的表情，像是一只柔软的小兔子。

湛佑有些燥热，略略加重了一些力道，把帕子丢回小机器人托盘中。

“傻了？”

杨跳跳这才从灵魂的震荡里回过神来，急忙摇头否认：“不，不是，太好看了……”

“什么好看？”湛佑勾唇追问。

“泳……池。”杨跳跳垂着头，盯着自己光秃秃的脚趾甲。底下的地砖，依然在翻涌着碧蓝色的潮水。

她暗暗后悔，自己没有倒饬得更……性感妩媚一些。

花絮比正章的要求低，只要求搞笑简短即可。

许是湛佑之前的美男攻势实在是火力太大，杨跳跳生怕自己再没出息地失态，开拍后离他要多远有多远。

可怜那几台拍摄机，都快要升到云端了，也拍不到两个人同框的画面。

两个人一个在东一个在西，像是江湖一别，互不干涉的一对怨偶。

在导演组准备通过无人机提醒让杨跳跳凑近一些“A 先生”的时候，意想不到的事情发生了……

杨跳跳原本在浅水区游得挺欢快，突然一个没留神扎猛子去了深水区。

因为屋顶泳池连着大海，而视觉上那些因风而起的浪花太凶猛，杨跳跳有个瞬间觉得自己已经离开了湛佑的房子，离开了屋顶的泳池，迷失在大海深处。

这样的心理暗示带来的直接后果就是，她慌不择路地想要往回退缩，却一时间没搞清楚方向。

半分钟的挣扎后，“当”一声巨响，杨跳跳的头撞在了泳池边缘，几乎肉眼不可见的边界上。

边界高透光的玻璃仿佛空气里看不见的屏障，将人工泳池与海洋分割开来。

这一下撞得不轻，杨跳跳眼冒金星，脑袋一歪，径直地往水底栽去。

几乎是在她慌不择路“逃生”时，二十米开外的湛佑就觉察出了不对劲，丢了饮料，纵身一跃跳下水。

在杨跳跳彻底失去知觉之前，在三米深的水底，他一把捞起了她……

智能凉椅几乎在瞬间就吸走了杨跳跳身上与头发上的水珠。暖融融的光落在她身上，将胸腔最后一口水吐出来的时候，她睁开了眼睛。

湛佑正从她的胸口抬起头……

“你你你你你你！”

杨跳跳一连说了几个你，一边说一边惊恐地往后退。

胸口的比基尼完好，皮肤上也没有可疑的痕迹……湛佑没对自己做什么？

“你在想什么？”

似乎因为刚刚在忙着救自己，湛佑脸上与头上的水滴都没有拭去，在日光下亮晶晶的，他看着杨跳跳的眼神里没有一丝邪念……

“我以为……”

“以为什么？”

“……”

杨跳跳结舌。

顺着湛佑的后颈，胸膛、腹部往下望……虽然他那条深色的泳裤还好好地穿在身上，杨跳跳却注意到了一处地方。

湛佑没料到杨跳跳坐起来的第一件事是直勾勾地盯着自己的下半身看。

而被杨跳跳那双毫无邪念的水眸牢牢盯着，男人身体里的燥火很容易就撩起了，紧接着就是他不能控制的事情……

湛佑在彻底失态前，面无表情地勾起落在一旁的浴袍，迅速打了一个结，遮住了所有能让杨跳跳遐想的地方。

杨跳跳赶紧低下头，吞了口口水。

她隐约记得……第一天湛佑来自己家时，说过机器人的皮肤构造，那些乱七八糟的分子结构似乎有……伸缩功能？

浪潮声依然在耳边此起彼伏，两个人尴尬得不知道怎么开口。

杨跳跳：“你没告诉我……”

湛佑：“抱歉没有提前告诉你……”

两人：“……”

湛佑：“替你做过生理数值扫描了，没什么问题，擦了一点消瘀的药水，明天就会好。”

杨跳跳轻轻地摸了摸头上的肿包，点点头：“多谢。”

“紫外线系数升高了，要不要回屋子里？厨房已经做好了冰镇西瓜汁。”

杨跳跳迫不及待地点头，从躺椅上站起来，一路小跑走向光柱。

她的身后，湛佑闭了闭眼，舒了一口气，把胸口那股由女孩勾起的欲念重重压了下去。

距离两个人一米开外的拍摄机，兴奋得几乎要跳起舞来。

二十分钟后，花絮播出。

继“杨跳跳‘A先生’医院同款情侣帽”卖脱销不到二十四小时，“杨跳跳同款比基尼”“‘A先生’同款和服浴袍”瞬间被顶上“今日必买”TOP2。

而网络上，另外一场“寻找杨跳跳约会酒店屋顶泳池”的活动也如火如荼地展开……

伪装成园艺师的杨琪第一百次扫向杨跳跳别墅的方向。

已经到了晚上八点，别墅里依然没有丁点灯光。更可气的是，一旦有人靠近，不知道从哪儿就会闪出红光，对着人一通照射，没过几秒，小区的保安就会过来巡逻。

杨跳跳这女人，这几年日子过得好了，真把自己当作什么大明星了。杨琪心里这样暗骂着。

杨琪眼红地扫着小区里形状各异的别墅，这里的建筑都跟老家的不一样，闪光得像是镶嵌了钻石似的。

而这样的生活，他姐拥有，他却没有。

呵，凭什么。

蹲点到了第二天晚上，他有了收获。

不知道从哪儿钻出一个女人，戴着一顶宽边渔夫帽，压低帽檐，往杨跳跳别墅的方向匆匆走来，行踪很诡异的样子。

杨琪第一时间就认出了这人并不是自己的姐姐。

紧接着，预料之中的，报警铃声大作，几个电子机器人管家嗖地蹿出来，把那个惊慌失措的女人团团围住。

电子机器人一边一个钳制住了女人的手，准备往门外拖。在旁边花坛处围观的杨琪突然丢了手里的剪子，走了上去。

“抱歉，这是我的女友。她知道我在这里工作，来找我的。不好意思，惊动了贵小区的警报系统。”

杨琪说得一脸诚恳。

扫描红光反反复复地检查了女人和杨琪的身体，并没有发现可疑的危险品后，接受了杨琪的说辞。

“这是业主自己设定的安全程序，在她的所有权范围之内，全部访客都要接受身份认证与主人盘查两道审核才能进入特定区域。”

杨琪笑呵呵地点点头，用手轻轻推了一把那个呆若木鸡的女人，后者也终于反应过来，态度良好地对着电子保安认错。

五分钟后，小路上的电子保安散去，只剩下了杨琪与那个女人。

女人露出了一张精致的小脸。

虽然略显狼狈憔悴，但怎么看也算是个美人。

杨琪满意地挠了挠下巴。

喝完了冰镇西瓜汁，杨跳跳止不住地腰酸腿软。

幸好最近的拍摄任务也完成了，还额外历经了“医院逃生”与“泳池溺水”两个桥段，她的体力透支得厉害。

晚上十点直播，这是在“爱博百年盛典”之前最后一次造势，她务必拿出百分百的精神来，调好了闹钟以后，杨跳跳决定去卧室休息一下。

湛佑目送她到卧室门口，没忍住开口：“别睡地板，客房的床褥都是全新的。”

他以为杨跳跳是嫌弃男人睡过的床铺。

杨跳跳疲惫地扭过头，已经困得有些脸浮肿了，轻微点了点：“好的，知道了。”

关上门，她踢掉了拖鞋，还是直奔之前铺好的地铺。

不知道是不是她的幻觉，屋内的生态系统许是觉察到了她的低体温，把地板的温度都自动做了升高。

地铺软绵绵的，杨跳跳抱着香喷喷的枕头沉沉地坠入睡梦中……

她一觉醒来，外面的天已经全黑了。

虽然置身海面之上，但金字塔建筑体的内部全然听不到喧嚣的海浪声。

杨跳跳睁眼的瞬间，屋内角落里的灯缓缓开启，室内变得昏暗可见。

她满足地伸了个懒腰，已经晚上八点了。

不知道湛佑在干吗……

杨跳跳下意识地瞥了一眼旁边的床，床褥整洁得依然一丝褶皱都没有。她不禁去想，如果湛佑躺在上面会是什么样……

噗！

这样扑哧一笑，一股熟悉的、热腾腾的液体从杨跳跳下腹蹿了出来。

杨跳跳大脑宕机了一秒钟，反应过来以后赶紧慌慌张张地爬起来……

然而为时已晚。

她盖的毛毯、用来做临时地铺的备用被子上已经沾上了斑斑点点的血迹。

湛佑明显是接收到了生态系统的提醒，知道杨跳跳已经醒过来。

几乎是在她惊慌失措地爬起来时，他就在门外绅士地敲了敲门：“醒了吗？晚饭已经做好了。”

杨跳跳挠脸，迟缓地想到了此刻屋内还有一具男性长相的……机器人。

“呃，来了，这就来了……”

隔着门，湛佑似乎听出来女孩的声音有些不对劲。

“感冒了？”

他扬手，昏暗的室内出现了杨跳跳的生理数据——体温有些微的高，不过在睡醒后正常的阈值内。而且他清楚地记得，杨跳跳睡之前喝冰镇西瓜汁时可是相当来劲。

“没有！我，我换个衣服就下来了！”

湛佑轻笑蹙眉：这女人，可以穿个邋邋遢遢的帽衫就出去见旧相好，怎么下楼吃个饭还要换衣服……

二十分钟后，杨跳跳鬼鬼祟祟地从卧室里探出了脑袋，把那一大团带血的被单、衣服、毯子搂在怀里，试图从这个冷冰冰的家里找出洗衣机的所在。

她知道湛佑可以分分钟从地板里变出她想要的，她甚至怀疑上百平方米的卧室再加一张床也没问题。

可是在这种女孩子的事上，她实在是不愿意劳烦他老人家。

哪里有洗衣机?

杨跳跳跟做贼似的在屋里乱窜，差点踩到了一只小型清洁机器人。

那小东西“叽哩哇啦”地叫了一通，把杨跳跳吓了个半死。

她赶紧蹲下与之平视。

机器人静了音。

“这个！”杨跳跳戳戳怀里的脏衣服，“送去清洗，OK 吗？”

湛总家的角角落落，不用质疑，全部是高级货。在理解自己真实意图这件事上，杨跳跳毫不怀疑眼前这个其貌不扬的小家伙能做到。

在她殷切的目光下，那只小机器人用两只机械手接过了重任，回了一句萌萌的“OK”转头就离开了。

杨跳跳拍了拍胸口：幸好自己机智。

她揉了揉饿扁了的肚子，开开心心地往餐厅走去。

三分钟后，小机器人在偌大的家里七拐八拐地找到了湛佑。

他在实验室里调试着送给杨跳跳的墨镜。后天，杨跳跳会戴着它出席“爱博百年盛典”，墨镜的一些参数需要调整。灯光下，男人的目光专注，鼻梁上架着一副精细显微眼镜，睫毛被工作台的灯光染成了金色。

小机器人毕恭毕敬地敲了敲门。

“进来。”

在湛佑的指挥下，旁边一套小型焊接组合工具停止了运转。

“这是什么东西？”

湛佑接过了小机器人手里的一摞床单、衣服。

小机器人依然用萌萌的声音，恪尽职守地回道：“女主人，生命危险。”

第七章
一定是关心则乱

晚餐满桌的菜，连奶油浓汤都依然氤氲着热气。无论到哪里，湛佑的厨艺一直是在线的，可惜今天的杨跳跳无福消受。

下午小睡后发现“好友”光顾，坐在餐桌前，杨跳跳感觉小腹隐隐作痛。

糟糕。

她的行李箱夹层里虽然有必备用品，可是止痛药湛佑似乎没有给她收拾过来。

这事儿也不怪湛佑。

杨跳跳的家本来就充当了她的工作室，为了防止直播的时候有不该有的东西入镜，杨跳跳对自己私人的东西都藏得很深。

在洗漱柜暗门后的止痛药无论如何都不可能被湛佑发现的……

她暗自叫苦，捏着汤勺，准备灌两口奶油浓汤缓解一下，餐厅的门被倏然推开。

紧接着，湛佑和四五个飘浮的机器人像旋风一样跑了进来。

杨跳跳第一次在湛佑的脸上清楚地识别到了类似紧张的情绪……

杨跳跳举了举汤勺，疼痛让大脑的反应都迟钝了两拍：“一、一起吃？”

苍天有眼，湛佑这架势怎么跟护食有点像……

湛佑蹙起了眉头，凝视着杨跳跳几乎没什么血色的嘴唇。

女孩穿着柔软的家居服，湿漉漉的头发已经吹干了，松散地披在肩上。除了脸色苍白，她身上没有肉眼可见的伤口。

“检查。”他开口下了命令。

检……查？

杨跳跳这边尚未起身，两只小机器人“咻”一下，一左一右挟持了她的手腕。医用探听器状的仪器贴上了她的脉搏，开始“嘟嘟嘟”地探测生命体征。

而另外一个大一些的设备，悬浮在杨跳跳面前，红色的扫描光上上下下地蹿动着。

杨跳跳一脸莫名其妙。下一秒，她捕捉到了站在湛佑身边的，那个矮个子清扫机器人。

它的两只手上，依然兢兢业业地托着她的被褥与脏衣服，滚圆的大眼睛专注地看着同伴，仿佛和湛佑一样，在紧张地等待着结果。

杨跳跳在这瞬间明白了这出戏背后的内涵。

她的一世英名！还让不让人活了！

她面红耳赤，下一秒把头猛地埋在了臂弯里，趴在餐桌上发出了一声绝望的呜咽。

湛佑脸色一变，以为她不舒服倒了下去，几乎是凭着本能冲上前，一把抱住了杨跳跳，稳稳地托举着跑向一旁的沙发。

“一号上传生理数据立刻分析，二号调用医疗舱！三号，去血库拿备用人造血！四号，去通知家庭医生火速赶来！”

那些原本围在杨跳跳身边的机器人立刻听话地散开，连同那只清扫机器人也“呜呜呜”紧张地跑开。

身体被湛佑紧紧地扣在胸膛，杨跳跳清清楚楚地感知到了湛佑如同鼓槌一样的心跳。

他温热的体温和有些炽热的气息隔着薄薄的家居服，把她全然包裹住。

他是在……紧张自己吗？

AI 真的会体恤主人，也有共情能力吗……

突如其来的亲近再次让杨跳跳的指间微微僵了僵，不过却也只是几秒而已。

几秒后，在湛佑专注地给小机器人们布置任务的间隙，杨跳跳弱弱地伸出手，扯了扯湛佑的衬衣领口。

“湛佑……我没事儿……”

以为她刚刚在自己眼皮子底下休克过去的湛佑喉结微微一动，冷声道：“怎么会没事？”

床单上都有血迹。

下水时不小心撞了脑袋，她为什么能在受了内伤忍到现在还一声不吭？

他清清楚楚地记得，清扫机器人把带血的床单举到自己面前时，心跳骤停几秒的感受。

如果不是机器人发现了这一切，她还准备一个人忍到明天？

真是个蠢货。

“我是……我真的没事儿……你、你知道……例假吧？”

艰难地憋出了那两个字以后，杨跳跳有些自我放弃地叹了一口气，低低地说道：“我的例假……不太规律。没算准，游了泳以后又喝了冰镇西瓜汁，所以有点疼……”

她把该交代的都交代了，空气反而凝滞了。

湛佑把杨跳跳放在了沙发上，并没有急着站直身体。

他两只手撑在沙发的边缘，就那么近距离地凝视着杨跳跳。

她真是窘透了，闭上眼睛，连额头都是羞怯的粉红色，还沁着薄薄的汗水。

床单……冰西瓜汁……腹痛难忍……

他应该猜到的，他应该有这个常识才对。

这些简单的词汇盘旋在湛佑的大脑里，形成了最困难的课题，也形成了一种说不清道不明的，隐隐约约的挫败感。

他又垂眸扫了一眼杨跳跳，不知道是因为紧张还是羞涩，她的嘴唇多少有了一些血色。

没事就好。

半晌没有等来湛佑的反馈，杨跳跳甚至都要以为他死机了。

她悄悄地睁开眼，见湛佑正一动不动地凝视着她，睫毛都没有任何的翕动。

杨跳跳斗胆伸出手，在他面前晃动了一下，女孩掌心香喷喷的味道让湛佑的瞳孔紧缩。

他站直了身子，给杨跳跳披上了毯子。

“刚刚查询了一下该怎么做。”

杨跳跳把毛毯掖到了鼻子底下，挡住了自己半张小脸，有些不好意思：“嗯……该怎么做？”

“多喝热水。”

杨跳跳：“……”

湛佑转身离开。

三分钟后，来了一个小家用机器人，稳稳地托着一杯温水送到了沙发边上。

而与此同时，杨跳跳看到窗外，黑漆漆的海面上，一辆车子闪着红色的尾灯，从金字塔的底部开了出去，以次音速直奔京辉市主城区的方向。

杨跳跳放下了水杯，眨了眨眼：这么晚了，湛佑……出去干吗？

霍尔西医生给湛启山开了一些药剂，将药方输入了家用护工的程序之中后，又敲开了书房的门。

湛启山正在看特助递上来的报告。

和前几日的结果一样，湛佑整个人的行踪如同汇入了大海的雨丝，偌大的京辉市，毫无踪迹可循。而湛启山设置了监控程序的 ZIC 大厦与湛佑的几处住宅，也已经空置了许久。

一想到自己那个叛逆的儿子，湛启山的胸口就止不住地发闷。医生进来的时候，他又低低地咳了两声。

“启山，如果您不配合我的治疗，花多少时间都是徒劳。您是优秀的商人，应该明白徒劳无功这个道理。”

霍尔西和湛启山是多年的老友，伸手直接拿走了他面前的操控板。

湛启山有些郁闷地仰头靠在了沙发上，长叹一口气。

“霍尔西，你上次见我情绪这么低落是什么时候？”

“静夫人离开您的时候。”

“那你说，我老来得子，还不能对他有点指望了吗？臭小子的自私劲儿简直和他母亲一模一样！”

见湛启山又动气，霍尔西降低了一些声音：“启山，我们都老了。老年人的多愁善感与缺乏安全感，是孩子们不能体会的。”

“半年前！”湛启山越想越郁闷，重重放下了手中的杯子，“半年前我就跟他说！我不反对你的事业，但是人不能一辈子关在实验室里和冷冰冰的机器人打交道！他只要随随便便出来见见女孩子，随随便便结个婚，给我个小孙子抱抱，我可以下半辈子都不管他！”

这番话着实有些孩子气，霍尔西先笑了起来，湛启山最后也跟着气笑了。

一个窗口弹了出来，是楼下的管家发来的视频电话。管家满脸的惊诧，连胡子都不自觉地抖了抖。

“老爷子！”

“什么事？”湛启山闭着眼睛吞了一把药，懒懒地问。

“湛佑公子回来了！您快下来！他的车子都泊在二楼天台了！”

湛启山差点被药呛到，囫囵喝了半杯水，推搡着霍尔西走前头，立刻朝着二楼停车坪的方向走去。

夜风很大。

那辆多功能的跑车慢慢地收了气旋引擎，稳稳地落了下来。

车门刚刚打开，湛佑就从里头跳了出来，直奔里屋，刚刚走了两步，就与湛启山、霍尔西撞了个对脸。

他的视线快速地掠过湛启山，直接开门见山地看向了霍尔西。

“我要三四天疗程的微量止痛药。”

湛启山：“……”

管家：“……”

霍尔西愣了一下：“要那个东西干吗？”

湛佑语速极快，完全忽略了霍尔西的提问，自己补充道：“要对身体没有副作用的那种，我记得您的实验室里有这样的药剂。”

湛佑这一通说完，霍尔西完全看出来了，他今天是有备而来的。

一想到这对相爱相杀的父子，一个追一个躲，再次见面居然是因为湛佑来问自己要止痛药，霍尔西一时间不知道该笑还是该哭。

他微微转过身去，对脸上怒意压也压不住的湛启山使了一个眼色。可惜湛启山此刻只想一拐杖对着湛佑打过去，完全不顾霍尔西的眼神暗示。

霍尔西笑容和煦地看向湛佑：“有是有，你要稍等一下，我的药箱在楼下客厅。”

“不用劳驾您。”

湛佑一挥手，从跑车里飞出了一只小机器人，直接飞过众人的脑袋，一溜烟地飞去客厅里拿药箱。

霍尔西：“……”

他搓了搓手，笑眯眯地再次问道：“湛佑，你不舒服吗，怎么突然要止痛药？”

“这个东西，可以缓解生理期疼痛。”

湛佑云淡风轻地张口回答，一丝余光都没有分给湛启山。

湛启山微微张嘴，前一刻还捏在手里的拐杖此时“啪”地掉落在地上。

只是须臾之间，那只小机器人就拿到了药箱，“咻”地飞了回来。

湛佑满意地看了一眼，抬头看向霍尔西：“多谢。”

说罢，他转身跳进了跑车之中，三秒后，随着轰鸣的引擎声，天台停车坪暗了下来，跑车消失在夜幕之中。

湛启山的白发在风中凌乱。

他戳了戳霍尔西，一脸茫然：“那个臭、臭小子刚刚说什么来着？”

霍尔西轻笑出声，拍了拍他的肩膀：“恭喜您老朋友，您的心愿啊说不定快达成了。”

一分钟以后，湛启山如大梦初醒一样，拍着腿转过身冲着管家喊：“郁白……郁白！”

视频电话接通，郁白那边光线昏暗，分不清楚是在哪里。

“湛叔叔？”

郁白有些惊诧地看着镜头里表情复杂、激动的湛启山。

“郁白！我问你！湛佑最近有没有交女朋友？”

郁白失笑：“他有女朋友了？我不和您一样，茫茫人海，捞不到湛佑吗？”

湛启山用拐杖敲了敲地板，语气相当笃定：“有了！肯定有了！”

湛启山三言两语把刚刚湛佑如旋风一样回家扫荡药物的事儿说了一通，那头的郁白笑得连眼泪都要出来了。

“湛叔叔，说不定这臭小子又在搞什么奇奇怪怪的实验。”

湛启山直摇头：“不不不！这回准是有了！你从前和他在一起的时候，

没听他说过中意什么姑娘？”

他顿了顿，察觉自己这么说有失妥当，补了一句：“除了郁晴之外，走得比较近的姑娘？”

提到了自己的妹妹，郁白的脸色微微沉了沉，他摆了摆手：“从前湛佑就是油盐不进，对男女之事兴趣寥寥的样子。”

湛启山冷哼了一声，气得吹胡子瞪眼睛。

郁白舔了舔嘴唇，看到了走廊尽头刚走出房间的女人，微微压低了声音：“舍妹的事情，郁家的家长会正式向您道歉。我父母过两天就会过来，到时候……”

湛启山叹气：“罢了，罢了！郁晴也不容易。我不过是可惜他们俩没能在一起而已，咱们两家谈什么道歉。”

寒暄了两句，郁白挂了视频电话，顺手点开了用来定位湛佑的跟踪器地图。这是湛佑父子刚刚闹崩时，湛启山委托郁白的人安装的。

毫无悬念的是，上面干干净净。

除了上次在医院匆匆见面，湛佑主动现身外，郁白与他再没有见面过。

在这个由算法构成的世界里，只要湛佑想要藏起来，天王老子都找不到。

只不过从前神通广大、万花丛中过片叶不沾身的湛佑，现在也有了一根小尾巴。

楚越疲惫地揉了揉太阳穴，关上了酒店的房门。

家里的设备接二连三地出了问题，不是地板开裂就是水管漏水，物业调了机器人来修，最快也要两天完事儿，她的直播不能丢，只能带着助理拖着大包小包到家附近的酒店来开房。

刚刚做完了“秋季蜜糖妆”的直播，楚越准备下楼去酒吧喝点小酒透透气，扭头就看到了蹲守在走廊尽头的男人。

她一哆嗦，险些以为自己见了鬼。

那道修长的身影在捕捉到她踪迹时就朝着她所在的地方走来。

头顶的光线昏暗而暧昧，楚越只觉得自己头更疼了。

“你跟踪我。”楚越冷冰冰地开口。

郁白耸耸肩："楚小姐如果觉得我在自家酒店邂逅一两个客人就是跟踪，也可以这么定义我的行为。"

楚越："……"

打过几次交道，楚越深知这个男人自带狗皮膏药的天分，懒得和他多说，准备绕开他，错身而过的一瞬间，被对方轻轻握住了手腕。

楚越蹙着冷眉，白了郁白一眼。

郁白适时地放开手。

"上次你说，如果能帮你救出你朋友，你可以考虑和我约会。"

"我不是陪你喝过咖啡！"

也不知道为什么，向来冷着脸轻易不会动怒的楚越，总是一次次地被这个男人激得失了耐心。

"哦，那是带你去找你朋友的代价，一码归一码。"

郁白懒散地靠在墙壁上，似笑非笑地看着楚越。

她只要一生气，冰川脸上所有生动可爱的样子都会蹿出来。

郁氏本就是做日化品和高端护肤品起家，郁白、郁晴自小就与各种美妆大师打交道，深谙行业水平。可是每每他站在楚越面前，凝着那张小脸，很容易忘了那些所谓的化妆技巧抑或者美学天赋之类的东西。

他所在意的，能记得住的，只有那双勾人的桃花眼，以及与自己对峙时丝毫不怯懦的、盛气凌人的架势。

而这样一个看似冷硬自我的女人，谁也想不到，在看到朋友出事时，她会想也不想地冲上去，拼了命地想要把杨跳跳从水里捞出来，脸上是藏也藏不住的担忧痛心。

温柔含蓄的情感如果掩藏在凌厉的冰川下只会形成一种更微妙深刻的吸引力。

郁白在这样的楚越面前，难以自持地动了心。

楚越沉默了会儿。

"如果我陪你约会一次，你就再不纠缠我了？"

郁白失笑，心想：自己这个品牌方的金主爸爸还真毫无尊严，小姑娘连"纠缠"两个字都蹦出来了。

“可以。”

楚越气哼哼地往前走了两步，突然扭头瞪着郁白：“走，喝酒去！”

直播关闭一秒后，强撑了一个小时的笑容立刻从杨跳跳脸上消失。头上藏不住的汗水流了下来，洇花了她的淡妆。

入行的第一年，杨跳跳只重感冒过一次。

她的体质向来不错，可是偶尔生病就相当严重。

那次直播，她连续打了几个喷嚏，泪眼汪汪，连声音都带上了颤抖。彼时的杨跳跳不过是个顶着“美女搞笑段子手”名头出道的新人，粉丝基础少，黏度低，影响力也远不如现在。

看到杨跳跳在直播里萎靡的表现，在线的两千多号人里当即有人不客气地开麦——

“装什么装啊！现在流行卖惨了吗？”

“我一边开车，一边看你直播呢，说的啥玩意儿，听得我头昏脑涨！”

“这破锣嗓子如果不是装的，赶紧消停点关了直播吧！现在什么人都以为可以轻松赚流量博关注了吗？”

杨跳跳很难回忆起当时的自己什么心情，因为直播还未完成，她就因为高烧、低血糖里昏了过去。

发哥让平台的人匆匆掐断了直播。

杨跳跳并没有等来任何关心、同情或者体恤，相反，公司勃然大怒。

发哥甚至把她这次直播定义为“事故”的典型反面教材。

“杨跳跳，你是吃这碗饭的！只要你还活着，打开镜头就是你的舞台！你要保证它完美无瑕！这是你的职业精神所在！”

回忆着过去几年自己经历的种种，杨跳跳疲惫地用湿巾开始卸妆。

腹痛更为难忍，她想着，也许喝点热水躺下会好很多。

一个人迷迷糊糊地昏睡了许久，杨跳跳听到了隐约的脚步声。

卧室的门被推开，一个高瘦的身影走了过来，紧接着，干燥温热的大手把杨跳跳从地铺里抱了起来。

“谁让你睡在地上的……”

湛佑的声音仿佛从远处飘来，轻轻落到了她的耳边。

杨跳跳想要辩解什么，可是嘴巴怎么也张不开，声音变成了软绵绵撒娇意味十足的鼻音。

“哼……”

还哼上了。湛佑的眸底汇聚着笑意，弯腰把她抱上了床。

偌大的床上，纤瘦的女孩像是一个被妥善安放的洋娃娃。

被湛佑放进被窝里时，杨跳跳自觉地往下缩了缩，只露出一双眼睛在外头。

怯怯的，软软的，很可爱。

湛佑把她从被窝里挖了出来，托着她的身体，给她喂了一粒药。

“苦……”杨跳跳皱眉，长睫毛垂着，一副懒得睁眼的样子。

“要苦还是要疼，你自己选一个？”

湛佑放下了温水杯，又把女孩放了回去。

她一扭头，捏着被角睡得更沉了，几秒后，那因疼痛惹得蹙起的眉，慢慢地平复。

远山青黛，眉眼清秀，这才是她应该有的样子。

湛佑调亮了几米开外的一盏夜灯，回头看了一眼女孩，轻轻走了出去，带上了门。

这一夜睡得如此无梦安沉，以至于杨跳跳醒过来时，还在回味七小时彻底深度睡眠带来的神清气爽。

窗外，海面变成了让人愉悦的蔚蓝色，九点的太阳已经升得很高，金灿灿的暖阳在海面洒下了跃动的亮点，万物宁静而充满了秩序感。

“湛佑……”

杨跳跳拿起床边的操控板，试着呼唤湛佑。

可操控板的那头没有回应。

奇怪……她明明记得昨晚迷迷糊糊的时候，被湛佑抱到了床上，还喂了一粒药?

吃完药了以后，她的腹痛就消失了，还格外舒适地睡了一觉……

难不成是自己的幻觉抑或是梦境?

一想到自己嘴上说着不要，身体却很诚实地半夜爬上了陌生男人的床，杨跳跳就觉得一阵羞耻。

她七手八脚地从床上爬下来，迅速地理平了被褥以后，装作没事人似的，哼着小曲准备离开卧室。

在卧室门口，她顿住了脚步，不知道什么时候，门口多了一个可疑的箱子。

她蹲下，打开了箱子的锁，“啪嗒”一声，箱子里花花绿绿的包装翻滚了出来……

日用的、夜用的、棉棒、杯状的、液体的……所有尺寸、品牌，杨跳跳见过用过或者听说过的女性卫生用品，全都在里头。

这是湛佑昨晚来过的“实锤”。

不但如此，他还去给杨跳跳把半个超市的女性用品专柜给搬了回来。

置身在花花绿绿的“姨妈巾海洋”里，杨跳跳竟然不知道是该哭还是该笑。

湛总的房间是灰色基调，突然多了那么一堆违和感的东西，实在是有点……

杨跳跳赶紧起身，把东西满满当当地塞回去，推着箱子塞到了角落里，然后红着脸推门走出去。

卧室在金字塔的第三层，面积很大。同一层还有会客厅与餐厅，再上面一层是主人的书房、主客厅、活动室。

杨跳跳在这两层兜了两圈都没有找到湛佑的身影。

家里的那些小机器人忙碌个不停，似乎已经接收到了湛佑的指示，等杨跳跳醒过来，就立刻给她准备早饭。

杨跳跳逮住了其中一个小机器人问：“湛佑去了哪里？”

“阳台，阳台！”

小机器人举起了手里的托盘，托盘里放着一杯热气腾腾的红枣茶，里头还有一些类似中药一样的东西。

“谢谢。”杨跳跳捏着杯子喝了一口。

温热的液体流向了身体的深处，滋润温暖着杨跳跳。

她舔了舔嘴唇，真好喝，应该是炖了很久吧……

放下杯子，杨跳跳坐电梯到了第五层。那里有一个空中花园，和一方巨大的阳台。

光柱消失，湛佑出现在杨跳跳的面前。

再次让她目瞪口呆的是——

湛佑正背对着杨跳跳，晒着她的床单与内衣，而白色印着小草莓的内裤正在温和的晨风里傲娇地上下舞动着……

“啪嗒”一声，杨跳跳手里的杯子掉落。

身后的小机器人“咻”一下冲上来接住水杯，顺手掏出一块抹布，利落地把地板擦拭干净。

听到了动静的湛佑，回过了头。

一切都在须臾之间，他还没来得及把被阳光刺得慵懒的目光收回，没来得及隐去嘴角的笑意，更没来得及拿下嘴边叼着的一根……香烟。

一米八七的男人，手就这么捏着小内内的一角，在光线充足海风强劲的天台，用古老的方式晒着女友的贴身衣物……

他的眉角眼梢，再次充斥着那种真正人类才有的自然神色。

“你……”杨跳跳迟缓地开口。

湛佑的脸慢慢地恢复了清冷无波，逆着风，把香烟掐灭，小机器很有眼力见儿地上前拿走。

“咔——”

两个人沉默地对峙了几秒，不知道从哪儿蹿出来一个小型机器又迅速地飞走。

银色的，像是一只小蝙蝠。

“拍摄，额外加的片段。”湛佑解释。

杨跳跳蹙眉：“拍摄什么？我不记得自己有写过……”

湛佑从阳台的台阶上走了下来：“是节目组要拍我的单人花絮。早晨导演组特意沟通的，当时你还没有醒。”

“是吗？”杨跳跳一脸蒙。

“在你的工作邮箱里。”

杨跳跳将信将疑地转身就跑，她的操控板丢在了床头。

五分钟后，杨跳跳挠挠头，抱着操控板折回。

“真的哎……他们也太不靠谱了，怎么说加戏就加戏。昨天才拍好投票结果的花絮，今天又来！”杨跳跳一目十行地扫完了那封信，合上了操控板，有些气鼓鼓的。

“肯定是因为觉得我便宜好用。算了，下次遇到这种事儿，你把我叫起来，千万不能让别人看出来你是 AI，知道吗？”

湛佑勾唇：“没问题。”

杨跳跳走了两步，反应过来阳台上那件迎风飘扬的东西是内裤后，赶紧转身取下来，连同内衣一起，牢牢地捏在手心。

“放心，镜头不会给你的私人衣物特写，导演组特意强调过的。”

杨跳跳的样子，很难让人不去联想她是生怕自己的尺码曝光于天下。

湛佑说出了她心里所想，杨跳跳的脸红得已经不能看了。

“那什么……衣服是你洗的？”

“洗衣机器人。”

“不是有烘干功能？”

“花絮剧本要求用原始的阳光晒衣方式，说是紫外线原始而有效，而且显得浪漫温馨。”

杨跳跳：“……”

什么狗屁桥段，什么温馨日常，什么紫外线消毒！完全就是为了增加收视率乱加戏的托词！

“湛佑。”杨跳跳绷着小脸，格外严肃。

“我在。”

“从昨天起，所有关于我生理期的对话、你我的互动，都不授权给你们公司用于完善机器人日常行为模型，知道吗？”

“收到，已传达。”

杨跳跳还想说什么，耳垂又红了一层，抱着衣服扭头离开。

在女孩的身影消失在光柱之前，湛佑捕捉到了她低低地嘟囔了一句：“不许再给别人晒……”

网红恋爱原本不是什么稀奇事儿。

不少人就是以炒 CP 出道博关注的。只不过在琼湾，围绕一姐之座争斗的二人素来都是以实力著称。

杨跳跳一个人就养了几十个人的段子手团队，专门精准剖析分解时下热点，制造吸引眼球产生共鸣的话题，三天两头就上热搜。连当红明星都来讨教说话艺术，时不时地蹭蹭她的国民话题度。

而楚越则是以一己之力扛下了国内二线以上高端彩妆网路营销的半壁江山。

谈恋爱可以，但是炒绯闻这种老掉牙的方式，于两人来说，实在是鸡肋。

抱着这种心态，发哥大早晨捧着咖啡进办公室看到有关楚越的新闻时，第一反应就是——假的，都是假的。

技术部的小张神神秘秘地笑了一下："发哥，我看这回假不了。"

发哥冷嗤一声，给楚越发去了消息。大早晨他没指望她能回复，谁知道，这次她不但秒回，还让发哥惊得打翻了咖啡。

"照片上是我，我会让人去处理。"

发哥一个手抖把视频电话打了过去，眼睛瞪得老大："你真和郁白滚床单了？"

这一嗓子以后，办公室鸦雀无声。

电话那一头屏幕黑黢黢的，不是楚越没有开摄像头，而是室内没有拉开窗帘。

发哥高八度的嗓门传过去，惊醒了楚越身后，床上的男人。

郁白睁开眼，目光立刻落在楚越光洁的脊背上，接着视频通话屏幕的光，可以看清那里留着他轻轻浅浅的指痕。

女人坐在床沿，正头疼地揉着额头，尚未从宿醉和重磅炸弹里缓过来的样子。她胸口捂着床单，听到了身后男人一声"早啊"，赶紧把视频电话关掉。

发哥石化……

这是还在案发现场吗？

他算什么？

送子观音，哦不，送男人观音？

杨跳跳、楚越，怎么一个两个，都在春天开了花？？

发哥很想点一根烟，让她们俩把月老钱结算一下。

楚越回头瞪了一眼郁白，他分明是故意的。

男人神清气爽，除了脖颈、锁骨处浅浅的吻痕外，根本看不出任何混战了一夜的迹象，心情好得很。

越看他越来气，楚越移动着视频电话的界面，走远了一些。

“你嚷嚷什么。”楚越没好气地再次回拨了过去。

发哥：“嘿嘿，我可不是你啊！我不是铁树千年开花啊！”

“你专业一点说正事！”

“哦，咳咳。”发哥立刻严肃了起来，收起了那点儿揶揄不正经的笑容，“公关这边马上去撤销帖子热度和流量。然后你先不要急着回应，等……”

楚越挠脸，她的两条腿酸得要命，越发不耐烦：“等什么？等事情发酵得更大？你知道大早晨黑粉们怎么说吗？说我委身金主！说我为了代言卖肉！”

发哥“嘿嘿”一笑，一脸见过大风大浪的样子：“你需要卖什么？出来卖的都是没本事的！你这就是真情实感地谈个恋爱而已嘛，理解理解。”

楚越眼里恨不得喷火：“没恋爱！纯粹酒后失足！”

“哎呀，淡定，他们骂得越凶，回头回击的时候就越有说服力。小妮子你不懂，这叫借力打力。”

楚越端起茶几上的水杯“咕咚”喝了两口，突然发现，是昨晚他们俩回房间续的威士忌，又重重地丢到一边。

什么狗屁借力打力，她现在只想把床上那个不要脸的狗皮膏药打一顿！

公关团队和律师团队都在，几个人在视频电话会议里叽叽喳喳制定了接下来几天有关楚越事件所有的措施。

一直等到结束，楚越也没有说一句话。

发哥好奇：“楚越你人呢？我让人去接你？”

楚越那边没动静，不过视频电话那头传来了一个温文尔雅的男声：“阿楚宿醉，又体力透支，现在又睡着了。诸位放心，我会负责把她送回去。”

众人：“……”

视频电话关闭，发哥疯狂地拍桌，一脸姨母笑：“阿楚……哈哈哈，宿醉……哈哈哈，体力透支，哈哈哈……”

M国佛州棕榈镇。

郁家的庄园里，郁晴的治疗师在沙漏流到尽头时，起身，收起了记录仪。

郁晴懒懒地从沙发上坐了起来，表情平和温顺。

“米歇尔，下周还要继续吗？”

叫米歇尔的医生扫了一眼评估表格，笑着摇头：“不需要了。我这就跟你父母说，经过调整，你的焦虑症已经得到了缓解。”

“多谢。”郁晴笑靥如花，从钱包里掏出了一张卡，递了过去，“我知道您受雇于我的母亲，这只是我的一点心意。”

“晴，这个不用，我不能收……”米歇尔推托着。

“这是我对您的感谢，并不会影响您的诊断结果的，对吧。”郁晴冲着米歇尔眨了眨眼睛，强行把卡塞到了她的手心。

过了几秒，那张卡被医生收在了诊箱深处。报告上，最后两句话，也被她神不知鬼不觉地删除。

房门关上，前一刻脸上还带着柔和笑容的郁晴，脸一下沉了下去。恐怖的笑容从她的嘴角蔓延，从窗口目送着医生的车辆离开，她转身，厌恶地扫了一眼室内。

紧接着，郁晴扔掉了复合芳香精油，关掉了催眠音乐，然后把医生留下的胶囊悉数丢进了马桶。

门外依然站着两个高大的保镖。郁晴转了一圈，折回了自己的床边，拿出了操控板。

视频电话很快接通，里头出现了一张美艳倨傲的脸，女孩的视频电话是由旁边的用人接通的。她的两只手正伸在美甲机里，眼睛上覆着一层金黄色的眼膜。

“居蓉。”郁晴的声音并不客气。

居蓉连眼皮子也没有动一下，用同样冷冰冰的声音回道：“你不是被禁足了吗，找我做什么？”

郁晴咬了咬牙：“美容给谁看？你以为我哥还稀罕你这棵小白菜？郁白昨晚可是拉了别的女人开了房。现在国内娱乐版都炸了。”

果冻质地的眼膜掉落在了居蓉的手臂上，她撕开了另外一张眼膜，冷冷地盯着郁晴：“你说什么！”

“我说，别苦心等着我哥回国跟你求婚了。追了你三年的男人，临门一脚，被人挖墙脚了。”

郁晴停了停，又补充道：“哦对了，我听郁白的助理说，今天郁白连晨会都翘了，带着一支施工队跑去那女人家给人家修房子了。啧啧，真是活久见。这待遇，别说他之前那一众露水情缘，你有过吗？”

居蓉气得胸口起伏。

郁晴满意地打量着她，轻飘飘地把新闻发了过去，勾起了冷笑。

“你笑我入不了湛佑的眼，你呢？不也是一个 loser ？”

“爱博百年盛典”在晚上举行。

湛佑派了一辆无人驾驶的智能汽车去取杨跳跳定的衣服。在窗边等待时，杨跳跳出神地捏着湛佑给的墨镜发愣。

湛佑看了她几次，她都无动于衷，甚至若有所思地咬起了眼镜腿。

“眼镜腿有几组重要微电子元件，一套不下十八万，定制款价格不可估量。”湛佑平静地说道。

杨跳跳差点咬到了自己的舌头，赶紧把眼镜腿给松开，小心翼翼地用袖口擦了擦。

“湛佑，新闻里都说，你们湛总是因为资金链断裂出逃……可是我看他家里，到处都是值钱的东西，随便当一两件不行吗？”

湛佑勾唇：“你刚刚发愣了两分钟，就是在想这个？”

倒三角的基座底下的小平台伸展出去，满载物品的车子已经回来了。又是一辆杨跳跳没有见过的豪车，水灰色，像是一块可流动的金属液体。

机器人上前，把那些搭配好的衣服鞋子一套套取出来，开始熨烫整理。

“也不是……我在想，楚越会不会带着郁总出席？最近整个公司都在讨论她的男伴……”

杨跳跳答非所问，一副神游天外的样子。

湛佑凝视着杨跳跳，眸色沉了沉。

杨跳跳嘴上说着不在乎没问题，可是现在她的表现分明紧张得已经有些思维涣散了。

湛佑在她落下的诊断卡里读到过她的病史资料。过去的两年里，杨跳跳接触过的，直接面对面对话的活人，不超过五位。

若不是因为科技的发展，她这样抗拒社交无法接近异性的人，恐怕早就从人间销声匿迹了。

“第一个问题。湛总家是受到监控的。”

湛佑挥了挥手，整理好衣服的那些小机器人，听话地离开了房间。

窗户打开了一角，和煦的海风取代了过于冰冷干净的人造空气，让人的心一点点松弛下来。

“监控？”

跃入杨跳跳脑海里的第一个画面就是……满墙的眼睛，她不禁哆嗦了一下。

湛佑笑：“不用担心，你来以后这里所有的监控系统都被我重新改写了。任何组织与个人都不能再调动这里的监控系统，你在这里的生活绝对安全保密。”

“至于你说的，为什么不典当他自己的财产。因为一旦卖出，湛总的位置就会暴露，监控系统则会脱离我的控制。何况，这也不是解决湛总困境的办法。”

杨跳跳似懂非懂地点头。

“可是，又有谁在追踪他？”

湛佑轻笑：“自然是那些……不让他好过的人。”

“希望你的湛总，平平安安。”杨跳跳轻轻说了一句，眉宇间的焦灼已经淡化了许多，“你的角色很像……湛总的数字围墙，是吗？”

湛佑点头：“可以这么理解。”

“至于第二个问题，你不用担心记者或者狗仔的骚扰，因为到了晚上，戴上眼镜以后，你有且只能看到我一个人。”

“我能看到你？”

杨跳跳赶紧把墨镜戴起来试了一下，这一回，湛佑确实没有消失。

并且，经过湛佑的改造，墨镜已经成了很适合宴会装束的一件漂亮饰品。

能随时随地看到湛佑，能过滤她不想接近的人，能让人不会生疑，杨跳跳心头的重担瞬间放了下来。

杨跳跳心情一放松，终于露出了今天的第一个明媚的笑容。她指了指自己的脸，仰起了脑袋：“好看吗？”

“好看。”

透过墨镜镜片，杨跳跳看清楚湛佑的脸，那样真切而深刻，他的表情与笑容，自然得就像是掠过耳边的海风……

晚上八点，京辉市最高的建筑“都市花火”顶层，“爱博百年盛典”正式开启。

在树状的巨大的建筑体顶端，百家媒体、各种明星大腕的多功能轿车、飞行器把停车坪挤得满满当当。

音乐声与礼花齐放，一批批的明星往会场正中央走去。红毯上星光熠熠，拍摄器的闪光灯与灯光一起，将夜空照亮。

湛佑停了车，回头看了一眼后座的杨跳跳，墨镜已经戴在了女孩的脸上。

她挑了一条看似简单却设计感十足的礼服——U 领下露出雪白如脂的颈项与锁骨，腰窝处一缕月牙状的镂空，女孩盈盈细腰透露出半分欲遮还休的意思。

除了与湛佑配对的情侣戒指外，杨跳跳只在脖子上戴了一串简洁的珍珠项链。

就这样简简单单的一套衣服，却把杨跳跳身上干净伶俐不失温婉的气质衬托得淋漓尽致。

在一群奇装异服花枝招展恨不得把所有时尚元素都集结在身上的女明星之中，杨跳跳出尘得像是刚刚坠入人间的小仙女。

湛佑高大英俊，杨跳跳纤瘦清丽，两个人穿着同色系的礼服礼裙，依偎在一起出现时，立刻吸引了所有人的目光。

冷风打在了杨跳跳脸上，她扶了扶墨镜，轻轻挽住了湛佑的胳膊。

视线里，全世界的人都消失了，除了湛佑，她一个人都看不到。

这种听得到、闻得到，偏偏看不到旁人的体验很独特，比上次去咖啡店里见程呈还要真实汹涌一百倍。

红毯很漫长。

杨跳跳走得很慢，湛佑陪着她放慢了步伐。

媒体们发出去的通告如同流水，各种溢美之词把杨跳跳再次带到了风口浪尖之处——

“最美女网红！秒杀一线明星的天然原装脸！”

“月光美女！清冷华丽！一见误终身！”

“当下最热 CP 组一起登红毯，来看看什么叫作神仙眷侣，天生一对！”

……

在杨跳跳两步开外，只有湛佑感受得到，杨跳跳此刻在微微颤抖。

“别害怕，我不会离开你。”他轻轻握了握她冰冷的小手。

混乱的采访声、祝贺声之中，杨跳跳只牢牢地记住了湛佑的声音，一次次地说服自己，相信身边的“AI”。

他说过的，忠于当下。

一个半小时以后，仪式进入了重磅颁奖环节。

众望所归，杨跳跳超越了楚越，成了“网络影响力排行榜”第三名，也是唯一一个入围前三的琼湾艺人，坐实了“琼湾一姐”的称号。

“我给大家透漏一个小秘密，我们去年前年都有邀请过杨老师，但是今年是她第一次出席哦！”

主持人紧接着问道：“是什么促使您今年出席‘爱博百年盛典’，是因为新书造势，还是因为恋情公开？”

这是一个坑。

就算看不到此刻主持人的表情，杨跳跳依然觉得她笑里藏刀，话中有话。

也难怪，主办方旗下就有经纪娱乐公司，他们这些“外来户”可都是自家“闺女儿子”的竞争对手。

杨跳跳这个奖，是网友们实打实地投出来的，花落旁人，任凭谁心里都不舒服。

她不由自主地往台下望，湛佑坐在几十排空荡荡的座椅中间，微笑地看向自己。

杨跳跳稳了稳心神：“没什么特别的原因，只是因为‘爱博百年盛典’本身。我像是深山老林里的蜘蛛精，在网上捕猎的时间居多，出来晒月光的时间就少了一些。”

主持人哈哈大笑：“杨老师生活里说话也这么幽默吗？”

杨跳跳故作沉吟：“生活里我话很少，倒是常常被自己才华横溢的粉丝们怼到心梗。”

底下一片笑声。

主持人语气轻快了起来，也看向了台下那个让人无法忽略的男人，在一众男明星里坐着也丝毫不逊色，漂亮得像是一块美玉。

“今天杨老师还带着自己的男友来了。我们可是已经在综艺里吃饱了狗粮，杨老师能不能现场给我们介绍介绍！”

杨跳跳朝着湛佑的方向挥了挥手，笑着回道：“下一个重磅奖项，好像是今年的国民人气演员，我想我应该把舞台让给更德高望重的前辈。更多我们的故事，暂时保密，稍后再聊。”

现场一片笑声中夹杂着掌声。

湛佑在台下望着杨跳跳提着裙子慢慢走下来的模样，嫣然一笑里带着天然的娇嗔还有三分漫不经心的狡黠……他几乎忘了移开视线。

仪式结束后，杨跳跳有三个专访要做，团队的人赶紧带着她去会场的酒店房间换装做准备。

湛佑借口离开了房间，杨跳跳在化妆师的帮助下，一边换衣服，一边在大脑里重温提前准备好的采访稿。

化妆师是个年轻的生面孔，似乎是发哥刚刚指派到团队里来的，全程戴着口罩，埋头干活，没有打扰念念有词的杨跳跳。

两个人在房间里忙碌着，突然，停了电。

周围陷入了一片漆黑之中，杨跳跳放下了操控板，在一点微弱光线之中，她眼前的那个小化妆师突然不见了。

“小郑？”

杨跳跳喊了一嗓子，偌大的卧室里没有人回复她的询问。周遭离她不远的地方，似乎有什么东西在慢慢地移动。

杨跳跳伸出手，在空中捞了一把，却什么都没有触碰到。

“人呢？”杨跳跳试图点亮自己的操控板，可是戳了两下后发现没电了。

她傻了眼。

如果是节目组安排的环节，之前是会有沟通的。可是此刻来看，并不像是节目组的 surprise，倒更像是谁的恶作剧或者别有用心的安排。

周围完全暗下来，寂静之中，她心里的不安和恐惧都被放大，陌生的环境安静得像是墓冢。

在杨跳跳慢慢地往前挪移的时候，几米开外的门突然被推开，一秒不到的时间里窜进来一个人。光线消失得很快，快到杨跳跳只能隐约捕捉到对方是个男人。

视线再次坠入了黑暗之中，她需要时间去重新适应。

杨跳跳不由自主地慌了起来：“湛佑？”

男人的脚步挪得飞快，像是一会儿就到了杨跳跳的面前。他身上带着陌生的热气，伸手就捂住了她的嘴。

一切发生得太快太突然，只有那极具侵略性的动作与力道在提醒着杨跳跳，来者不善。

紧接着，潮水一样冰冷的感觉汹涌而出，冰冻了她的肢体与感官。

“唔……”

她再次发病了。

“嘶……你乖点……叔叔给你买糖吃……”

那个陌生男人的声音沙哑低缓，还有一股苍老的狠劲儿，与记忆里的声音完美地重合在了一起。

杨跳跳在黑暗之中惊惧地睁圆了眼睛——

是他。

见怀里的女人不做挣扎，男人更为肆无忌惮。他绕到了杨跳跳的身后，以钳制着她的力量强行拖着她往卧室的方向走去。

杨跳跳仰面看着黑乎乎的天花板，只觉得身体不受控制地坠入了地狱之中。

接下来会发生什么，她心里非常清楚。

秋风真冷，月亮真圆，连村子里遥远的狗叫听起来都像是野狼的嘶吼。

她全身冰凉，死死地抱着自己仅剩的内裤与背心，在那棵干枯的枣树下歇斯底里地哭喊着。

爸爸……

妈妈……

弟弟……

无边的黑暗如同村头那条被彻底污染的河流，杨跳跳看到小小的自己冲向河岸的方向。身后男人跌跌撞撞骂骂咧咧地跟上来，裤腰带上铁质的锁扣碰在一起发出了“铮铮”的金属声。

跳进去，就一了百了了。

跳进去，她便不用面对父母的咒骂、邻居异样的眼神，以及自己痛苦不堪的一生……

她闭上眼的一瞬间，看到了一双眼睛。

是湛佑的眼睛。

她从前没有注意过，那双瞳孔在很多时候，会随着情绪产生微妙的变化。

一秒长成了一个世纪，在感官的虚拟空间里，她听到湛佑稳稳地告诉她：“我会在你身边，哪里都不去。”

男人声音温暖，手掌有力，仿佛她一个人的骑士。

烟雾散尽，寒流消失，杨跳跳低头，看到了河岸上的一块石头。她凝神看了几秒，捡起来，转身直接砸在了陌生男人的头部……

她还那么小，石头砸出去的力道并没有给男人带来致命的伤。男人踉跄着很快抽身，死死地扣住了她细细的胳膊。

就在此刻，杨跳跳孤注一掷，抬起脚，朝着他的裤裆踢了过去……

从此以后，这个世界上，没有任何人可以欺负自己。

幻觉与现实在男人痛苦的嘶吼声中重合，房间里响起了花瓶碎裂的声音。

恼羞成怒的男人扔掉了装在颈项上的变声器，恶狠狠地再次扣住了杨跳跳的手腕，另外一只手则毫不客气地从后面抓住她的头发迫使她仰头。

他掏出了一张电子合同甩到了杨跳跳的面前。

由于男人站在她的身后，杨跳跳看不清楚他的脸，却清清楚楚地看到了那张合同上的授予人与债务转移的明细。

两千万的资产无条件转让合同，还不包括杨琪之前所欠下的巨额债务。

杨琪。

进来的人是杨琪。

现在对她动粗，辱骂她，故意让她重温屈辱的人，是她在这个世界上唯一的亲弟弟，想要把她榨干吸光她的血液的人，是这么多年来对她不闻不问的家人。

“你……”杨跳跳的眼角落下了泪。

“好姐姐，我也是被逼无奈。如果你不听我的，我只能把你带走了。黑市上你猜猜你这种脸能卖多少钱一晚上……”

杨琪的额头冒出了丝丝血花，顺着他狰狞的脸往下流淌。

杨琪心里暗骂：程呈的话不能信，说什么杨跳跳连男人都不敢碰，现在居然会举着花瓶反抗了。

见杨跳跳毫无反应，杨琪捏着她的指头就凑近电子合同指纹录入的地方。

杨跳跳拼尽全力一个劲儿地往后缩却根本无法撼动杨琪的力量，她手指几乎要被杨琪拧断，疼痛让杨跳跳呼吸停滞，豆大的汗珠往下滴落。

一定有办法自救的，她不能任人宰割一辈子。

黑暗之中，杨跳跳伸手去摸索茶几的方向。在冰冷的玻璃上，她摸到了那副化妆时摘下来的墨镜，只可惜墨镜举到耳边，就被杨琪以为杨跳跳要再次进攻而拍到了一边。

在眼睛贴近皮肤的一瞬间，杨跳跳喊出了“湛佑”的名字……

“你不能这样对我……这样的合同是没有法律效力的……”

“哦？没有法律效力？”杨琪靠在杨跳跳的耳边，肆无忌惮地笑着。

“你以为我会傻到不来个双重保险吗？我的大明星姐姐？”

头顶的灯倏然打开。

刺眼的光芒让杨跳跳赶紧闭上了眼睛。

几秒后，她看到那个化妆师，摘掉了口罩，朝着自己慢慢走过来。

是橘影。

她染了棕褐色的头发，穿了化妆师的工作服，面罩之下，橘影往日里青春可爱的模样荡然无存。

橘影看着被杨琪死死扣着的杨跳跳，垂头冷笑：“跳跳姐，没想到吧？”

见杨跳跳的眼神恨不得要吃了自己，橘影缓缓蹲下，举高了手里的一台微形摄像机。

“恨我也晚了。过了今晚，人人都会知道，才拿了最具影响力第一名的琼湾一姐，是个什么样的货色？”

杨跳跳止不住地发抖——橘影拿出了化妆包里的一把剪子，顺着杨跳跳的胸口往下移，最后停留在她礼服的边缘。

“你为什么要答应他，你为什么这么对我？”

杨跳跳边嘶吼边躲闪着，却被身后的杨琪死死地控制着，动弹不得。

“嗯？我想想……可能就是因为我投诚于你的时候，你没有搭理我吧……”橘影笑得像是个清纯无害的女学生，剪刀却开始向下撕剪杨跳跳的礼服。

一寸一寸，丝毫没有怜悯的停留。

“橘影，我弟弟是在逃犯，你不可以和他一样！你不能毁了自己！”

橘影微微顿了顿，眼神冰冷：“你在劝我从良？跳跳姐，你怎么这么天真？我需要钱……我不像你和楚越，一个季度能给公司挣大几千万。”

橘影盯着杨跳跳的事业线，满意地勾起嘴角，举高了摄像机的角度。

杨跳跳试图用脚去踢那台摄像机，杨琪不知道从哪儿找来了一根绳子，灵活地在杨跳跳手脚上系了死结，像是丢麻袋一样把她扔到了地上。

杨琪点了一根烟，透过薄雾，他看着依然在挣扎，满脸是泪的杨跳跳，冷冷地吩咐橘影：“动手，别耽误太久！”

“知道了。”

橘影和杨跳跳被反锁在了室内。

橘影拿剪刀把杨跳跳所有贴身的衣服都剪破后，起身，把摄像机抬高，一寸一寸地拍摄着杨跳跳的身体。

“网上不都说你是麻辣情感教师吗……你说在教室里这个点子怎么样？啧啧……”

“这么好的皮囊，做什么网红进什么娱乐圈，直接去拍片，挣得不是更多……”

“橘影！杨琪答应给你多少钱我全都可以给你！让我离开！”

杨跳跳拼命低着头，被橘影不耐烦地踢了一脚。

这一脚正中她的腹部，杨跳跳吃痛地嘤咛了一声，在倒下的瞬间，她摸到了被橘影用完就扔到一边的剪刀。

“你以为我只是想要分你的两千万？我要的是更多……”橘影蹲下来，欣赏似的看着杨跳跳，“如果你不在了，你说发哥会不会重新把我签回去……到时候，我接替你的位置，带领你的团队，我比你豁得出去，也会比你更成功……”

杨跳跳所有的注意力都在自己的背后。

三，二，一……

绳索被剪断了。

橘影脸色一变，来不及闪躲，杨跳跳直接挥着剪刀就扎在了她的肩头……

卧室里出现了异动。

在外面悠闲喝酒的杨琪立刻警惕地起身，靠近卧室门：“好了没有！怎么回事？”

室内一片安静。

杨跳跳用布料死死地按在橘影的嘴上，后者疼得发抖眼皮子上翻，地板上洇出大块大块的血迹，已经完全失去了反抗的能力。

杨琪骂了一声，掏出了手枪，准备一脚踢开卧室的大门。

就在此刻，套房的门被人强行撞开。

一个高大的男人立刻冲了进来，杨琪一转身，黑洞洞的枪口对准了湛佑的胸膛……

第八章
绝不能让她有危险

原本子弹会径直穿过湛佑的胸膛，可是站在卧室里的杨跳跳似乎是感应到了什么，在杨琪扣动扳机的瞬间推开了卧室的门，也是这个瞬间，转移了杨琪的注意力。

混乱的一秒以后，杨跳跳清清楚楚地看到了枪口喷出的亮光映亮了昏暗的客厅，看到了惊慌失措的人群，看到了湛佑严肃的脸庞，看到了杨琪脸上嗜血的决绝……

而在杨跳跳身后，原本已经受伤血流不止的橘影孤注一掷地跳起来，举着台灯，对着杨跳跳的后脑勺狠狠地砸了下去……

一切安静了下来。

杨跳跳对于小时候的记忆是带着强烈的断层性质的。关于这一点，跟了她两年的心理治疗师方悦再清楚不过。

杨跳跳对于自己三四岁左右的记忆相当清楚，清楚到，父母哪一天给她买了一双新鞋子，哪一天奖励了她一支自动涂改笔都了然于胸。

这样过于牢固的记忆只能证明，杨跳跳从小就是个极具语言与记忆天分的孩子。

可是在她五岁以后，那些记忆便破碎不堪。以至于方悦几次给杨跳跳进行催眠疗法，获得的她童年这段时间的记忆都是破碎的。

尤其是在弟弟杨琪出生以后，杨跳跳的记忆图谱晦涩扭曲，有强烈的自我否定与怀疑的倾向。

方悦一度觉得，可能是由于父母的偏爱，在弟弟杨琪出生以后，原本是家里独女的杨跳跳失去了父母的疼爱关注，从而产生了巨大的心理落差。

可是两年前的一次深度催眠推翻了这个粗浅的设定，杨跳跳对父母的情感里，不但有遗憾、不甘与愤恨，还有强烈的恐惧。

再次剥离细化，方悦找到了杨跳跳心里的症结。盘根错节的心理情愫之下，方悦意识到了杨跳跳性心理障碍产生的根源并不是自己的父亲，而是一个模糊的，中年男人的形象。

治疗结束以后，方悦曾多次试探杨跳跳的日常情绪反馈，她发现，杨跳跳对于不同的异性群体表现出了不同程度的抵触。

对中年男人最抗拒，其次是青年与老年人，最后是男童。

而那个造成一切根源的“中年男人”如同一个鬼影，找不到，也摸不到。

治疗胶囊舱里的灯光一点点地扫描杨跳跳的大脑，那些细微的神经与软骨的扫描图悉数展示在了屏幕之上。

湛佑在旁沉默不语。

昏迷中的杨跳跳与睡熟时的状态没有区别，只是她的睫毛不再如打盹的时候一样微微颤动，嘴唇也没有任何翕动。

方悦推了推鼻梁上的眼镜，目光落在了湛佑的臂膀上。

他的衬衫下有个不自然的鼓包，看样子，像是绷带。笔挺的西装外套下，他的身上依然散发出淡淡的酒精与血液混合的味道。

湛佑扫了一眼方悦，用西服外套掩饰住了自己的手臂。

“手术必须需要家属签字。”方悦有些为难，“规定如此，我也不好改变。”

“你是杨跳跳的主治医生，你清楚她的情况。”

方悦当然清楚。杨跳跳的父母早就不再管女儿，而把她害成这样的，是她唯一的弟弟。

这样奇葩的一家人，换作方悦自己能拿主意，她也一万个不愿意。

“如果……是伴侣关系呢？”

湛佑淡淡地说道。

方悦一愣，微微开口：“配偶？跳跳她哪有……”

飞行器适时停在了窗外，湛佑看了一眼，上前，推开了窗户，取下了飞行器底端的一张纸片。

“和跳跳的同居协议，请你过目。虽然还不是正式的夫妻，但是在现行法律下，同居配偶依然拥有照顾伴侣，做监护人的权利。”

方悦大吃一惊，她赶紧接过了纸片反反复复地看了几遍。民政局的红印，双方的签名，指纹一切都有，是一份手续齐全的订婚协议。

而同居的开始日期，是十天以前。

“你们……”

湛佑挥了挥手，打断了方悦：“刚刚在一起，还没有向媒体曝光这一点。但是现在最重要的是她的手术。”

“可以可以，当然可以。”方悦自己也舒了一口气。

她赶紧拿出了电子认同书，湛佑捏着笔，龙飞凤舞地写下了自己的名字。

一刻都没有耽误，方悦立刻让助理护士把证明送去了院长办公室，马上安排了手术的时间。

一份风险协议飘到了湛佑的面前。

“既然你可以做主，那么这边要再签一下字。我只是杨跳跳的心理医生，正式的脑科手术要我们院长所在的科室去做。手术虽然很成熟，但是毕竟她的后脑勺伤到了微神经。你要做好……她留有后遗症的准备。”

“比如。”

湛佑的表情给人一种极为冷静的错觉。

可是方悦看得清楚，当那张手术风险告知书递到湛佑面前时，年轻人瞳孔明明微微收缩了一下。

这分明是人类才有的应激反应。

“比如短暂的失明，比如其他感官功能的暂时丧失，比如情绪波动或者受创伤的情绪记忆后遗症。”方悦叹气，“袭击者下的力道极大，杨跳跳受袭击前又受到了极大的精神刺激。在这种情况下，手术后的恢复可能不是一天两天的事情，也会存在植物人或者长睡不醒的可能。”

“知道了。麻烦医生，你们做好你们的工作，术后我会照顾她。”

方悦叹了口气。桌上的铃响了起来，与此同时，装着杨跳跳的那台医疗胶囊舱开始缓缓地往外推送。

她赶紧跟了上去。

走了两步，方悦像是想起了什么似的，扭头看向了湛佑。

“你不是 AI 这件事，杨跳跳知道了吗？”

湛佑静静地看着方悦，没有说话。

方悦早就猜到了一切，她轻叹："你放心，一切以为杨跳跳好为主。如果你们计划内没有这一点，我不会多嘴说出去。"

"还请医生保密。"

"明白。"

医生的办公室空了下来，湛佑站在白色的灯光下，捏着那张同居协议。

方悦不会知道，这不过是为了节目录制，杨跳跳提前准备的道具。

他还记得那天晚上，杨跳跳红着脸，从民政局官网上下载表格时，鼻子都羞红了的模样。

"湛佑，你知道这个是什么吗？"

她晃了晃手里的纸张，狡黠表情里带着一丝羞怯。

"同居证明。证明彼此是对方合法的监护人与生活伴侣。"

"我们 Vlog 最后一集，就用这个道具！到时候镜头放远一点，不过也没关系，以我鬼斧神工的 PS 功力，没人能看得出盖章是假的！"

最后一步，是需要两个人按指纹的。

湛佑凝视着杨跳跳的侧脸，没说话，只是把自己的拇指手印靠着杨跳跳的手印，按在了那张假的同居证明之上。

"你也有指纹的吗？"

杨跳跳第一次看到 AI 的指纹，稀奇得不得了。

她对着灯光反反复复地检查，问了一些诸如"那你们换了东家会不会换个指纹""AI 的指纹是一个批次的产品都一模一样吗"这种稀奇古怪的问题。

"这个时代真好……"杨跳跳的眼睛亮晶晶的，抱着那张假的同居证明发愣。

"为什么？"湛佑问。

杨跳跳吸了吸鼻子，装作不在意的样子，把证明小心翼翼地收好："你想啊，这个城市这么大，肯定有很多人像我一样，有家不能回，或者父母不在身边。有了同居证明，像是宽容地默认了一种合法关系。与你共同生活在一个屋檐下的人，你信任的人，取代了血亲的地位，在关键时刻成了可以照料你的人……真好。"

彼时，湛佑并不能理解，为什么一张薄薄的纸张能让杨跳跳感时伤春半天，也不清楚她眼里的憧憬到底意味着什么。

此时此刻，在看着治疗舱里不省人事的杨跳跳毫无生气地独自躺在一个小罐子里时，他开始懂了。

小希打来了视频电话：“湛总，我看到新闻了！您现在情况怎么样？我现在马上派人来给您……”

“不用。杨跳跳没有醒过来，我不会离开。”

“可是，郁总似乎从楚越那里听到了风声，他现在很担心您。听说嫌疑人是杨小姐的亲弟，那个疯子还带了枪！”

郁白和楚越正在恋爱这件事湛佑知道。这家伙不知道中了什么毒，从前对恋情绯闻不否认不承认，被媒体拍到了也当作不存在。偏偏和楚越刚刚开始，他就恨不得昭告全天下。

杨跳跳出事儿，而作为一起出席“爱博百年盛典”的“男友”湛佑肯定也受到了关注。

虽然杨跳跳没有对外宣称自己男友的名字，可是只要郁白留心，抑或湛启山留心，他受伤的事情肯定瞒不住。

更有甚者，湛启山可能已经得到湛佑的定位。

本身陪着杨跳跳出席盛典，就是湛佑计划之外的“纵容”。到底为什么依着她抛头露面，连湛佑自己都不清楚。

“我没事，做了包扎，只是皮外伤。”

“不行，我……”

湛佑再次打断了小希：“霍尔西医生还在不在我家？”

“在在。这阵子，老爷子身体不舒服，似乎霍尔西医生都在陪着他。”

“杨跳跳和我所在的位置暂时不要透露给父亲。如果后续需要霍尔西先生帮忙，你私下里联络他，知道吗？”

“明白。”

湛佑挂了视频电话，抬眼望去——清冷的手术室门口，灯已经由红转绿。

手术很漫长，二十三台全息手术仪以微秒为计时单位，争分夺秒地清理杨跳跳的外伤与内伤。瘀血迅速地消散，细胞大量重生修复。

在黎明到来之前，手术已经彻底结束。最后的部位缝合成功，杨跳跳被机器人从手术室里推了出来。

似乎和她进去时没有区别，女孩依然在深度睡眠之中，只不过头上包了厚厚的绷带，嘴唇更为苍白。

医疗舱上密密麻麻地写着她的体征指数，湛佑一目十行地看着，最后目光停在一行诊断建议书上——

“什么叫作，患者主观意愿抗拒苏醒？”

做手术的是“洲”最顶级的脑科学家，也就是院长周远行。

他的弟子方悦跟了杨跳跳数年，他自己也对杨跳跳的病情十分了解。看到了湛佑，周远行没准备瞒着。

“所有的清创、缝合以及修复都十分顺利。一般来说，过了半小时，患者的血压与其他意识体征都应该显示一个比较明显的波动趋势。可是你看……”

他用手指了指代表脑电波的那一行数值，实时数值与参考值差了十万八千里，一马平川地贴着最低实验数值，形成了一个让人不安的裂口。

“如你所见，杨跳跳具备了复苏的能力，她却不愿意醒过来。方悦已经去筹备深层脑皮质激活方案了，但是本身手术是两方共同努力的过程……”

后面周远行还说了什么，湛佑没有再听进去。

隔着一层厚厚的玻璃板，他看着一动不动的杨跳跳，微微动了动喉结。

女孩的手上戴着他们的对戒，和那张同居证明一样，也是假的。

她苦心孤诣地编造所有关于恋爱的桥段，完美的恋人，令人向往的生活，可是到最后，一次次把她拉回地狱的却是她真正的人生与现实。

到现在湛佑已经分不清楚，杨跳跳当初把自己买回家，是为了拯救自己岌岌可危的一姐地位与不断流失的粉丝群，还是想要拯救她自己。

湛佑想起从前他力排众议，想要斥资研究人类爱情行为逻辑模型时，湛启山的一位禅师朋友曾经捋着胡须微笑的场景。

“湛佑，你要学会接受自己无法掌控一切。”

彼时湛佑以为所有的东西都可以用计算机语言去描绘重塑甚至创造。

可是与杨跳跳待在一起的十天，他发现，其实，他对某些东西，可谓一无所知。

楚越来过几次。

除此以外，湛佑没有让任何人靠近杨跳跳。

明明知道杨跳跳在沉睡之中不会给出任何反馈，楚越还是一反常态，说了许久的话。

“橘影被刑拘了，你弟弟杨琪也是，这个月月底开庭。

“发哥接手了你的号，粉丝们暂时不知道你是什么原因住院受伤了。你放心，品牌方爸爸都没得罪，公司瞒得好好的。

“啧，杨跳跳你头发被剪短真不好看！我跟你说你醒过来第一件事儿，就是求着我给你接头发。我知道有个色号，今年刚刚流行的，特适合你！

“你说你怎么这么倒霉，刚刚拿了第一就出了事儿。我看你别混了，发哥有句话说得对，你不如回家种田去吧……”

絮絮叨叨的，楚越自己也不清楚自己为什么变得这么能说，唠叨得她自己都烦了。

她一直很喜欢杨跳跳。

楚越记得，刚刚进公司的时候，自己通宵写不出稿子，是杨跳跳默默揽过去给她设计营销路子。第一个月她把直播搞砸了，杨跳跳二话不说，自己垫付了钱给楚越买了新的彩妆盘还有引流套餐……

杨跳跳从不会说一些大话空话，也没有所谓的古道热肠、侠义肝胆，她对人的好似乎完全只凭借本能去做。

发哥曾经说过，杨跳跳的内核是热的。哪怕她躲着人群远远的，可她从来不会想害任何人，也不会嫉妒任何人。

楚越俯身，用带来的湿巾给杨跳跳擦脸，然后手法熟练地化了一个淡妆。

女孩躺在床上，一动不动，可是眉角眼梢似乎都能说话。化好了淡妆，楚越红了眼睛。

“嗨，我哭什么，搞得像是化最后一个妆送你走似的……”楚越吸了吸鼻子，“唔，我从前就想给你化妆来着，你骨相好，皮肤更是没得说。如果你这部戏大爆了，记得专门给我的化妆品带货哦！而且以后只许给我的化妆品带货哦！”

杨跳跳在混沌之中飘浮了很久，久到她越是艰难地想要时间回溯，越是难以记起在倒下之前都发生了什么。

终于，在混乱的思绪里，她捕捉到了那个点——

杨琪。

紧接着，一切如同排山倒海一般压了过来，压得她万念俱灰，心如死水。

她的家人，想要置她于死地。哪怕这么多年，她从未亏欠过他们一次。

该给的，她都给了；不能给的，她也拼命去争了。

可是结局怎么会这样。

隐隐约约地，她听到了发哥的声音，听到了楚越的声音，楚越牙尖嘴利地说了许多，让她又好气又好笑，心里止不住地发酸……

那么多声音里，她还听到了湛佑的声音。

楚越拍了拍手，左右端详了一下自己的杰作，笑了笑：“好看，杨跳跳你是我们公司，除了我以外，最漂亮的姑娘了。”

杨跳跳无动于衷地躺着。

楚越拿起了自己的包，给她掖了掖被子：“放心，化妆品是纯天然的。我晚上来看你的时候，给你卸妆。你现在先漂亮个几小时，嗯？”

杨跳跳动了动嘴，很想跟楚越辩驳“如果想要让我给你带货，你最好把你彩妆包装做得更好看一些”，可是楚越已经离开了。

杨跳跳睁开眼睛，看到自己醒在了黄昏的病房里，夕阳黄澄澄地落在白色的床单上。

病房里只有湛佑，他背对着自己在说话。

杨跳跳的耳里“嗡嗡嗡”的，身体轻轻一动，头就发涨。

一旁的电子监护立刻发出了警告声，湛佑迅速转过身来。

隔着十米的距离，两人对望了片刻，杨跳跳清清楚楚地看到了湛佑的疲惫。

他眼下淡淡的青色、眼里的血丝，还有那种类似失而复得的喜悦。

“醒了。”

他稳着声音，上前一把握住了杨跳跳的手臂，让她挣扎着起身的动作停下来。

“别动，你身上还连着检测管。”

医生、护士来了几番，所有人都确认杨跳跳没事儿以后，才离开了病房，把空间留给了杨跳跳和湛佑两个人。

周围再次安静了下来。

杨跳跳舒服地靠在床上，真切地感受着人间的一切气息。

杨跳跳倚靠在软榻上，微微歪着头，望着湛佑给自己切水果的背影，咧嘴笑了一下。

那声音像是小溪里溅起的浪花，婉转不张扬。

湛佑转过身，就看到女孩苍白的脸上挂着浅浅的笑容，调皮得如同孩子。

他勾唇：“乐什么？”

“你说我……为什么遇到你以后，总是进医院。”

三分娇嗔，三分玩闹，还有四分意味不明。

之前她一个人好好地生活了很多年，遇到湛佑以后，短短十几天，就进了两次医院。

真是孽缘。

可是醒过来第一眼看到湛佑，杨跳跳又觉得心里满当当的，踏实得很。

湛佑把削好的苹果塞到了她的嘴里，甜蜜蜜的滋味在唇齿间漾开。

杨跳跳生平第一次觉得水果的滋味如此之好。

“如果使用过程中，有什么疑惑或者顾虑，欢迎拨打我们的 VIP 客服电话。”湛佑说得四平八稳，一本正经。

杨跳跳嚼了嚼苹果，开口道：“我不喜欢你们的客服。”

湛佑笑：“为什么？”

“唔。”杨跳跳眼睛看了看天花板，“我醒来之前，好像听到了他的声音。我还在想，客服给你打电话做什么，是要产品召回了吗……”

“啊！”杨跳跳一下跳了起来，连苹果也忘了啃，伸手就捉住了湛佑的胳膊。

这一回和之前怯怯的触碰完全不一样，杨跳跳像是怕湛佑跑了似的，牢牢地抓住了他的胳膊。

“你受伤了吗？给我看看！”

湛佑笑：“没有受伤。托你的福，杨琪的子弹擦过了我的皮肤，打在了墙上。现在那间房间，还留着子弹弹道留下的坑。”

杨跳跳没有松手，狐疑地打量着湛佑的身体。

男人结实的胸膛上，没有任何可疑的凹陷或者损伤。

“两天后我会返厂一次，到时候如果你不相信，可以跟我去一下。”

“好的。”杨跳跳半信半疑地松开了手，沉默了。

静默了片刻，杨跳跳抬起头，认认真真地对着湛佑道歉：“对不起。”

湛佑失笑：“人类不需要向自己的AI道歉。”

杨跳跳摇头：“不，我是说真的，抱歉把你卷进来。”

“抱歉什么，你弟弟犯的错，和你没有关系。”

“可是我……”

“杨跳跳。”湛佑微微俯身，一双浅褐色的眸子直勾勾地盯着她，带着不容辩驳的强势，“你是你，你的家人是别人。除了对你自己负责之外，你不需要为任何人的人生负责。”

他的瞳孔真的会动，从近处看去，像是幽深不见底的黑洞，又像是大漠边缘狂风之中晃动的原始密林。

杨跳跳鼻子一酸，想说什么，却没有再说出口，她攥着拳头，低下了头：“我知道了，多谢。”

楚越晚上来病房的时候，正好看到杨跳跳靠在床头病恹恹地吃病号餐，而那个总是形影不离地跟着她的男人不在身边。

“哟，我听说你醒了，没想到你好得倒是挺利落，现在都有力气挑食了。”

楚越说话习惯了夹枪带棒，杨跳跳习以为常。

杨跳跳拢了拢耳边的头发，莞尔一笑：“你化的妆不错，我醒过来照镜子时，差点以为我做了一个整容手术。”

楚越咬牙切齿地笑：“你不会夸人就闭嘴。”

杨跳跳把病号餐推到了一边，一脸生无可恋："太难吃了。"

"啧啧，你从前不就吃这些东西，现在倒好，受个伤还优越起来了。"楚越瞥了一眼那些糊糊，都是各种营养成分配比相当精准的药膳。

杨跳跳一愣，这才反应过来，她似乎已经忘了这种营养糊糊的味道了。

和湛佑在一起的每一天，每一顿，他都没有亏待过自己……

"今天几号了？"

楚越正在调试卸妆油的配比，翻了个白眼："我看你不是做了整容手术，而是做了个切脑手术！墙上不写着几号吗，二十六号！"

杨跳跳心算了一下，自己这一出事儿，竟然又睡过去了三天。

三天，七十二个小时，每一个小时原本都应该用作她与湛佑的相处，他们还未完成的恋爱日记的拍摄，他们的契约，他们的节目……

换言之，湛佑，是真的要离开了。

"什么味道这么香？"

楚越提鼻子闻了闻，停住了手上的动作，一扭头，湛佑提着两个食盒走进了病房。

他看到了楚越，冲着后者微微点了点头，就开始面无表情地一样一样地从食盒里拿饭菜出来。

炖好的榛蘑鸡汤，两样素炒青菜，还有一碗煨得浓郁的杂粮粥，把整个病房填充得香气四溢。

一瞬间，杨跳跳恍惚觉得自己又回到了与湛佑同居过的自家别墅，与海上那座倒扣的金字塔建筑之中。

"哎呦！我是不是挑了个好时候来吃狗粮了，我走我走，给你们腾位置！"

楚越没好气地开始收拾东西。

杨跳跳失笑："你不是和那个郁总开始恋爱了吗？人家多有钱，你还馋这口汤？"

楚越看在杨跳跳是个病人的份上懒得和她计较，没好气地甩开她："别跟我提那个人渣！脚踏两条船的负心汉！"

杨跳跳微微一怔，楚越的脾气来得快去得也快。她原以为楚越不过随口骂一下开个玩笑，却看到楚越的眼眶真真切切地红了。

楚越弯腰去捡丢在地上的工具盒，那一瞬间，眼睛恢复了精明。

“行了，妆也给你卸了，狗粮我也吃饱了，我先撤了！”

错身而过的瞬间，湛佑微微转身：“慢走。”

“嗯。”

楚越离开后，杨跳跳按捺不住，立刻从床上下来，三步并作两步地走到了餐桌旁。

她鼻子一吸，那味道足以把全身上下的馋虫都给勾出来。

“慢点吃，医生说，你刚刚摆脱流质，不要进食过快。”

湛佑本想放任杨跳跳敞开来吃，但是看到她身上还粘着体征监测的垫片，还是开了口。

“又不是你来吃那些东西你当然不知道有多苦啦！”杨跳跳狠狠地喝了一大口鸡汤，闭上眼睛，幸福得只想流眼泪。

湛佑：“……”

“湛佑，如果你离开了……能不能把你的菜谱留给我？”

杨跳跳把头埋下。

湛佑的方向，只能看得到女孩瘦瘦的颈项和垂落的头发。

“你要做饭？”

杨跳跳摇头，声音闷闷的，带上了明显的鼻音。她赶紧大口地喝汤，用别的声音把鼻音掩盖过去。

“当然不是，我哪有时间自己做饭。我是想……以后写一本我们的书。”

“我们的书？”

“嗯……就算以后你不记得我了，就算以后你去了别的主人家，就算你充当别人的同居男友……但是这一段经历，我想记录下来。”

湛佑没有说话，只是静静地看着杨跳跳。

“只是为了纪念，纪念我这一生中，难得幸运踏实的日子。”

鸡汤被杨跳跳一口气喝完，她把碗放在了一旁，伸手去拿其他饭菜。

湛佑看着她一样一样地往嘴里填食物，却再不开口解释什么的样子，也不再追问。

“如果你想写，便顺着自己的心意去写。”

杨跳跳的眼睛亮晶晶的，她眨了眨：“好，以后我把书写出来，给你们湛总邮寄一本，让他在测试你程序的时候，念给你听，看看你有没有什么反馈。”

说完了这句话，杨跳跳嘴角的笑意迅速隐没。她低头，继续闷不吭声地吃饭。

发哥这一次的公关做得出奇地好。

由于这次事情涉及高利贷与枪支，又是杨跳跳自家的纠葛，性质上已经属于极端恶性的暴力事件，所以发哥全方面控评。连当天在场那些节目组与酒店的目击者嘴巴都被封死，一点风声没有走漏。

杨跳跳的几个公号不但完全看不出杨跳跳的缺席，粉丝们还因杨跳跳拿了“爱博国民人气奖”第一而掀起了一拨狂欢的浪潮。

紧接着，各行各业对杨跳跳发出的商演通告、综艺节目、影视剧的邀约如雪花般飞过来。

发哥乐不可支，目前来看，杨跳跳出院后，如果运营得好，够她一跃跻身成为二流以上的娱乐圈明星了。

赚够一辈子的老本，也不在话下。

楚越早就放下了那一点对杨跳跳的成见，还真情实意地帮杨跳跳的团队甄选了几个档次不低，有发展前景的通告代言。

发哥最开始气哼哼地嫌楚越多管闲事，被楚越不客气地顶撞了回去：“我多管闲事？琼湾每年的股票分红你当是儿戏吗？杨跳跳是琼湾百年一遇的好苗子，发哥你别鼠目寸光的。”

对一般经纪人来说，被自己的艺人训斥是不能忍的。

发哥不是一般人，他不但忍了，还虚心接受，给杨跳跳精挑细选起网剧来。

楚越和杨跳跳两棵摇钱树能握手言和，才是琼湾最大的财富保证好吗？

前后都有人护航，杨跳跳从未觉得事业如此顺利过。

出院前的两小时，她收到规划得井井有条的行程单时，心里头充满了感激与喜悦。

以至于病房的固定电话响了起来，杨跳跳第一反应是发哥来询问自己的身体状况如何。

她有些开心地点了接通，电话那头，传来的却是一个苍老、带着浓重怒意的声音。

“杨跳跳！放我们上来！这些护士凭什么拦着我们？我们是你的爸妈！爸妈看女儿天经地义！”

全身的血都涌向了大脑，杨跳跳呆愣在原地，那头男人中气十足的声音再次传来。

“你要是不见我们！我们就告你弃养父母！告你陷害亲弟弟！”

电话里传来了各种嘈杂的声音。

听得出来，楼下的那些护士想要极力拦着在医院里撒泼的杨氏夫妇，可是杨运德早年干的是回收科技废品的苦力，满身都是蛮力，护士们根本拦不住。

李朝凤见没人搭理，便开始扯着嗓子哭闹。

谁都知道顶层的病房里住了一个明星，没料到今天会有两个自称其父母的人来闹事，口口声声地说“女儿被猪油蒙了心要和自己决裂”。一时间，没有人敢上前阻挠。

电话里的声音依然源源不断地传来，杨跳跳慌乱的心却慢慢地恢复平静。

“如果你不愿意见他们，我下楼告诉他们你已经出院。”湛佑在旁边淡淡地开了口。

这几天，他们之间避而不谈那天晚上在酒店发生的事情。

可是即便避而不谈，两个人心里也清楚，姐姐起诉弟弟这件事，早晚都要去面对。而横亘在道德良心与亲情之间的，还有绕不过去的杨氏父母。

李朝凤见越来越多的人围了上来，也不管面子不面子了，抓了一个看起来像是领导的医生就开始诉苦：从女儿年纪轻轻就抛弃他们，到现在扬名立万却不肯回家，到女儿如何忘恩负义现在对弟弟见死不救还要害他……说了个七七八八。

而这些字字句句落到了杨跳跳的耳边。她转头，看了看自己的床褥。

住院的这几日，只有湛佑陪着自己。像是之前一次那样，无论她是否身处鬼门关，陪着她的人只有一具“AI”。

没有什么变化，向来如此。

“见他们，为什么不见？”

“那我安排护士，把他们带上来。”

“不用，我现在就下去。”

一分钟后，两个人从电梯里出来。湛佑站在杨跳跳的身后，距离女孩只有半米之遥，像是她如影随形的守护神。

杨跳跳很平静。

湛佑在她的身后望着，总觉得她哪里不对。

等到杨跳跳径直朝着人群走去时，湛佑才意识到——杨跳跳甚至没有戴他给她做的那副眼镜。

她就这么大剌剌地朝着人群走去，没有任何的遮掩、退缩或者停留。

杨跳跳从电梯里出来时，一眼就看到了自己的父亲。

和记忆里一样，她的父亲高大黝黑，细长的眼睛眯起来时泛着冷光。而她的母亲，年轻时姣好的容颜已经被满脸的戾气所取代。

两个人穿戴极好。

即便杨跳跳久居京辉市，也看得出来，两个人的吃穿用度都是一流的，与十几年前一家人拮据到恨不得土里刨食，完全是天差地别。

而这样的一身打扮，有多少人可以相信，他们的儿子在外面债台高筑，被高利贷追杀。

细细数来，他们真的有五六年，没有相见了。

“别闹了。你们不要脸，我还要。”

杨跳跳走到了人群边缘，冷眼看着自己的父母。人群自动散开，形成了一个诡异的真空地带。

杨跳跳不是什么知名大明星，可是这几天医院里沸沸扬扬的，这些医护人员多少听到了一些风声，关于在“爱博百年盛典”上被枪击的女明星与她的男友。

眼前不就是这两人吗？

杨跳跳脸色苍白，身体止不住地微微抖着，可是严肃镇定的气场依然在，对比撒泼打滚的父母，教养立见高下。

杨运德正准备去抢值班护士的病人信息登记板，听到了杨跳跳的声音，立刻回头，一脸凶相，毫无遮掩地破口大骂。

“死妮子，现在肯下来了！你在楼上做皇帝！让你的亲爸亲妈在楼下出洋相！生你的时候就应该丢河里！”

“走走走，跟我走！把你弟弟给我放出来！”

和杨运德光动嘴不同，李朝凤看到了自己的女儿，不管不顾地上前直接去拽。

杨跳跳身上黏连的体征检测仪贴片被猛地一拽，扯着皮肉一阵生疼。

湛佑直接伸手扣住了李朝凤的手腕，生生掰开了她对杨跳跳的控制。

李朝凤没有料到人群里个子高高的英俊男人竟然向着女儿，也没有料到自己吃了个瘪。

她扫了一眼穿着寻常休闲衫的男人，估摸着这男人不是女儿的同事便是女儿的保镖，拔高嗓门再次破口大骂：“你算哪根葱！你敢在医院里动手！你先动手打的人！我要报警，我要告你！”

杨跳跳闭了闭眼睛，在一片嘈杂的声音里感受着头皮微微发麻刺痛的感觉。

她睁开了眼睛，一字一句地说道：“这是我的男友，我们马上要结婚了。请你们不要再纠缠我。从今天起，我和你们再没有关系。”

时隔多年，发哥再次看到了杨跳跳。

准确地说，是见到了杨跳跳的真人。

她的反应比发哥想象的要淡定得多，并没有一丝“恐男症”的痕迹。发哥甚至觉得之前几年杨跳跳对包括自己在内的所有异性避而不见，完全是一种社交恐惧症的托词。

除了身形消瘦，脸色苍白，身上穿着宽大的病号服之外，杨跳跳没有其他任何异常的地方。

发哥觉得一阵庆幸。

他感激地看了一眼站在杨跳跳身边，俊美的男人。

湛佑和杨跳跳的注意力都未在发哥身上停留，两个人冷静地望着桌子另一头的李朝凤还有杨运德。

“今天拿不出一个说法，我反正是不走了！”

杨运德有些底气不足。

女儿的身边站着三个穿着黑西服的女律师，一个比一个看起来老练精干。而那个被杨跳跳称为“发哥”的男人一看便是个人精，更别提杨跳跳口口声声说的“未婚夫”。

医院 VIP 病房门口，夫妇俩胡搅蛮缠的劲儿此刻削弱了许多。

杨运德说完，端起桌上的水杯狠狠地喝了一口，擦了擦嘴，换了一个思路。

“你是我们的女儿！生是我杨家的人，死是我杨家的鬼，你的钱就是父母的钱！如果你执意要起诉阿琪，可以！你把钱给我们！我们也去请最好的律师打官司！不怕告不赢！”

杨跳跳的目光放空，思绪似乎从遥远的地方抽回来，连带着声音都有些不真切的缥缈。

“生是你杨家的人？这么多年，你们管过我死活吗？”

杨跳跳冷笑。

她用手指轻轻剥着桌面上一处不明显的凸起。

“我刚刚毕业那阵子，不能赚钱。在京辉市租房子，房租付不起，被赶了出来。我给你们打电话，问你们借一个月的房租，你们是怎么回我的？”

李朝凤想回嘴说些什么，话到嘴边又吞下去一半，憋了个满脸通红，气势也消减了一些。

“你是问我们要房租！可是那时候家里哪里有钱给你！”

“读书的时候，每个月我往家里寄自己兼职打工的钱，自己几乎一分不留，四年一共……十二万，去了哪里？”

杨氏夫妇迅速交换了一下眼神，李朝凤还在强撑：“还不是因为你弟弟当时要买房子！你做姐姐的赞助些怎么了！”

杨跳跳轻笑，低头：“好，弟弟要买房。这些年，我依然在补贴你们，一笔一笔的账目我都记着，你们除了要钱，几时把我当过女儿？”

杨运德的嗓门高了起来，拳头一下砸在了桌上，震动得那杯中残存的水溅出了许多。

湛佑悄无声息地往杨跳跳的方向靠了靠，在杨运德面前投下了一片阴影。杨运德心有余悸地扫了年轻的男人一眼，吞了吞口水。

“谁让你不回家的？我们想关心你，可连你住在哪里都不知道！”

“这么说，你们今天是怎么找到医院里来的，还有弟弟之前在我的小区里被监控镜头拍到了正脸，又是谁告诉他的？”

杨氏夫妇两人面面相觑，谁也没有吭声。

杨跳跳起身，背对着几个人，走到了窗前。

城市很忙碌，高架桥上下都飞蹿着磁悬浮轿车与小型飞行器，像是数千台梭子在编织一个密密麻麻的网。

不同的人赶往不同的方向，每个人都有一个家，一个目的地。

唯独她没有。

“你们不说，我也知道。”

杨跳跳话音落下，湛佑拿出了之前杨跳跳整理好的材料，扔到了杨氏夫妇的面前。

“弟弟离开了以后，高利贷找过一次你们对不对？”阳光把她的瞳孔染成了浅浅的琥珀色，透明得不太真切，她的眼眶里染上了一点点湿润。

“他们用自己的方式，找到了我的公司，并且逼迫你们签署了一份债务转移的款项。你们也不去管这份条款有没有法律效用，只想着能把你们儿子的脏水转移到我身上来就万事大吉。”

“你不是还得起吗……在京辉市住那么大的房子……”

李朝凤忍不住嘀咕了一声，被一旁的杨运德狠狠地撞了一下胳膊。

杨跳跳没有回头，声音没有任何的起伏。

“高利贷蹲守在我的公司，却没能守到我。如果不是那个鬼迷心窍的前同事，他们也许一直找不到我的踪迹。在这个过程里，你们有一丝一毫地担心过我的安危吗？还是你们觉得我活该被纠缠恐吓，活该被人用枪指着拍裸照，而这个人还是你们的亲生儿子？”

杨跳跳转过身，眼里盛满了泪水，那些泪水蓄在了眼眶之中，宛如下一秒就要决堤的大坝。

她死死地看着杨氏夫妇，抿紧双唇，等一个答案。

杨运德低下了头，回避女儿的目光。

李朝凤的眼睛微微红了些，她皱了皱眉，有些粗声粗气："你弟弟只要钱！如果他拿到了钱，高利贷就会放过他！他也是走投无路啊！不管怎么说，这是关起门来的家事。阿琪出来以后，我肯定好好地骂他！"

杨跳跳表情微微一滞，闭上了眼。

她突然觉得浑身的力气都在此刻消失殆尽，而在这一刻之前，她所做的最明智的决定，是没有让眼泪掉下来。

那些堆积在眼眶里的泪，被她悉数收敛了。

半晌，杨跳跳漠然地睁开眼，看向了不远处表情复杂的发哥，轻轻开了口："发哥，你让律师团队好好研究研究。这场官司，我要赢。"她说罢，提步往门口走去。

湛佑阻隔了她和杨氏夫妇，跟上了她的脚步。

李朝凤脸上那点疼惜愧疚荡然无存，闻言暴起，直接破口大骂："杨跳跳你什么意思！你矫情个什么劲儿！你不是好端端的吗？你要是害了我儿子我不会放过你！一辈子都不会！"

杨跳跳停住了脚步。

湛佑垂眸，看到女孩垂在身侧微微颤抖的手。

他上前牵住了她的手，把那只冰冷的小手拢在了手心里。

没有人可以看到她的怯懦和挣扎。

"你们害了我一辈子，又怎么算？"杨跳跳冷笑着转过头，看着那两个比陌生人还要陌生的亲人。

站在湛佑的身边，她觉得发软的身子找到了一根定海神针。

她讽刺地开口："爸爸，妈妈，你们从来没有把我当作女儿，是不是因为，我根本就不是你们的女儿。"

李朝凤颤动的嘴唇动了动，杨运德猛地站起来，身体又僵在了原地。

两人一句话也答不上来。

杨跳跳深深地看了他们一眼，一秒后，利落地转身，大步地往前走去。

身后，发哥用难得严肃的声音朝两边的保镖吼道："还愣着做什么！清场，把不相干的人从VIP病区赶走！"

大门合上，阻隔了外界的一切声响。病房里安安静静，与他们离开前并没什么两样。

杨跳跳没有停下脚步，她甩开了湛佑，自顾自地快速挪到了床边，开始一样一样地收拾自己的东西。

她不过住了三天的医院，湛佑从海上别墅里拿来的衣服和其他私人用品很少，放在床头的柜子里，几乎是一目了然。可是即便这样，杨跳跳也忙忙碌碌的，没让自己停下来。

越是忙碌，她的头埋得越低。

湛佑在离她半米不到的地方静静地凝视着她。

距离那么近，杨跳跳身上温热的味道一缕一缕地占据着他的鼻腔。耳边垂落的头发掩住了她的神情，从他的角度，只能看到漂亮坚挺的鼻梁。

他没有忍住，按住了她的手腕，声音有些不自然的沙哑："你不用自己做这些的。"

病房里有机器人，所有清理、洒扫、整理的工作全都可以交出去，何况，杨跳跳的东西也不多，这样做，实在是太过明显的欲盖弥彰。

"啪嗒"一声，杯子从杨跳跳的手心滑脱，不轻不重地落在了床头柜上。

"我想要做，别让我闲着。"

杨跳跳挣脱开来，开始叠自己的病号服，然后把那些琐碎的药物一样一样地重新整理好。

她突然又开了口："湛佑，抱歉让你看到这一幕。"

"为什么对我说抱歉？"湛佑平静地问道。

这不是她第一次这样说，似乎她越来越习惯于对自己道歉。

"只是觉得……"杨跳跳轻笑，别好耳边垂落的青丝，"自己生命里最狼狈最不堪回首的一幕，总是被你看到……回头你们公司的技术人员提炼这段经历，一定觉得我是个糟糕的测试对象。我这个人类，在你的眼里，算是活得很糟糕吧。"

“生存本身就是一种胜利。你不用活在别人的评论之中。”

“你为什么不问，我什么时候开始知道了他们不是我的亲生父母的？”

湛佑看着杨跳跳嘴角扯出一丝丝苦笑，只觉得那笑容扯着自己的心脏，在身体的深处，撕扯出了细碎的裂痕。

“我没有好奇的程序设定。”

杨跳跳凝视着手边的水杯，它折射出七彩的光芒，落在她的手腕上，像是戴上了一条漂亮的链条，衬托着中指上的情侣对戒，分外和谐。

她突然就不愿意再提杨氏夫妇的话题。

她不需要再提，也不需要再想起了。

“后天你就要离开了，对吗？”

这一次，湛佑没有回话。

杨跳跳感受着他静默地站在自己身后传递过来的气息。

他听到了自己的问题，可他没有回答，是出于对自己的怜悯，还是出于照顾主人情绪的权衡？

她比谁都清楚分别的日子是什么时候，只是越临近分别，生活就变得越沉重起来。

“能不能让我……抱抱你，就一小会儿。”

杨跳跳转过身，正对着湛佑说道，她的声音低得不像话。

那个拥抱有多长，杨跳跳已经不记得了。

在她被湛佑搂进怀里的时候，一切变得无足轻重起来，连呼吸、思考都不再需要。

她第一次明白了书上说的“如鲸向海，似鸟投林”的意义。

明明被湛佑有力的臂膀圈在怀里，杨跳跳却觉得自己被抛向了一个虚空柔软的宇宙之中，而憋回去的眼泪在无声之中汹涌而出。

不是为了杨琪，不是为了父母，也不是为了自己受的委屈，单纯……是为了湛佑。

杨跳跳记得自己与湛佑讨论过“机器人移情”的问题，她此刻真诚地希望，湛佑能在被她搂着的这几分钟里，变成一个真实存在的男人。

只是几分钟就好，也许这是她这辈子抱过的第一个也是最后一个男人。

“枪击事件”过去后的第四天，湛佑离开的前一天，原先预约好的节目组的人重新登门，补拍原本在盛典之后举行的双人采访。

地点在杨跳跳原来的别墅里。

虽然发哥知道杨跳跳的心结已经好了大半，但他还是细心地安排了清一色的女性。

一众人到了杨跳跳的家里，最先被花房里养护得当的玫瑰花吸引，再被湛佑惊艳得不行。

杨跳跳从楼梯上缓缓走下来，穿着和湛佑一样的家居服，淡蓝色的色调舒服而闲适，两个人肩并肩地坐在沙发上，赏心悦目的一对璧人。

主持人是业界资深的金话筒卜萤。

杨跳跳客客气气地喊了一声“前辈”，湛佑则不卑不亢地招呼了一声“卜小姐”，比两人大许多岁的卜莹乐得合不拢嘴。

她关了麦克风，私下里关切地问了杨跳跳的情况。

“我们都知道那天发生了什么。发哥提前打过招呼，今天的访问不会透漏，但是你最近几天的通告都缺席，所以我们会提一下你在家养病，怎么样？”

杨跳跳穿得很舒适，在化妆的加持下，气色看起来没什么不对劲的，再加上湛佑陪伴着，整个人给人一种沉沦在恋爱之中的小女人的模样。

很难让人看出来，她前几天才经历了那样凶险的事情，死里逃生。

“没问题。”

得到了杨跳跳的许可，拍摄正式开始。

杨跳跳自然地往湛佑身边靠了靠，他用手架在了杨跳跳身后的沙发上，做出了一个宠溺保护的姿势。

卜莹点了点头。

“杨小姐身体好些了吗？”

杨跳跳莞尔：“好很多了，叫我跳跳就好了。”

卜莹：“好的，跳跳。据说这是你第一次正式接受真人秀访谈呢？实在是我们节目组的荣幸。你知道外面怎么评价你吗？”

“外面……是指我的读者，还是我的黑粉？”

卜莹哈哈大笑：“当然是那些喜欢你的朋友。不过，我也好奇，以前你做情感博主专栏作家的时候，黑粉们都是怎么评价你的？”

杨跳跳故作沉吟：“唔，他们说我空会画大饼，没有经历过恋爱，所以对着别人的感情指点江山。”

卜莹自然而然地把话题引到了杨跳跳身边的湛佑身上。

在杨跳跳说话的时候，湛佑全程安静地看着杨跳跳，眼角眉梢里都是温柔的笑意。

“我听说举办盛典那天晚上你感冒了，所以很早就离开。在颁奖典礼上都没有好好地采访你还有你先生呢。”

湛佑自然而然地用手圈住了杨跳跳的手指，两人十指交缠。

这个动作事先两人并没有排练过，她也不是第一次被湛佑扣住手，可是杨跳跳依然在这一份熟稔之中感觉到了心动的甜蜜。

她有一瞬间的恍神，很快把思维拉了回来。

“那天晚上……说实话，不止是感冒……”这一段是发哥安排的。

如果只是感冒就推托了采访，回头肯定要落下“不够专业”“刚刚得奖就耍大牌”的话柄。

“我突发急性肠胃炎，最后还去做了一个小手术，切掉了阑尾，顺便住院了几天。”

卜莹故作意外：“原来是这样！你要知道那晚上蹲守在电视直播前等你的观众可是不少。”

杨跳跳有些不好意思，非常真诚地看着镜头：“给所有等候的朋友道歉。这里，正式介绍一下我的男友，他姓乔，叫乔同。”

湛佑微微颔首。

“原来是乔先生，幸会幸会。”卜莹伸手，迅速地和湛佑握了握手。

访谈是按照脚本来的，并没有什么难度。

关于两个人如何相识相恋的部分，全部出自杨跳跳之手。

她写爱情故事原本不太得心应手，可是关于湛佑的点点滴滴，每一分钟的相处，杨跳跳都记得相当清楚。

而“乔同”这个人的身份，倒是湛佑主动提供的。

在访谈之前，杨跳跳还绞尽脑汁地想了半天该怎么去安排湛佑的身份。

毕竟虽然 ZIC 公司的湛总下落不明，且几乎没有任何人见过照片，可是这名字实在是树大招风。

湛佑作为一具 AI 顶了主人的名字，很容易翻车。

所以，当湛佑把“乔同”这个虚构人物所有的信息丢到杨跳跳面前的时候，她几乎是目瞪口呆。

“这是你们湛总的马甲？”

湛佑：“算是吧。采访的时候就用这个名字。”

杨跳跳能怎么办，她胡诌出来的人大概率分分钟可能被人查出来。湛总那么聪明，出纰漏的可能性很小。

说到底，是她的事业产生了这种需求，后果应该是她来承担才对。

问题问了一大串，卜莹开始“自由发挥”了。

这种主持人都是老江湖，知道有时候问脚本以外的问题，往往会有意想不到的收获。

何况杨跳跳刚刚入圈，算不得什么大咖，就算偶尔有几个问题打了冒犯的擦边球，卜莹也赔得起罪。

“我看到有网友说，前几期 Vlog 还有节目录制，你们换过地方，似乎不是这里？”

杨跳跳立刻反应了过来，卜莹所指的是湛佑家那个大得吓人的“无边游泳池”。

“对，后面一期是在乔同家里拍的。”

“哇，那个游泳池是直接建造在大海里的吗？你不知道我当时看节目的时候可兴奋了，和网友们一样，立刻搜索起来。”

“暂时保密。”湛佑淡淡地说道。

卜莹精明的眼睛瞥了一下湛佑。

在娱乐圈行走多年，她见过不少权贵富商，可是眼前的年轻人，却有些深不可测。

说他是个普通人，可是举手投足之间那种从容不迫又暗含威严的气势，根本就是几代良好家教浸润出来的。

可是说他是个有钱人，杨跳跳和他这一身的情侣服，以及手上的戒指都只是小众奢侈品牌。

她这个问题，无非就是想要套出“乔同”这个男人的身份。

卜莹见过太多女明星默默无闻地挣扎许多年，突然一夜爆红。

她们背后百分之九十九都是遇到了贵人。而这个贵人，多半是那种意义上的“金主爸爸”。

杨跳跳姿色不错，虽是野路子杀进了娱乐圈，这段时间人气水涨船高，眼见出了圈儿，在那么大的盛典上拿了奖。

这里头的文章，是个新闻人就不会放过。

杨跳跳自然听出了卜莹的话中话。

现实访谈不是视频或者直播，视频可以剪辑拼凑，直播可以自己掌握节奏。而访谈完全是把大部分的主动权交给了主持人。

所以节目开始之前，杨跳跳就和湛佑沟通好了今天的各种反应阙值。

她把“诚实度”调到了一个中位数，并且反复告诫湛佑，万一吃不准对方的意图，可以不用回答，或者干脆惜字如金。

她的男友不是圈内人，他可以从观众那里得到体谅。

再怎么着，都比翻车要来得好。

现在看来，湛佑做得不错，几轮回答严防死守，没有任何让人可以抓住的破绽。

“我们大部分时间都住在我家里，上次是乔同家的长辈让我们回去小住。因为有长辈在，所以地址什么的不方便透露。”

卜莹一脸恍然大悟与理解。

“好的好的，没问题！”

下一秒，她又步步紧逼：“这么说来，跳跳和乔先生的好事儿也迫在眉睫了吧？”

杨跳跳嘴角的笑容迅速隐匿了一些。

卜莹看在眼里，心里暗笑，可算问对了问题。

杨跳跳有些踟蹰。

如果承认，后面就需要用更多的谎言去弥补。昨天对父母说的那番话，完全只是为了割裂他们这些年来对自己无穷无尽的榨取。

然而湛佑马上就要离开她的生活。这场戏，到最后注定会变成杨跳跳一个人的独角戏。

如果不承认，在镜头面前，则相当难看，还会引人遐想——前不久才高调地公布恋情，现在是为了用恋情有问题来反复炒作吗？

出乎意料的是，湛佑先开了口。

他把杨跳跳的手轻轻地放在了自己的膝头，缓慢地摩挲着，样子温柔至极。

“说实话，其实，我们已经聊过这个话题了，我们之间的进度，一切看跳跳。”顿了顿，湛佑把脸微微转向杨跳跳，“她想要发展事业，我全力支持；她想要有个避风港，我也会给她一个安宁的家。”

此番话一出，卜莹羡慕地叹气，杨跳跳则呆愣愣地看着他。

她清清楚楚地听到，湛佑刚刚说出了……家。

第九章
你可以永远陪着我吗

送走了那些人，已经到了中午时分。

湛佑利落地把家里收拾了一下，走去厨房。出来后，他身上挂上了那个水果围兜，看向了杨跳跳。

“想吃什么？”

沙发上，杨跳跳抱着抱枕，一声不吭。

湛佑微微蹙眉，走了过去，拍了拍她的肩膀。

访谈结束了，湛佑又恢复了平日里的样子，不过分亲近，也从不疏远。

相比于其他“同居恋人”，两人之间少了一点点缱绻的缠绵，倒更多了一些细水长流的隽永。

镜头前，他们是一分一秒都难以分开的情人，可是镜头后，倒像是过了十几年还未厌倦彼此的老夫老妻，抑或是……灵魂伴侣。

杨跳跳被自己这个念头吓了一跳。

湛佑有灵魂吗？

人类的灵魂中有共同记忆的堆积。一次次的共同经历会构筑出两个人越来越深的羁绊和牵挂，是一种复杂的化学反应。

可是 AI 呢……

她和湛佑所经历的一切，会不会只是一串串冰冷的数字输入，只是可以复制取代的代码，只是湛佑这漫长一生中短暂的片段……

湛佑拍了拍杨跳跳，没有等到她的回应，却等来了她的轻轻叹气。

“你做什么我都爱吃。”

吃过饭以后，杨跳跳在湛佑的陪同下，去了一趟京辉市的拘留所。

程呈开庭的日子比杨琪早十天。

郁氏与发哥的律师团队做了不少工作，郁晴受到了小小的处罚，而发哥这边则借着程呈与杨琪之间的商业合作与经济利益纠葛，成功让程呈变成了指证杨琪怂恿他来骚扰绑架杨跳跳的证人。

最后对于程呈到底关几年，杨跳跳丝毫不在意。她也知道现在的自己根本无法撼动郁氏的力量，郁晴的“逍遥法外”是她的意料之中。

她来，是为了追求一个答案。

隔着铁窗，程呈看到湛佑小心地给杨跳跳拉开了座椅。

做完这一切，湛佑没有坐下，只是贴着杨跳跳站着，于行动中给予保护，又不动声色地对窗口这边的程呈施压。

同样是男人，程呈怎么可能读不懂这种占有欲极强的身体语言。

程呈喉结动了动，率先开了口：“对不起，跳跳。”

他还想说什么，嗓子一紧，哽咽了，紧接着又爆了一句粗口。

如果那天不是鬼迷心窍听了那个女人的话，他不至于与杨跳跳走到现在这一步。也许，他和杨跳跳还有可能。

“说这些都没有意义。程呈，”杨跳跳抬起头，“我来只是为了问清楚一件事。”

程呈语塞，一秒后，点了点头。

“你和我从小就认识。你比我大三岁，你告诉我，你第一次看到我的时候，是几岁？”

杨跳跳说完，眉眼镇定地望着程呈，没有放过程呈脸上任何细微的表情变动。

她判断得没错，程呈有一瞬间的无措。

“跳跳，你问这个做什么……”

“你只要告诉我就可以，别的不用解释。”

程呈低下头。

他已经好几天没有刮胡子了，下巴上的青茬让他显得老了好几岁，狼狈不堪。

“三四岁。你拿着糖果一个人蹲在杨叔叔家门口，里面有大人在吵架。”

杨跳跳点了点桌子：“所以，之前我并没有出现在村庄里，对吗？”

良久的沉默以后，程呈点了点头。

一切都对上了。

程呈之所以沉默，是因为他不单单拥有儿童时期对杨跳跳初见的印象，他更是在从前某个时间段里从杨琪的口里听到了事情的真相。

杨跳跳原本就是杨运德夫妇抱回来的孩子。而在李朝凤终于成功怀上了儿子以后，杨跳跳成了这个家庭多余的一员，可有可无的弃子。

所以，从来没有人关心她要什么，从来没有人关心她经历了什么。

那个老旧山村的树影深处藏着多少双狰狞的眼睛，曾经虎视眈眈地望着这个“外乡拐卖来的，父母不详”的女孩子……

程呈已经到了崩溃的边缘，戴着手铐的手抬起捂住了自己的脸颊，带着哭腔一次次地说着：“跳跳，对不起，我应该早些告诉你的……”

杨跳跳开口制止了他无意义的忏悔。

“最后一个问题，你的叔父，胸膛左上角，是不是有个黑色的痣。”

程呈的表情由崩溃变得空洞，继而是愤怒与恐惧的战栗。

杨跳跳闭上了眼睛，起身，离开了羁押室。

湛佑紧紧地跟着她。

他没有开口询问，她也没有回答。

就像是从前千万次一样，他只是做着她的影子，陪着她，保护着她。

车子驶过繁华的都市，杨跳跳看着闹市区中心绿地的喷泉，开了口，眼睛里溢出了亮晶晶的向往。

“湛佑，在这里停车，陪我下去走走。”

正值周末，商场里人来人往。

空中飘荡的巨大小丑举着电子屏，上面闪动的广告吸引着孩子的目光；学生们三五成群地去购买自己爱豆最新出的5D音乐专辑；更远处一对对情侣在专柜前购买着送给对方的礼物……

这么多年来，杨跳跳第一次走进商场。

她放任自己沉浸在陌生人群的气息之中，一点点地压抑着所有恐惧与排斥的星火。

湛佑在她的身边，她适应得很好。

她甚至可以想象，下次再站到万人瞩目的舞台之上时，她可以不用戴湛佑送给自己的那副墨镜。

医生只会把杨跳跳一日千里的治愈过程归因成酒店里被橘影袭击后，大脑皮层的超量自我修复。可是没有人知道，真正让杨跳跳从往事噩梦里走出来的，让她敞开怀抱拥抱当下的，是湛佑。

杨跳跳情绪不高。

湛佑站在她的身侧默默地看了看，转头，去自动贩售机里买了两支冰激凌，一支巧克力味的，一支草莓味的。

“选一个？”

杨跳跳笑出了声音，抬头看着湛佑，眼眶里的眼泪快要兜不住。她有些粗声粗气：“明明两个都是我的！”

她故作蛮横地夺过来，然后一齐塞进了自己的嘴里。

这个吃法有些古怪，也有些粗犷。杨跳跳被自己逗笑，湛佑有些无奈地看着她，却没有阻止。

她的眼角落下了两滴眼泪。她低头，看到商场的中庭里，一个母亲正追着自己蹒跚学步的孩子，孩子在笑，母亲也在笑。她不想让自己的孩子离开自己半步。

“我那个时候大概八岁，或者九岁，有天晚上，只有我和弟弟在家。我很冷，也很饿，弟弟的零食爸妈不让我碰。我听到前门传来了脚步声，以为是父母回来了，我就冲了出去……”

山村的夜那么冷，比冰激凌还要冷一万倍。

杨跳跳刚刚迈出院门，就察觉到了不对。小路两侧的灯都坏了，她并没有看到父亲或者母亲的身影。

群山寂静，此刻她听到院门侧面有人冲上来的动静……然后她就被人从后面强行拖走了。

那人并没有对杨跳跳做出实质性的侵害，在最后关头，杨跳跳捡起一块石头狠狠砸向了那人的头。

月光下，她清清楚楚地看到了他胸膛上的痣。

过了很久很久，山村的夜、男人的脸都成了她遥不可及的噩梦。

小跳跳一路跑回家，上气不接下气地哭诉自己的遭遇，可是抱着弟弟的父母却一脸的漠然，起先不冷不热地认定她在说谎，继而关了门让她不要张扬。

面对女儿遭受到的伤害，他们的第一反应居然是："这种事儿说出去损害的可是杨家的体面，以后弟弟还要娶媳妇怎么办！"

在两个人齐心协力的压迫下，杨跳跳的痛苦无人问津。虽然无从追索，却真真实实地存在，日复一日地压迫着她脆弱的神经。

梦魇如同魔鬼，在经年累月里达到了它的目的——让杨跳跳活在往事的地狱之中，不得逃脱。

说完这一切，冰激凌在女孩的手心化开了。

湛佑接了过去，又拿出纸巾给她擦了擦嘴。

她木着没有动，任由湛佑给她清理，像是个被掏空了灵魂、流干了眼泪的洋娃娃。他浅色的眸子收容着她所有说得出口，说不出口的痛苦。

他死死克制着把她搂在怀里，带她远走高飞的冲动。

湛佑放下了手，却被杨跳跳轻轻握住。女孩的手心冷得让人生怜。

他听到她轻轻说道——

"谢谢你陪我过最后一关。"

晚上，是最后一次湛佑陪着杨跳跳做直播。

狂热的粉丝们差点把屋顶掀翻——镜头里，杨跳跳蜷缩在湛佑的怀里，不说话也不唱歌，甚至没有说任何关于颁奖典礼或者自己身体情况的言辞。

她像是一个孩子，蜷缩在湛佑的怀里，两人穿着深蓝色的家居服，杨跳跳勾着湛佑的脖颈，湛佑圈着她的腰肢。

两人只是安静地对望着，只是彼此陪伴而已。

直播的最后，两百万在线粉丝竟然看完了一场无声无息的直播，却舍不得离开。

每一帧都像是流露出了浓重的情意与缱绻，却让人摸不到背后发生的故事。

直播的最后，杨跳跳回答了粉丝们问了一万遍的问题：“跳跳姐和跳跳姐夫怎么了？”

杨跳跳在白色的灯下扯出了一个笑。

“他会出一次远门，要离开我很长一段时间。”

一个月后，杨跳跳正式进组。

为了演好这个重要的角色，她跟着自己的心理咨询师方悦同吃同住了一段时间，还恶补了不少心理学的知识。

直到方悦认定杨跳跳现在怎么看怎么像同行，杨跳跳才松了一口气。

这是她的第一部作品，她要拿出点样子来。

跟着方悦近距离观摩心理师的这段日子，杨跳跳主动申请再做一场深度催眠。让方悦大为喜悦的是，实验数据结果反馈，杨跳跳的“恐男症”已经完全治愈了。

方悦开玩笑说自己如果现在动手起草论文，杨跳跳这个病例说不定可以让她跻身世界一流心理咨询师的行列。

杨跳跳摆摆手：“随便用，别用真名就成。”

方悦敛了玩笑的心思，观察着杨跳跳的神色，小心翼翼地问：“那个……我看到你上热搜了，说是男友远行了？”

前一刻还算是淡定的杨跳跳脸色微微僵了一下，她低下头，眼底划过一层晦涩。

“嗯，他走了，回到他该去的地方。”

有那么个瞬间，作为杨跳跳的朋友，方悦有一股强烈的冲动想把自己知道的一切告诉杨跳跳，可是作为她“恐男症”的主治医生，方悦最后说服自己放弃了这样的念头。

不管这两人的人生轨迹如何，她不应该干涉。这是职业道德使然，也是出于尊重跳跳本身的意志。

发哥争取到的资源质量过硬，无论从制作班底还是剧本挑选，《盲夜》都是今年业内人士看好的拿奖的潜力股。

女主和女二之间的争斗、博弈与对抗也成了最有看点的剧情。

杨跳跳演的女二人设丰满，戏剧冲突饱满，相当考验演技，也很容易出彩。

每一次拍摄结束，杨跳跳都抱着剧本，站在现场观摩别的演员的拍摄，三天两头自掏腰包犒劳剧组工作人员，不管是面对新人还是前辈，她都嘴巴乖巧礼数周全。这样敬业低调的影视圈新人，很容易博得好感。

再加上她现在风头无二，粉丝号召力一流，片场里不管是几线明星，都乐意和她交个朋友，想要蹭蹭杨跳跳的好人缘与事业运。

进组以后，杨跳跳就很少回家了。

“AI 湛佑”被公司收回，湛总的海上别墅杨跳跳自然是没有理由再去住。收拾了自己的东西，她正式搬回了自己家。

可是她那套房子，每一寸地砖，每一丝空气都能让她触景生情地想到湛佑。杨跳跳一咬牙，便搬来了剧组。

楚越来探班了，行程是保密的。

两个人的姐妹情原本被发哥作为新的营销点想拿出来大肆渲染的，但是两个姑娘口风一致地压了下来。

水能载舟，亦能覆舟。现在两个人都处于事业上升的时候，很容易被人理解成三天两头上热搜的过度营销，白白浪费了路人缘。

再者，真的真情实感地交朋友，根本不用舆论造势。

杨跳跳从助理手里接过了水杯，听到了一句“楚越姐在化妆室等你”便放下剧本径直走向了后台。

楚越背对着杨跳跳站着，一边等着她，一边在整理着桌上凌乱的化妆品。

杨跳跳进门就看到她像是个老妈子在给自己整理东西，不由得勾唇笑。

“怎么，一言不合就打个车过来给我做助理啊。”

杨跳跳凑过去，楚越没有回头。

她穿着休闲的裤子和 T 恤，外头搭了一件低调的夹克，前几日出席活动还是银灰色的头发，此刻又被她染回了深褐色。

看样子相当随意，完全没有一点捯饬过的样子。

杨跳跳觉得不对头，转过楚越的肩膀，化妆台的灯光下，楚越满脸都是泪水。

往日明媚的桃花眼此刻眼角微微下垂，溢出的泪珠顺着脸颊往下滚落。

“这是怎么了？”杨跳跳第一反应是折回门边，把门反锁住，握着楚越的手问道。

“跳跳……你相信生死轮回吗？”

这个问题问得莫名其妙。

如果不是亲眼看到，杨跳跳不会相信平时潇潇洒洒我行我素的楚越会说出这样的话来。

杨跳跳挤出了一个勉强的笑容。

“好端端的，说什么生死。”

楚越没有说话，空洞的目光凝着杨跳跳看了两秒，然后一寸寸地下移，最后停在了自己的小腹上。她牵住杨跳跳的手，两只手按在了上面。

杨跳跳在无声之中睁大了眼睛，颤了颤嘴唇，半天没有说出一句话来。

“什，什么时候的事儿……”

“快两个月了。”

楚越的手十分冰冷，杨跳跳清清楚楚地读到了她的绝望。

脑子里快速闪过一个名字，杨跳跳用口型低低问道：郁白？

楚越闭上了眼睛，脸上的表情憎恶而愤怒。

信息量实在是太大了，杨跳跳慌慌张张地扶着楚越坐下，又去小冰箱里取出一瓶水，冰水太凉，她想了想，又顿住了脚步，掏出手机准备让助手买一瓶热饮，被楚越拦住了。

“不用，我不会留他。”

SILENCE 开业的短短数周之内，整个人工智能行业风起云涌。

资金链断裂的 ZIC 被 SILENCE 不声不响地吞并，百分之六十的 ZIC 员工被挖去了 SILENCE。

在江城落户后，SILENCE 争分夺秒，大张旗鼓地开始收购兼并，一跃成为行业内首屈一指的老大，坐稳了江山。ZIC 前总裁湛佑的行踪依然成谜，背后的资本力量面对这场公然侵吞竟然也无动于衷。

江城不像京辉市，纬度偏低，气候更为湿润，常年多雨。

湛佑从自己的办公室往外望去，不知何时，小雨淅淅沥沥地落了下来，快入冬了，天空阴沉，满目苍翠。

崔静隔着几层玻璃看着儿子的身影，伸手拦住了匆匆打了个招呼便从自己身边蹿过的小希。

“湛佑这是怎么了，总是一个人发呆？”

小希讪讪一笑，目光不自觉地落在湛佑桌前一字排开的六台大型显示器上。

隔着屏幕，外人自然看不到上面显示的数据是什么，但小希可是清楚得很——六台显示器，除了四台做测试计算之外，另外两台可全都跟京辉市的杨小姐有关。

湛佑离开前，在杨跳跳家附近加强了安全网络的构筑，可是这些天，杨跳跳家连一盏灯都没有亮过。

京辉市的那些眼线天天雷打不动地向湛佑汇报着杨跳跳的行踪。

小希以为等 SILENCE 走上了正轨，湛佑会憋不住回去找杨小姐，可是已经几十天过去了……天天在媒体网络上露脸的杨小姐看上去再正常不过，而湛总也是一副稳坐泰山的架势。

敢情这两位轻轻松松地翻页了？

不对啊……

杨小姐看到“湛佑”被送进工厂车间重置系统的时候，可是差点哭昏过去；而湛总也天天把情侣戒指挂在脖子上呢。

“静夫人您别担心，总裁是谁啊！他的发呆都是在思考呢！”

崔静白了小希一眼，一脸坚持：“你别瞎扯。我的儿子我清楚，他思考的样子根本不是这样的。”

说罢，崔静不友善地瞥了眼心虚的小希：“阿佑是不是处对象了？”

小希一个激灵。

崔静还不知道前阵子湛佑为了躲避湛启山与郁晴双重“追杀”而干的事儿，更不知道她之前劝说了那么多年湛佑都不肯离开京辉来江城而现在却突然回心转意的背后缘由。

单纯的家事简单，单纯的公事也简单，可是这一半家事一半公事还夹杂着湛启山与崔静那些陈年恩怨，简直是难于上青天。

小希狠狠地在心里头给自己的嘴拉了拉链。

“湛总哪有时间处对象！湛总现在连吃饭的时间都快没了好吗！每天他也就发呆个十分钟，静夫人您行行好，十分钟的放风时间也不给湛总，他太难了！”

崔静被小希逗笑，一时间也转移了注意力，等小希一溜烟地跑开时，崔静才反应过来。

是时候给自家儿子找个靠谱的女朋友了。

“明天早上六点开始拍摄。这一场戏是在太平间里进行的，气温很低，但是已经备好了衣物。第二场十点，下午可以休息三个小时，杨小姐不肯去保姆车，非要全程跟戏旁观……”

视频电话上，杨跳跳的助理小婷正无事巨细地对湛佑汇报着杨跳跳的行程。

她看不到视频电话那头男人的脸，但是听声音，便是个年轻的款爷。

原来小婷以为能为杨跳跳挑剧本，备豪车，打通剧组关系不让她受欺负，还恨不得二十四小时派人保护杨跳跳的人，铁定是杨跳跳的男友或者背后的金主。

可是几番试探下来，小婷发现，连杨跳跳本人都不知道自己被一路安排这件事儿。

这就奇了怪了。

小婷也不是没有好奇心，几次想要偷偷问这个每天要求她汇报杨跳跳行程的人是谁，可是对方的戒备心远比她重得多，不但所有的联系方式加密无法破解，连同其他信息都瞒得滴水不漏。

不过看在他对杨跳跳完全没有恶意，而且每个月给自己打来的巨额好处费的份上，小婷忍了。

“我会让导演跟她说，强制她休息。”

年轻男人的声音四平八稳，有时候像是没有感情的机器人，可是话语里对杨跳跳的关心呵护却是实打实的。

小婷忍不住脑补一万部玛丽苏的偶像神剧。

“还有别的事儿吗？”男人问道。

小婷收回神思赶紧回话：“其他没有了……哦，不过，我听副导演说，咱们这部剧的制作方的二公子可能明天晚上请大家吃个饭，所有的人必须出席。”

SILENCE 的总裁办公室里，湛佑的手指轻轻敲了一下桌面，脸上没有什么波澜。

“霍智杰？”

“是的。”小婷如实答复。

视频电话被挂断。

郁白见湛佑起身，立刻也跟着站了起来。

湛佑在门口站住，回头看了郁白一眼。不过几日，郁白的胡楂都冒了出来，衣服也和从前精致雅痞的路子大相径庭。

他蹙了蹙眉头：“我说过，我没办法查到你女人的下落。”

郁白急了，按住了湛佑开门的手：“那你让我去见杨跳跳。楚越除了她，没有其他的朋友！”

“你不懂，我不能出现在杨跳跳面前。”

湛佑说得很慢。可郁白知道，他没有在开玩笑。

“可是……”

“即便杨跳跳知道楚越的下落，你觉得她会告诉你吗？”

湛佑反问。

郁白：……

他这个“人渣”的名头已经被坐实了。

自从他知道楚越怀孕，到她突然消失，无论是经纪公司还是她的粉丝，遁天入地谁都找不到她开始，郁白就隐约觉得事情不对。

没过多久，他就碰到了不声不响回国的居蓉。

“你在杨跳跳这里想办法，还不如去找楚越的经纪人，他对楚越的了解可能比你还要多。”

说罢，湛佑便转身离开。

郁白搓了搓脸，坐在了沙发上。

从前楚越面对媒体的纠缠，烦不胜烦时脱口而出，声称自己不过是和郁白萍水相逢，如果对他这种斯文败类动心便一不做二不休主动退圈。

媒体哗然。

郁白当众被怼，憋了一口闷气，也被激起了更强的胜负欲。

郁白掐着楚越的腰，吞下了她所有嚣张的誓言：“退圈大可不必，你乖乖嫁给我做郁太太如何？”

然而他没有等来楚越的抵抗，也没有等来她的允诺，楚越几乎是带着和他彻底一刀两断的决心，不声不响地从他的世界里一走了之。

连同那个郁白刚刚知晓的，可能存在的孩子。

过去的七十二个小时里，郁白真真切切地感受到了什么是心如死灰。

如果还能再看到楚越，他一定会收起所有的轻慢，不再强势地凌驾在她的世界之上，好好陪她说一次话，约一次会。

夜很冷。

杨跳跳几场戏都在室外，而且要穿夏装。

助理小婷给杨跳跳备好了足量的“取暖黑科技发热贴”，足以抵抗严冬凛冽。

那些发热贴是透明水状的，一贴在皮肤上便像薄膜融化贴合，不会影响穿衣试戏。可即便这样，到了深夜，杨跳跳的小脸还是冻麻了。

她的生理期快来了，整个人蔫蔫的。镜头前，她强打精神，一下片场，摇摇欲坠。

小婷扶着杨跳跳回房间，刚刚锁上门，杨跳跳就把室内的温度调控到了28℃，一个人钻进了被窝深处。

隔了几分钟，有人敲门，门外是小婷颇为困惑的声音：“跳跳姐，前台说今天白天给您签收了快递，不知道是什么东西。”

杨跳跳从猫眼往外看，一脸蒙的小婷推着一个巨大的盒子站在走廊里挠头。

杨跳跳开了门。

“谁送的？”

小婷摇摇头：“不知道，找不到任何签名。”

紧接着，小婷咽了咽口水，有些害怕：“这箱子比我还高，完全可以装得下一个人，要不要我现在去叫保安？”

杨跳跳正想应下来，突然发现，箱子的颜色是红色的，而且底部还有一行英文——

ZIC……

杨跳跳立刻阻止了小婷：“不用，不用！”

小婷满脸狐疑：“你知道是谁送的？”

杨跳跳随口胡诌：“男粉丝送的玫瑰花。”

小婷一愣：“哪有这么大盒子的玫瑰花？”

杨跳跳舔了舔嘴唇：“那个，小婷，把箱子推到我房间来，你可以去休息了。”

见小婷还是不放心，杨跳跳挥挥手：“晚点我打视频电话给你对剧本，晚安。”

摸不清楚杨跳跳葫芦里卖的什么药，但是她既然开了口，小婷没有坚持，还是离开了。

杨跳跳围着那个箱子转了一圈，心脏跳得快要冲出嗓子眼儿来。

一个多月以前，她是亲眼看着“湛佑”被推进了工厂的清洗程序之中的。

透视光线的扫描下，她清楚看到了湛佑的身体深处的元件。

淡蓝色的人造皮肤骨骼之下，那些元件与人类真实的器官组织相去甚远。

在看到湛佑的头被打开，取出了中央控制器主板的时候，杨跳跳天旋地转，差点昏死过去。

她与湛佑度过的时光，她与湛佑相拥牵手的记忆，湛佑帮她抵御伤害与黑暗的那些过往，全部在一块薄薄的芯片之中。

她爱上的男人，彻彻底底地从这个世界消失了。

从 ZIC 最后一间还在勉强维持运营的工厂回来，杨跳跳病了一场。

莫名地发烧，所有的医生都查不出根源，连方悦也只能解释是“从亲密关系中剥离而产生的巨大挫败感”。

昏睡了三天三夜后，杨跳跳又毫无征兆地醒了过来。只是，醒过来的杨跳跳只字不提她与男友“乔同”的一切。

连同那枚对戒，都被她做成了颈链的样子，放在了饰品柜的深处。

因为过于激动，杨跳跳的手止不住地颤抖，开箱时几次都差点滑脱。

这里头是湛佑吗?

她的湛佑，会带着完完整整的记忆回来吗?

最后一层包装落下，首先映入眼帘的，是一双男人的脚，是湛佑的尺码，湛佑的黑色西裤。

泪水在一瞬间决堤，杨跳跳想也不想，扑了上去，一把抱住了箱子里的人，哭声惨然：“你回来了吗……你可以永远陪着我吗……”

头顶没有任何的回答。

杨跳跳抬起头，是完全陌生的一张脸。

完全陌生的电子音，机器人的头缓缓地低下，用毕恭毕敬的声音说道：“主人，请初始化。”

远在江城的湛佑清清楚楚地看到了女孩泪雨滂沱的脸，听到了她说的那一句“你可以永远陪着我吗”，男人的心脏深处的酸楚变成了阵痛。

他伸手，放在屏幕上杨跳跳那张失落的脸上，瞳孔深处的星光不知道在何时湮灭。

湛佑喉结动了动，想要回复，却始终没有张口。他反复摩挲着屏幕上的杨跳跳，女孩的体温仿佛穿过电子元件传到他的指间……

这机器人是 ZIC 公司最后一件产品，准确地说，是在被 SILENCE 收购之前，最后一件从工厂做出来的次 A 级机器人。

他的身高体型与湛佑几乎差不了分毫，可是他的脸，是一张铅灰色的、机械的脸颊，他的声音是中规中矩的机器人声音。

杨跳跳倒退了两步，松开了机器人。

机器人的手心里捏着一张卡纸，上面是ZIC公司前任总裁湛总留下的话——非常感谢杨小姐对初代A级机器人的厚爱，这件产品是我们送给杨小姐的一个小小的礼物。

机器人深黑色的瞳孔里亮起了一道光，像是在扫视着杨跳跳，她听到机器人再次开口："请完成初始化。"

杨跳跳把机器人推到了套房的客厅，锁上了卧室的门。

不管她否认多少次，真实的湛佑消失了，连同她深深浅浅对他的依恋与生平第一次滋生出来的爱情。

这个世界有多滑稽。

机器人可以复制，元件、程序、数字、模型都可以复制，重新来过。

唯独情感，唯独两个人经历过的一切，是无可复制，不可比拟的存在。

早晨来敲门喊杨跳跳起床的小婷，在推开门的瞬间吓了一跳。昨晚走的时候还好好的，怎么今天来里头就站了一个男人！

她再定睛一看，哦……机器人。

杨跳跳面无表情地接过了小婷递来的早饭，坐在餐桌旁，一边翻看剧本，一看默然地吃着。

"跳跳姐！这是你粉丝送的啊！够大方的啊！这玩意儿，现在一个值好几十万呢。"

小婷突然看到了机器人盒子底下的商标，惊得眉头一跳。

"哇！这是ZIC的产品！跳跳姐你发了！"

杨跳跳："……"

小婷觉得自己可能表达得不是很清楚，继而补充道："你知道自从ZIC被收购以后，市面上现存的ZIC的机器人都被奉为绝版孤品，最便宜的也要一百多万，还是那种圆头圆脑的简单家用机器人！这种人形的，至少这个数！"

小婷竖起了两根手指，意思很明确。

"我来查查这个机器人什么型号的……"

一分钟后。

“查不到！这真的是试用版的孤品了！”

小婷兴奋地转过头：“跳跳姐，这个要是拿出去卖了，你一年的片酬都有了哎！”

杨跳跳的重点却不在这里。

“ZIC 被收购了？它不是破产了吗？”

“被收购了啊！跳跳姐你不看新闻的吗？”小婷顿了顿，又补充道，“也是，你一天到晚都在研究剧本，是没空看啦。我给你找找哦……前段时间闹得动静挺大的。”

她翻了翻自己的操控板，迅速调出了一篇文章来，丢到了杨跳跳面前。

“SILENCE？”

杨跳跳一目十行地看完，皱起了眉头。

“嗯！据说是江城新开的科技公司。哇，好大的手笔，才刚刚开业不久就吞并了好几家同类型小公司。ZIC 的实力原本可以和它对抗的……可惜老板跑路了。啧啧，说起那个老板，可真是 AI 界一个不可多得的奇才啊……”

杨跳跳的眉头蹙了蹙：“SILENCE 是谁的？”

小婷耸耸肩：“不是很清楚哎。”

问她还不如问 AI，杨跳跳的目光扫向了站在墙根的机器人。

“ELeven，SILENCE 现在的老板是谁？”

机器人的眼睛里闪过一道光，用规规矩矩的声音回道：“根据百科最新资料更新，SILENC 现任 CEO 姓乔，全名乔桐。”

杨跳跳猛地站起来，走到了机器人面前，仰头看着它：“同意的同？”

“梧桐树的桐。”

小婷就算是反应再迟钝，也听出了不对劲。

AI 报出来的名字，不正是跟杨跳跳前段时间公开的男友名字发音一模一样？

难不成是个巧合？

小婷悄悄地扫了一眼杨跳跳的脸色，后者的神色分明完全不相信巧合这档子事儿。

“图像资料。”

杨跳跳开口。

一秒后，AI 毕恭毕敬地回复：“暂无图像资料。”

“跳跳姐……”

“你出去会儿，我想一个人待一会儿。”

小婷不放心地瞅了瞅杨跳跳，她揉了揉脸，坐在了沙发上，看不清到底在想什么。

“那我在门口等着，有事喊我。”

小婷带上了门以后，屋子里安静了下来。

湛佑……湛总……乔同……乔桐……ELeven……这些名字在杨跳跳的脑袋里盘旋，一时间混在了一起。

Eleven 是有情绪感知功能的。

它静静地看了看杨跳跳，从墙角走到了冰箱前，从里头取出了一盒新鲜的蛋糕，摆在了杨跳跳的面前。

“甜食可以促进胰岛素分泌，胰岛素会使酪氨酸与苯丙氨酸在血液中浓度降低，使色氨酸在竞争上处于优势，很快进入细胞中转换成血清素，进入脑中，使人有愉悦感。所以，主人您现在需要甜食。”

杨跳跳愕然。

抬起头，她对上了机器人毫无温度的眼睛。

它的眼珠子是琥珀色的，和湛佑的有些相似，却完全没有细腻的瞳孔线条，更没有温暖的神色。

杨跳跳后知后觉地反应过来一个事实……湛佑从来不会用这种语气对自己说话。

他的头头是道再如何充满逻辑，也不会像 Eleven 一样，没有感情与起伏。

而她，也从来没有在任何时间下意识地用命令机器人的态度对待过他。

仅仅是因为两具机器人是不同等级的产品吗……

剧组的人开始适应杨跳跳身后那个高高大大机器人保镖的存在。

原本女明星有机器人保镖不是什么特别的事儿，可是杨跳跳这具拿出来，杀伤力无异于晒了豪宅豪车和闪瞎了眼的大钻戒。

尤其是机器人身上那个 ZIC 的 logo。

剧组的人只要闲下来就找借口和杨跳跳搭讪，只为凑近多瞧几眼那个机器人。

“哇，你们看这个手感！看它的灵敏度！”

“它刚刚用法语说了一段笑话，那个口音绝了！”

“它还很体贴呢！检测到我的生理期，给我递水时顺势加了温。”

所有人，除了杨跳跳都对 Eleven 抱有绝对的好奇心。

但是杨跳跳心里清楚，对比湛佑，Eleven 只不过是一个高级工业玩具。

“跳跳姐！你别不屑一顾了！这玩意儿是天才机器人设计大师湛佑的绝笔好吗！”

杨跳跳很不喜欢“绝笔”两个字，有些不客气地反驳：“你怎么知道人家不会出山了？”

那个灯光师是个科技发烧友，见杨跳跳这个冷美人难得动了怒，赶紧解释：“你看啊，他公司都被人抢走了还不露面。这种等级的天才怎么会甘心？我觉得八成是人没了。”

杨跳跳眼底闪过一丝阴云。

那日归还湛佑的时候，是那个 VIP 客服小希接待的她，她从头到尾都没有见过湛总这个人。

杨跳跳低下头没说话。

Eleven 的眼睛快速地扫了一下杨跳跳，用不高不低的声音开口：“湛总健在。”

小婷站在机器人后，差点笑喷。

众人：噗。

灯光师一皱眉，绕着 Eleven 转了一圈，挠挠下巴：“你还能知道自己前公司的老板去了哪儿？”

Eleven 一本正经：“知道也不告诉你。”

“你！”

小婷见一人一机要吵起来，赶紧挥手使了个眼色。

灯光师顺着她的手望去，杨跳跳托着腮发呆，脸色是真的不好看。灯光师赶紧吐吐舌头离开。

“Eleven 这里不需要你，你回房间待着去吧。”

Eleven 纹丝不动：“我是保镖机器人，设定的程序是寸步不离，全天陪伴。”

杨跳跳无奈地扭头：“你这个‘沙雕’程序谁给你设定的？”

“由 A 级机器人那里继承来的。”

半晌后，杨跳跳：“湛佑？”

Eleven 点头：“是。”

最后一场戏晚上七点半结束，杨跳跳疲惫地揉了揉肩膀，准备回房间休息，却被副导演拦住。

“跳跳！你忘了，今天霍公子请咱们吃饭。”

杨跳跳点头：“我没忘记，正想找您请假……我能不去吗？”

女一是风头正盛的小花张黎雯，她是这部剧的粉丝号召担当。

杨跳跳实在是想不出自己非去不可的理由。

副导演平时和颜悦色的，此刻却拉下脸来：“跳跳，所有人都去，你不去，你觉得像话吗？”

杨跳跳沉默。

“再者，霍公子家是我们的制片方，你再不懂人情世故，也要给导演一点面子！”

大胡子冯导平时对杨跳跳很是照顾。

不知道是不是杨跳跳的错觉，她总觉得这个大胡子非常熟悉自己，包括她“恐男症”刚刚痊愈，整个人还处于对人群与社交的排斥之中。那些细微的情绪，导演都兼顾得很好。

第一次拍戏，杨跳跳几乎没有任何来自同事的压力。

甚至在她不肯回去休息，坚持旁听观摩时，大胡子还会半训斥地让她去休息。这一点上，她特别感激如同长辈似的冯导。

小婷之前跟过几个十八线的小演员，目睹这一切后曾经跟杨跳跳咬耳朵：

“跳跳姐，大胡子对你也太好了吧！”

反观其他演员，稍有不慎，便被骂得狗血淋头。

杨跳跳始终觉得这个世界上没有没由来的好，也没有没由来的恶意。副导演提到了冯导，她被说动了。

杨跳跳换上了自己带来的衣服，就这么素着一张脸，上了剧组统一安排的车子。

饭店就在影视城旁边，是京辉市知名的云上饭店。

灯火通明处，透明的立柱支撑着云朵一般的平台，那上面便是影影绰绰的食客与露天吧台。

霍智杰还没有到，一群人不敢坐下来，只是干站着等待。

张黎雯凑到了杨跳跳身边吐槽。

“什么嘛！投钱的是他老爸又不是他，来剧组装什么皇帝！我今天拍了一天的水戏，皮肤都泡皱了！现在只想回酒店好好睡一觉！”

杨跳跳投以怜悯的眼神，她心里懂张黎雯的苦，可是眼下谁都无可奈何。

又等了二十分钟，霍智杰终于姗姗来迟。

张黎雯在一瞬间变了脸，前一刻还在皱着眉头倒苦水，看到霍智杰从光梯里走出来，提着裙子踩着高跟鞋就冲了上去。

冯导都没她跑得快。

“霍公子，您可算是来了！”

那犹如云雀一样婉转娇媚的声音让杨跳跳狠狠打了个哆嗦。

一席人寒暄一阵以后便入座。

云上餐厅另外一个卖点便是悬浮的座位，看似餐桌与座位都是固定的，可是一旦开席，包厢里所有人都可以自由交换位置，二人桌、三人桌、四人桌分分钟随意组合。

那些云朵一样的桌子犹如吸铁石，会跟着客户的心意移动。

杨跳跳只想匆匆露面便走人，点了一杯鸡尾酒和一份三文鱼后，缩在角落的单人桌里看着剧组的人你来我往，觥筹交错。

张黎雯三杯酒下肚，整个人都嗨了起来，她屁股底下的那片云恨不得黏着霍智杰的云，寸步不离。

霍智杰自然明白张黎雯的意思，使了个眼色，旁边的电子管家便不动声色地往张黎雯的低领裙子里塞了一张房卡。

张黎雯舔了舔嘴唇，冲着霍智杰抛了个媚眼，把剩下的半杯酒灌进了喉咙里。

她也没怎么矜持，拿到房卡后便大摇大摆地跟导演打了个招呼，提前撤了。

现场的人又不是傻子，一个个装作没看见，该干吗干吗。

杨跳跳默默地收回了目光，继续专心致志地戳面前的三文鱼。

吃完了她也准备撤，撤一个撤两个没差别吧，她心里默默地为开先河的张黎雯点赞。

一片黑影落下，她抬头，眼前浮动的宫灯被霍智杰遮住。

男人的衬衫衣领微微扯开了些，样子很是雅痞。

他的那片云显然感知到了霍智杰的意思，赶紧凑过来，把两个人的桌子拼在了一起。

杨跳跳：……

“杨小姐？”霍智杰微微举高了红酒杯。

杨跳跳挤出了一个笑容，也抬了抬自己的酒杯——那点儿鸡尾酒自打送上来她就没有动过。

两个人轻轻碰了碰杯子，杨跳跳抿了一口，又放在了一边。

霍智杰一饮而尽。

“霍先生好酒量。”

霍智杰微醺，靠在椅背上，似笑非笑地看着杨跳跳，目光里的意思赤裸裸：“我是杨小姐的粉丝。”

杨跳跳干笑：“您说笑。”

“你的第一本书《天干物燥型女孩》，我看过。”

杨跳跳的笑容撑不下去了：“您……看这种书？”

“难不成，杨小姐的读者群里单独把我划出去了？”

杨跳跳闭了闭眼，心说什么年代了这套路女生的法子也太老土了吧。

“你是觉得我不学无术，还是在信口开河？如果我告诉你，我来是特意为了你，你信不信？”

杨跳跳：我信你个鬼。

霍智杰身上的香水味让整个云里雾里的餐厅都失去了朦胧的美感。

杨跳跳挑眉直接开呛：“您刚刚塞了一张卡给我们的女一，怎么，还备了第二张？”

霍智杰哈哈大笑。

杨跳跳失去了耐心。她举起了鸡尾酒，一饮而尽，倒了倒杯子又放回了桌上：“很高兴和霍先生吃饭，我身体不适，先走一步。”

霍智杰起身，挡在了杨跳跳的面前。

杨跳跳的脸沉了下去。

霍智杰也不恼，勾唇：“门外的那个保镖机器人是你的？”

为了低调，杨跳跳让 Eleven 在门口等着自己。

杨跳跳没说话。

“那机器人可是 ZIC 的稀奇货。你认识……湛佑？”

杨跳跳面无表情地绕过他。

霍智杰在她身后施施然地开口：“你不认识没关系，我认识。”

杨跳跳停住了脚步，拳头在身侧微微收紧。

“哟，我还以为杨小姐会一走了之呢。”

杨跳跳转过身，脸上带着平静的漠然。

“试问谁不认识湛总？我之前觉得您搭讪的技巧老套，现在觉得，只有拙劣可以形容。”

霍智杰的笑容微微一滞，凑了上去。男人有些高，他的影子笼罩着杨跳跳，她下意识地往后躲避。

“湛佑是我的老朋友了。这小子不会轻易把自己亲手做的机器人送人，给钱也不干，爱惜程度说是变态也不过分……你居然有他的孤品……

“你是不是湛佑圈养的金丝雀？”

杨跳跳嘴角僵了僵。

不知道为什么，她的大脑飞快地转动着，而最终的画面定格在那座海上别墅上。

霍智杰以为自己说动了杨跳跳，低头满意地轻笑。

是个女人就有死穴。

这女网红飞升得不明不白，要说背后没有姓湛的在后面帮衬或者是勾搭上了别的金主，霍智杰死也不信。

他认为娱乐圈里的女人，没有一个是干净的。

“霍公子，我们萍水相逢。您开口就是对我和湛总的臆想，我实在是猜不透您，现在是想要泡我，还是想要威胁我？”

杨跳跳一句话耿直得差点让霍智杰心梗。

他气笑了，歪头看了看杨跳跳。

这女人，越看越水灵，比之前那个脸上动刀动针的女一清爽多了，就是不知道在床上是不是也这么嘴硬……

霍智杰捏住了杨跳跳的小手，用力地揉了揉：“两者的意思，对我来说，没有差别。”

“放手。”

周围还有剧组的人，杨跳跳开始并不准备直接撕破脸，可是在霍智杰的手搭在自己手腕上时，杨跳跳便忍不住暴怒了起来。

霍智杰轻笑：“今天玩点野的怎么样？湛佑都不在了，你也该换个墙头靠靠了。”

杨跳跳闭上了眼睛，思考着该从哪儿攻击比较好，突然她的身后传来了男人清朗的声音。

“霍智杰，我劝你适可而止。”

搭在杨跳跳手腕上的力道骤然消失了，杨跳跳和霍智杰齐齐往后看去，站在她身后的人，是郁白。

上次和郁白见面似乎还是在她落水后住院的那一天。

中间隔着好几周，时间说久也不算久，可是郁白却肉眼可见地削瘦了下去，原本如沐春风的公子哥气质也被浓浓的阴鸷掩盖。

“郁总！”霍智杰眼睛一亮，立刻伸出手，“哟，什么风把您吹来了？什么时候回的国，今晚聚聚！”

郁白冷冷地瞥了一眼他伸来的手，动也没动。

霍智杰讪讪的，收回手，挠了挠头，前一刻对杨跳跳志在必得的浪荡样儿此时消失得干干净净。

杨跳跳不是傻子，她看得出来，霍智杰是怵郁白的。

郁白说过，于公于私，他都欠杨跳跳的。

这么想着，杨跳跳当机立断就一步迈到郁白身边。她什么也没说，身体语言却很明确——她和郁白是一道的。

郁白把杨跳跳这点小心思看得清楚。

他走进餐厅的时候，就看到霍智杰在骚扰杨跳跳。隔着十几米的距离，门口那台次 A 级机器人早就给远在江城的湛佑发去了警报。

守在楼下的那些霍智杰的保镖机器人早就被 Eleven 轻轻松松地搞定，剩下的霍智杰就是郁白的责任了。

郁白有些心虚，这个“责任”还是他死皮赖脸求湛佑给的。

“啧，久仰郁总大名，今天好不容易见面了，在我的地盘总要给我一个机会表现表现。”

霍智杰厚着脸皮说道。

他点了点手腕间的操控板，想要让自己的机器人上来接郁白去私人会所，可是戳了半天丝毫没动静。

霍智杰心想还指着几个机器保镖给自己壮胆呢。

郁白和湛佑不同，脸上常年笑嘻嘻，却是个笑面虎一样的狠角色。

霍智杰的笑容僵在了脸上，开始后悔为什么自己要撩拨这个女人。

这边的气氛尴尬，剧组的人纷纷看了过来。

副导演生怕杨跳跳搞事情，心下一急，连忙上前：“霍公子怎么了？跳跳是我们的新人，刚刚入行，不懂规矩，有什么不周到的地方，我给您道歉。”

杨跳跳冷笑。

她经纪人都说不出这种没皮没脸的话来，副导演真把自己当作他麾下出台的姑娘了吗？

“冯一清。”郁白嗓音低沉地开了口。

副导演不认识郁白，转头瞅了瞅这个陌生男人，嘴角抽搐：哪儿来的人，吆五喝六地喊冯导的名字！

冯导在不远处早就注意到了这里的动静，一个头两个大。见郁白喊了自己，逃是逃不掉的了，他赶紧小跑着过来。

“郁总啊，好久不见，好久不见。”他伸手，郁白还算给面子，回握了一下松开。

副导演：“……”

霍智杰的面子更是挂不住了。

他这种富家二世祖和郁白这种人完全不能比。

虽然两人同样家境优渥，生来就含着金汤匙，可是游手好闲的二世祖与能把家族产业做大做强自立山头的人中龙凤还是有着本质区别的。

霍智杰与冯一清尚且关系浅，劳师动众地进组攒个局勾搭女演员还要经过自己父亲的首肯，仗着父亲与冯一清的交情才行。

可是郁白，半路杀进来，直呼导演名字，还当众抢走了自己看上的女人。

这两巴掌，打得霍智杰脸疼。霍智杰全身冒冷汗，郁白本身就是个危险的信号。

杨跳跳和失踪的湛佑关系暧昧，郁白还赶来“英雄救美”，除非霍智杰是个智障，才会继续纠缠下去。

霍智杰那点儿龌龊心思在一个哆嗦里消失得干干净净。

“人我带走了，明天早晨回组里拍戏。今天的单我买。”

郁白丢下一句话，没有搭理任何人，转身离开。

杨跳跳赶紧跟上。

两个人默默无言地走了一段路。

一出包厢，Eleven 就自动跟了上来。有了 AI 的保护，杨跳跳也没那么提防郁白存了什么不好的心思，胆子大了一些。

两个人在停车坪站住。

“多谢郁总。”

杨跳跳以为郁白会趁机说一些诸如“我们扯平了”“以后不许再追究郁晴责任”之类的话，谁知道郁白扭过头，阴沉沉地看着她，张口就是：“楚越去了哪儿？”

杨跳跳：“……”

楚越离开前把她生活里因郁白而起的风波悉数告诉了杨跳跳。楚越原以为郁白不过是个花花公子，有过几段情史，可当那个从M国来的，号称是郁白未婚妻的女人出现在她面前时，楚越还是感觉到了被欺骗的绝望。

原来她以为男欢女爱的逢场作戏里，不知不觉地深陷进去的人并不止郁白一个人。媒体的围追堵截，居蓉明里暗里的骚扰，品牌方的施压……突然降临的小生命成了压倒楚越的最后一根稻草。

楚越明白，自己非走不可。

离开前，她悄悄地见了杨跳跳最后一面。杨跳跳并没有从她嘴里听到关于孩子到底留不留的明确答复。兴许，楚越自己也没有想清楚。

第二天，楚越就从公众面前消失了。

这几天全网都在搜罗她，连定档的为楚越量身定做的综艺秀都无限期延播。

发哥急得满嘴燎泡，更气人的是，楚越算好了各种经济损失与违约成本，一项项地列好补偿，然后扭头走人。

那架势，像是要彻底和江湖恩断义绝一般。

郁白眼底的血丝没有让杨跳跳有一丝动容，她只觉得讽刺。

“我怎么知道。”

郁白咬牙：“楚越消失的前一天，来你的剧组探班过。换言之，你是她失踪之前最后见的人。她跟你说了什么？”

杨跳跳歪头：“郁总这么八面神通，连自己炮友的私人行程都摸得一清二楚，有必要再来追问我吗？你有能耐自己接着查啊。”

“杨跳跳！你不要以为……”郁白强忍着没有提起湛佑的名字，微微顿了顿换了口风，“你不要以为我现在拿你没办法。”

杨跳跳摊手：“你们有钱人法子多得很，就连你妹妹把我推水里，都可以风平浪静地掩饰过去。你以为我没长记性吗？”

郁白和楚越交往的时候，后者总是冷漠得要命，惜字如金，就算再如何取悦她也换不来一句好话。

杨跳跳倒好，牙尖嘴利，步步紧逼，气得人头发昏。

“我再问你一次，楚越在哪儿？”

“我不知道，你也不配知道。”

郁白没准备给杨跳跳撒谎的契机，掏出香烟，闷头狠狠抽了几口，踩灭了以后直接伸手——

耳边划过一道掌风，杨跳跳心跳停了两拍——这家伙不会失心疯到直接动手打人吧！

两声闷响，郁白的拳头砸在了墙上。

不过比郁白出手更快的是 Eleven，几乎是在郁白挥拳的前一刻，Eleven 就预测到了他情绪的失控，直接挡在了两个人中间。

冰冷的机械音响起：“离她远点。”

短短几秒内，第一个出现在杨跳跳大脑里的念头竟然是——为什么……这一句话从 Eleven 嘴里说出，口吻那么像湛佑。

而此刻，黑暗的会议室里，湛佑收紧了拳头，屏幕上清清楚楚地显示着郁白血红的眼睛和杨跳跳迷茫的眼睛。

她没有惧怕突然发狂的郁白，也没有示弱，只是在湛佑同步指挥 Eleven 发出了警告以后，茫然地转头看向了身旁站着的机器人。

“湛佑……是你吗？”

第十章
想要保护的小姑娘

杨跳跳此言一出——

Eleven：“……”

郁白：“……”

Eleven褐色的眼睛看着杨跳跳，眨也没眨，一动不动。

郁白冷静了下来，扫了一眼机器人，又看向杨跳跳，尽力克制着自己的声音：“杨小姐，我希望你能体谅我。”

杨跳跳依然脸色冰冷：“体谅你什么？体验你不负责任地撩楚越，还是一脚踏两条船？你问我，不如问问你那个了不起地把楚越逼走的未婚妻。”

郁白眉头一蹙，有瞬间的怔然：“未婚妻？”

杨跳跳懒得和他浪费口舌，转身就要走：“我还有事儿，失陪了。”

郁白伸手挡在了她面前：“一千万，杨跳跳，我出一千万买楚越的下落。”

杨跳跳回过头来，脸上是毫不掩饰的鄙视与反感。

“一千万买楚越的下落，然后呢？是她肚子里的孩子今后的抚养权，还是一条命，或是……两条命？”

杨跳跳没有和豪门谈过恋爱，但是最基本的道理还是懂的。

且不说郁白这个人对楚越没有什么真情实意，就算有，他抗衡不过家族的反对以后还是会选择抛弃楚越。

楚越说得对，长痛不如短痛。

孩子被发现只会加剧痛苦，往后母子分离，母子不相识，让楚越这一辈子怎么过。

在金钱帝国面前，杨跳跳和楚越她们注定是弱势群体，在很多事情上根本没有讨价还价的余地。

郁白只捕捉到了杨跳跳言语里不小心泄露出来的潜台词，他眼睛一亮，激动地握住杨跳跳的手：“所以楚越并没有打掉孩子是吗？”

杨跳跳立刻抵触地抽手，Eleven 也几乎在同时推搡了一把郁白。

杨跳跳一怔，Eleven 刚刚不是防卫，而是……非常明确的，主动攻击。

郁白没有丝毫在意这一人一机恶劣的态度，舔了舔嘴唇，自言自语一样：“还来得及，还来得及！”

他的操控板微微振动，一条新的信息送达。郁白低头扫了一眼，眉眼间的阴云一扫而空。

他一句解释都没有，直接开了自己的车，腾空而起，几秒后，车辆在轰隆的声浪中飞速离开……

前一刻还担心郁白会纠缠一晚上，甚至干出点下三滥的事情来威胁自己的杨跳跳此刻：……

“你看到郁白操控板上收到什么信息了吗？”

杨跳跳狐疑地扫了一眼 Eleven。

Eleven：“没有看到，需要我侵入他的个人信息系统吗？”

杨跳跳赶紧拦着：“不用，不需要。”

不管谁说了什么调走了郁白，杨跳跳却笃信郁白是找不到楚越的，至少，在短时间找不到楚越。

周围安静了下来，停车坪里只剩下了杨跳跳与 Eleven。杨跳跳黑白分明的眼睛冷冷盯着 Eleven。

她敲了敲它的胸膛：“我要读取你的记忆条。”

Eleven 一声不吭，身体里有什么东西在高速运转的声音。片刻后，它的胸口开了一个小口，伸出了一个收缩槽，上面躺着手指粗的记忆条。

杨跳跳拿了过来，用自己的操控板扫描，空中出现了快速滚动的数据。

Eleven 没有撒谎。

它在制作的过程中确实融入了 A 级“机器人湛佑”的部分行为规律，甚至还保留着部分对杨跳跳情绪模型的分析结果。

杨跳跳静静地看完了那些，然后又把记忆条塞了回去。

没有评论也没有追问，好像她不过是一时兴起突发奇想地检查了一下。而结果如何，早就在她的意料之内。

杨跳跳没有任何情绪的外露。

短暂的重启后，Eleven 恢复了正常工作的样子："主人，需要叫车送你回酒店吗？"

杨跳跳勾唇："当然。"

昨晚的聚餐风波后，张黎雯是全组唯一一个把愤愤不平写在了脸上的人。

小婷打听了一圈回来告诉杨跳跳：昨晚霍智杰放了张黎雯的鸽子。她穿了亮晶晶的约等于没有的"战袍"，跟个傻子似的在酒店里等到天快亮，霍智杰根本就没有敲门。

剧组的人本就不多，爆料后迅速传了个遍。小婷听到后笑得差点飙泪。

杨跳跳对八卦没什么兴趣，没有做评论。

张黎雯失了面子，连编剧拿着新改了台词的剧本过来，也狠狠吃了她的白眼。

"不改，不改！我已经背过一次台词了！"

张黎雯这一通脾气发得毫无道理，又耽误了剧组进度，眼看着大胡子要发怒，副导演和编剧赶紧小声劝着。

原本置身于事外的杨跳跳并不关心张黎雯是要罢演还是耍小性子。到了下午，张黎雯突然火力全开把满腔的怒火都冲着杨跳跳撒。

副导演把昨天张黎雯离场后，霍智杰和杨跳跳之间发生的一切都原原本本地告诉了张黎雯。

只不过他顺嘴添油加醋了许多。

这下张黎雯上位失败的怒火终于有了发泄对象。

她本来就没怎么把杨跳跳放在眼里，眼下更是理直气壮地让杨跳跳不好过。

谁都知道霍智杰对女人大方，就算不能通过这次上位，说不定也能捞到几个好资源，晋升咖位呢。

杨跳跳算个什么东西，霍智杰邀请居然还拒绝？

本身就被人包养，天天一千万的机器人不离身，现在装什么纯情？

张黎雯很快找到了机会。

下午的重头戏是女一发现了女二在给她做心理疏导的时候，在催眠环节加了致幻剂，自主意识开始觉醒，并且开始反抗。

这是女一反转的开始，也是两人关系破裂的开始。

剧中，杨跳跳饰演的女心理师在患者进入催眠的情况下，拿着注射器准备注射，但是还没有得手，便被张黎雯饰演的女一反杀。

注射器里的液体注入杨跳跳的身体之中。

注射器里紫色的液体自然是果汁调配的，而远景近景切换时，导演会利用错位完成“液体注入杨跳跳脊背”的拍摄效果。

这场戏有打斗，有内心转变，矛盾冲突非常强烈，是整部片子里最值得期待的镜头之一。

所有人都认认真真准备起来。

杨跳跳这边在换衣服，转身想要让小婷帮自己贴一些加热贴，一转头，发现人不见了。

杨跳跳心下生了一些疑窦，推开门就去找。

她刚刚走了几步，就看到 Eleven 背对着自己站在走廊尽头，嘴里嗡嗡嗡的，不知道在说什么。

AI 在杨跳跳上盥洗室或者换装时都是驻守在门外的，从来没有被杨跳跳发现过它“擅离职守”。

Eleven 个子很高，挡住了它对面站的人。许是杨跳跳惊动了 AI 的环境巡视系统，还有五米之遥时，Eleven 转过身来，毕恭毕敬地喊。

“主人。”

而它身后的人立刻离开，杨跳跳只捕捉到了一双深色的女人皮鞋。

“去找一下小婷，给我换衣服。”

“是。”

等杨跳跳回到换衣间，小婷已经守在了那里。

她表情凝重，一边帮杨跳跳贴加热贴，一边支支吾吾的，像是有话要说。

杨跳跳不动声色地扫了一眼她穿的黑色平底鞋：“什么事儿？”

“跳跳姐，要不咱们多穿点？”

“怎么了？”

“多穿点总归没错嘛。”

杨跳跳眉眼镇定，看着小婷：“不用，我下一场戏衣服要很单薄，只是为了保暖穿多了很不敬业。”

小婷咬住了嘴唇。

“除非，你还有别的理由？”

“没，没有。”

小婷心乱如麻。

实际上，小婷上午就注意到了张黎雯的不对劲。

小婷发现，张黎雯身旁的两个小助理，一个打掩护，另外一个钻进了剧组钱医生的医务室里。

吃午饭的时候，剧组医生抱怨了一句“Uflix 止痛剂怎么没有了？”

他语气很不好，旁边的小护士饭也没吃完，便赶紧去盘点。

Uflix 止痛剂有麻醉功效，是特殊药品，剧组医务室备了少量，是为了应付剧组突发事件准备的。

一盒四粒，现在却一粒不剩了。

这事儿可大可小，护士们不敢怠慢。

听者有心，小婷之所以被湛佑器重，很大的原因就在于她的细心。

在影视城摸爬滚打了这么久，小明星之间的钩心斗角她看多了，从来不把偶然当作侥幸。

吃过饭小婷就找了个借口去道具间晃了晃，正好撞见张黎雯的两个助理鬼鬼祟祟地从里头出来。

两人前脚刚走，小婷就把下午那场戏要用的针管取了出来。

她没法子去验证里面的东西有没有被调包，只能“借用”了一下杨跳跳的 AI。

Eleven 有简单的物质分辨检验功能，没用一秒钟就告诉了小婷，这里头的果汁变成了具有止痛功能的化学药剂。

小婷气得不行，本来想撸着袖子去找导演揭露这一切，却临时被杨跳跳撞见。

不得已，她只能先把针管放了回去。

好在，没过多久，那个神秘的男人就给小婷发来了消息——

“下午的戏换成了道具刀。”

小婷目瞪口呆：这男人是怎么知道的？

难不成他在剧组还有别的卧底与眼线？

不管怎么样，小婷的担忧暂时得到了解除，也不用跟杨跳跳解释可能发现的危险。以至于她跟着杨跳跳去片场时，整个人喜气洋洋的。

张黎雯狠狠地扫了一眼杨跳跳，后者优哉游哉地调整妆容，一个多余的眼神都没给她。

下午本来一切都准备充分了，谁知道导演突然通知改剧本。若不是杨跳跳没可能知道自己的计划，张黎雯险些以为自己被看穿了。

这一场戏开始了。

在所有人都以为这大概率是一次排练时，张黎雯却在推搡“反派”杨跳跳时突然莫名其妙地发了力。

结果玩具刀还没有扎伤杨跳跳，杨跳跳倒先被张黎雯狠狠地推倒。

杨跳跳的脊背撞在了催眠椅的硬质扶手上，她闷哼一声，满脸的痛苦，狠狠磕了一下以后，又直接砸在了地板上。

后脑勺着地，她整个人昏死了过去。

剧组大乱。

张黎雯不敢置信地看着自己的手掌，嘴里喃喃着“我没……”，下一秒被人推搡到了一边。

钱医生和其他医护，还有现场的男士赶紧上前查看杨跳跳的情况……

不知过了多久，独自躺在病床上的杨跳跳正准备偷偷地抬一抬脚丫子时，病房的门被推开了，杨跳跳身体一僵，赶紧恢复成了一动不动的姿势。

“患者的过往病史我们都看过了。情况也许比我们想象的还要复杂……虽然现在她的体征没什么问题……可是……”

“可是，她就是主观不愿意醒过来，对吗？”

那声音，一字一句，清清楚楚地传到了杨跳跳的耳朵里。

她整个人几乎克制不住地哆嗦了起来。

“是。”

“你们出去。”

“好。”

医生离开了。

男人的脚步声响起，一步，两步，三步，他停在了杨跳跳床边。

一片阴影落在了她的脸上。

熟悉的气息，熟悉的声音——

“你该让我……拿你怎么办才好？”

杨跳跳瘦了。

虽然时时见，天天见，她的信息无时无刻不围绕在湛佑的身边，可是他始终觉得，他们已经隔了很久没有见面。

没有电子数据的传输，也没有第三个人做媒介，此时此刻湛佑真切地看着杨跳跳。

女孩近在咫尺，安静地躺在床褥间，像是一只猫咪。

他以为她长了一些记性，可只是分开短短几十天，她又被人给整到了医院。怎么会有这么不会照顾自己的人呢？

湛佑的喉结微微动了动，伸手去拨她的发丝。他指尖温柔，带着说不清楚的情愫。

背后的门被叩响，湛佑没有回头：“进来。”

是 Eleven 的声音。

它穿着鞋子，可是因为关节无法完全模仿贴合人类的步伐，所以走路的时候每一步都带着一些轻微的钝响。

杨跳跳闭着眼睛都能分辨出来。

对啊……原本只有湛佑闯进她的世界时，她并不能够分辨这一切。

现在身边有了 Eleven 做对比，所有曾经她忽视的细节都如同退潮后露出的礁石，清清楚楚地呈现在她面前。

杨跳跳激动得手脚发冷，脑子和耳朵却热了起来。

“这是主人的体检报告，与这段时间的生理数据汇总。如果需要方医生那里的信息，我现在可以编写破译程序。”

“暂时不用。”

“是。”

“去外面守着，把媒体阻拦在三楼以下。”

“是。”

回应了两声“是”以后，Eleven 规规矩矩地离开了。

杨跳跳闭着眼睛，只觉得自己的心脏要从胸腔里跳出来一般。

现在睁眼还是稍后?

看到了湛佑应该说什么? 揭穿自己的骗局，还是诉说自己的相思?

湛佑如果问起自己是从什么时候开始发现端倪的呢?

到底是哪一个瞬间，她把所有的一切都串了起来，甚至配合小希与 Eleven 的表演，迫使湛佑现身的?

杨跳跳混乱的大脑根本没办法承受这么多的问题，其实此刻，她连湛佑现在变成什么样子都完全没把握。

她生怕再次睁开眼，病房还是空荡荡的，抑或者湛佑与 Eleven 一样，只有一张冰冷的、没有覆盖人类皮肤的金属脸颊。

那时候该怎么办……

时间一分一秒地过去。挨了很久，湛佑突然起身，他的操控板响了起来。

崔静的视频电话打了进来。

病房很大，外侧是一个二十几平方米的阳台。湛佑一只手接了视频电话，另一只手插在兜里，站在阳台下俯瞰着五十层以下的街景。

“周二的董事会怎么突然取消了? 你人呢? ”

“出来办点事儿……”

说完这一句，湛佑关上了阳台的隔门。与此同时，杨跳跳睁开了眼睛。

男人就在她十米开外的地方，他们中间只有一层玻璃门的阻隔。

每向湛佑走一步，杨跳跳甚至舍不得眨眼睛，生怕下一个瞬间，湛佑凭空消失，或者她再次坠入无数深夜中，她孤身一人的梦境里。

门被她轻轻打开了。那些移门都是光纤控制的，推动时完全静音。

杨跳跳死死地盯着湛佑的背影，确定他不会像 Eleven 一样，敏锐地回过头来。

五米，四米，三米……

她的脚丫子踩在冰冷的地板上，激动得全身颤抖。

从杨跳跳的角度，她可以看到视频电话画面上女人的侧脸。

那是一个优雅美丽的女人，虽然脸上岁月留下的痕迹很少，但是看得出来，比湛佑年长许多。

“……我知道你之前和郁家闹了不愉快。如果郁晴不行，我没有意见。那个姑娘，主意和心眼儿都未免太多了一些。”

“我和郁晴的问题，并不是这么简单。”

湛佑的声音干脆冷静。

“白家呢，白家的二闺女，从小就跟在你身边转的那个。你毕业那一年，她还飞去了 M 国给你献花，记得吗？”

“记得，被郁晴赶走，还哭了一路。”

视频电话里的女人莞尔一笑：“现在人家是知名女企业家了，不再是那个受了点委屈就哭啼啼的小哭包了……”

“我没空。”

崔静被两度呛声，似乎意识到了什么。

“你现在在哪儿？我怎么觉得你像是……在医院里？”

“我去忙了。”

“哎哎哎，你记得，周末的晚上！我给你们准备好了游轮，一定要回来啊！”

湛佑面无表情地挂了视频电话。

在视频电话挂断的那一瞬间，暗下去的光屏变成了一块黑色的面板，那上面倒映出了杨跳跳的身影。

湛佑呼吸一滞，立刻回过头去。

棱角分明的脸颊，淡漠却依然不失温度的瞳孔，说话时微微勾起的嘴角，自信笃定的模样……

杨跳跳在心里问了自己第一百遍，为什么自己从前没有发现湛佑是一个真正的人类男人。

他从来不是AI，他是AI神话的缔造者……

真正的，人类湛佑。

“放我下来。”杨跳跳用手挡着脸，闷闷地说。

湛佑没有顺从杨跳跳的意思，一把抱起了她，直接拎到了卧室里，把她塞进了被褥里。

病床上的生理数据屏幕立刻显示出了杨跳跳此刻的体温，以及快得不像话的心跳。

湛佑伸手想要喊护士过来，被杨跳跳抢先捏住了手腕。他顿住，垂眸看着她。

沉默长达了一分钟之久。

在僵持中，杨跳跳开了口：“我不要吃药也不要打针。”

“只是让医生看一看，你的心跳太快了。”

“你的脉搏也很快。”

她从来没有这么用力地捏过他的手腕，男人的脉搏强劲有力，在她的掌心跳跃着。

那是真实的，生命的气息。

湛佑安静了下来，坐在了杨跳跳的床边，视线与她齐平。

她从来看不懂他眼里写了什么，瞳孔深处像是藏着旋涡与星空，收纳了她所有的思想。

杨跳跳松开了他，眼泪落在被褥上，开出了两朵透明的小花。

“抱歉。”湛佑伸手，想要去拭她的眼泪，“是我考虑不周。”

杨跳跳没忍住，第二波泪水汹涌而至，她仰起头，黑白分明的眸子水汪汪地看着他。

“你还要再怎么考虑得更周到呢？你把我家当作了避难所，让我对你动了真情，你却全身而退，最后还给我安排了替代品……如果不是我这次出事，你是不是预备这辈子不会再来看我一眼？”

湛佑的眸子暗了下去："跳跳，部分事实并不是这样的。"

看到她眼泪不受控制地一串串往下掉，他心乱如麻，只是伸出的手被杨跳跳拍开。

发丝粘在了她湿漉漉的脸颊上，她扭过头，不去看湛佑，一口气把心里的气与委屈悉数吐了个干净。

"我是个微不足道的小人物，有经年累月治疗心理疾病的历史，家里人个个都是奇葩，连自己父母是谁都不知道……换作是我，如果遇到了这种烫手的山芋，也会想方设法地摆脱掉，我理解你……"

"跳跳……"

"可是，我不是傻瓜。如果你发现了我对你的依赖，你完全可以坦率地告诉我，我绝对不会纠缠你。"

杨跳跳的心疼得太厉害了，呼吸都在抽搐，她用双臂抱着自己，努力控制着身体颤抖的幅度。"你是我的恩人，我不会为难你的……"

湛佑俯下身来，小心翼翼地圈住了杨跳跳，她僵硬着身子没有给回应，湛佑一点点收紧手臂的力道，把她彻底禁锢在了自己的胸膛之中。

女孩那么软，那么热，他纵然有一千句解释也不忍心在这个时候去刺激她。

湛佑低头，看到杨跳跳露在发丝外的耳垂。

透明的软软的绒毛十分可爱，随着杨跳跳的战栗，小耳朵也跟着微微动着。

他没有忍住，温柔地吻了上去……

一道电流自右耳传遍了全身，杨跳跳的身体倏然紧绷，湛佑干脆像是提抱着一个洋娃娃，把她从被窝里捞了出来，安置在自己的膝头。

杨跳跳反应过来，开始推搡，下一秒被湛佑扣住了双手手腕。

她束手无策。

"Eleven！ Eleven！"杨跳跳预感到了要发生什么，尖着嗓子喊着机器人保镖的名字。

湛佑嘴角划过一丝心疼的苦笑，他的拇指依然捏着杨跳跳的脸颊，一点点擦去泪痕。

“不许进来。”

在湛佑说出这四个字后，原本开了一条缝的门被关得更死。

杨跳跳扫了一眼，心跳如同战鼓。

“跳跳……你已经知道了一切，怎么还在幻想，我做出来的机器人会在我的面前，听命于你呢？”

杨跳跳：“混账，骗子，渣男，大猪蹄子！”

每说一个字，杨跳跳的眼眶就越发红，直至最后，她咬着牙不让自己在湛佑的怀里哭出来。

越是要强，她越是抖得厉害。

湛佑的瞳孔暗沉了下去，轻叹了一口气，捏住了杨跳跳的下巴，吻住了她。

在明晃晃的时空之中，杨跳跳浑身所有的细胞仿佛在飞速旋转中被抛掷出了身体之外。

她仿佛看到自己软软地借助着湛佑的力量稳住身体，看到自己抽抽搭搭地被他拥着，看到他难耐渴求的表情与彻底爆发的热情，看到他衬衣下那些因为情欲而紧绷的肌肉线条……

这是她初吻。

杨跳跳“受伤”本来就是自己设计的，其初衷只是为了给张黎雯一个教训，顺势引出湛佑。

一石二鸟的计划成功以后，她没必要躺在医院里装病耽误大家的进程。

在第二天上午她风风火火地出现在片场时，所有人都惊了。

导演大胡子一个箭步冲上来：“跳跳你给我回去躺着！”

杨跳跳呵呵。

怎么躺？

从昨天那个羞耻的强吻开始，湛佑就跟牛皮糖一样，无论杨跳跳怎么对他耍脾气犯浑撒泼打滚都没有用。

他就是一副杨跳跳不听他解释就不离开的笃定模样。

一夜之间，连 Eleven 也叛变了。

今天早晨，杨跳跳先回了酒店，小婷进来送今天的戏服，看到湛佑的一瞬间以为是杨跳跳买的第二具机器人。

只是，小婷看到湛佑的时候表情可比看到 Eleven 时要夸张一万倍。

“老板！这一具要多少钱啊啊啊？”

她上手就要捏湛佑的脸，后者森冷的眸子扫了她一眼，小婷一个哆嗦收回了手，往后退了一步，警惕地仔细看着那张帅脸。

三秒后——

“老板，这是活人？”

杨跳跳心想：自己是对男人多没有经验值，才被蒙在鼓里那么久……怎么连自己的助理小婷的眼睛也不好使。

她尴尬地默认了。

小婷没管杨跳跳尴不尴尬，这大早晨的，一个男人出现在女演员的房间里，意味着什么再明显不过了吧！

看着两个人心照不宣地不提昨天的事情，小婷满脸是媒婆一般慈爱的笑容。

天哪，她以前居然差点认为杨跳跳是无性恋者！

湛佑率先打破了僵局，颇为绅士地伸出手，身上冷冽的气场依然没有削弱分毫：“你好，我是跳跳的男友。”

杨跳跳气得天灵盖都要弹起来了。她直接一把夺过小婷手里的衣服，摔门离开。

小婷：？？？

湛佑勾唇笑得云淡风轻：“女朋友在闹脾气，我去哄着。”

他提步跟上。

更魔幻的是，湛佑走在前头，那个高冷的保镖机器人 Eleven 居然也乖乖地跟上。

小婷看着两个尾随着杨跳跳的高大背影满头的问号。

等等……莫非这个男人就是给杨跳跳送 Eleven 的幕后大老板？

杨跳跳心烦意乱地瞥了一眼场边——在灯柱后，站在暗处的湛佑的眼睛亮得像是星子，直勾勾地盯着她。

他的旁边，Eleven 站得笔直。

遇到了真正的主人，连 AI 的站姿都更标准了。

杨跳跳心里，一种被套路的悲凉感油然而生。

她克制着心里对湛佑翻白眼的冲动，继续好声好气地安抚导演。

“导演，我给您看我的医疗报告，真的完全没问题了。今天不是还有我和张黎雯的打戏吗？我现在就准备好了！”

冯导心烦意乱：“我们这边把你的戏都调后了！女主也在重新挑选中，最近都是配角的戏！我说跳跳啊，你别为难我了，让你休息是上头的意思！”

杨跳跳：“……”

她不过是给张黎雯一个下马威，没想让她卷铺盖滚蛋啊！

什么上头？

谁是上头？

“冯导！不要换人！”杨跳跳一急，比张黎雯本人还要急，“我和她搭戏已经有点默契，而且昨天的事儿纯属意外……”

冯导摆手：“不是意外！我们去查了，医务组的药片丢了也是她搞的鬼！昨天那一下子，我们回头倒了带子，绝对是她先用了蛮力。虽然不知道她因为什么与你结怨，但是这种人留在剧组里对谁都不好！我们跟制片方打过招呼了，他们说这几天就换人。”

杨跳跳怕节外生枝，话语十分坚持：“昨天真是一个意外。药片的事儿我不知道来龙去脉，但是我好歹什么事儿都没有对不对？”

冯导一愣，表情有些松懈下来。

杨跳跳赶紧补充道：“你看，我们官宣放出去了，剧照路透了，张黎雯的粉丝都嚷嚷着打 call 冲数据。这时候，仅仅是因为我和她之间的小矛盾就换人，是不是因小失大？我们的矛盾事小，可是大家的心血事大啊。”

其实，冯导一万个不愿意换人。

张黎雯这个女演员不管怎么作，怎么人品不行，或者端着对杨跳跳莫名其妙的妒意，可是就演戏来说，还是合格敬业的。

现在受害者放出话来给他台阶下，他巴不得现在就滚下来。

只是……

冯导瞥了一眼站在暗处的湛佑清了清嗓子，松了松自己的衬衣领口：“咳，这样吧，跳跳，我下午通知张黎雯的经纪公司让她再回来试试。如果你不满意，或者她再有什么搞事儿的想法，我们立刻请她走人，怎么样？”

杨跳跳松了一口气，点头附和：“立刻马上。”

谢天谢地，她可不是什么圣母心发作，只是这件事儿她自己也动机不纯，谁知道闹得这么大，杨跳跳只想给刚刚入行的自己积德。

多个敌人多一堵墙，没必要把女一女二闹不和这种舆论祸水往自己身上引。

发哥不在身边盯着，杨跳跳时刻告诫自己，还是要爱惜羽毛一些。再者，只要有戏拍，杨跳跳就不用待在房间里和湛佑干瞪眼。

消息放出去没多久，张黎雯就红着眼睛滚回了剧组。

她听闻是杨跳跳求情导演才把她重新喊了回来，可是她摸不准杨跳跳是什么意思，扭扭捏捏的硬是没有和杨跳跳说话。

湛佑的存在感实在是太强，杨跳跳捧着剧本背对着他都感觉如芒在背。

杨跳跳抬头看到了张黎雯，径自大方地走了过去。

“黎雯姐，我没事儿了。那天地板太滑了，导演后来让剧务的同事们好好地重新擦了一下。”

张黎雯一愣，立刻会意，心里头涌起了感激。

她讪讪地笑了笑：“呵呵……是吗？那也是我的不好，我应该少用点儿力的。”

杨跳跳摇头：“你做得很对啊。我听人家科班老师讲课的时候都说，演戏就要忘我。这点我比不上你，你以后多带带我。”

张黎雯更不好意思了：“你虽然不是科班出身，但是演戏时很有灵气。和你搭戏，我特别轻松。”

两个人一来二去说了一些好话，心里都舒坦了起来，这一页也算翻篇了。

杨跳跳这边是心情愉快了，小婷则战战兢兢。

湛佑全程站在片场，一句话也不说，只是目光不移地看着人群中央的杨跳跳。

她不休息，他也不休息，活脱脱就是一具坐镇的冰山大佛。

小婷几度怀疑湛佑是不是和 Eleven 一样是 AI——如果不是那张脸太具有欺骗性，而男人本身气场太过强大的话。

剧组里的导演组和制片人明显是认识这个神秘的男人，并且态度相当恭敬。

白天的戏拍完后，场务开始发盒饭。

小婷立刻去给杨跳跳领了一份。之前杨跳跳就已经习惯了顿顿吃剧组的盒饭，捏着筷子就要开吃。

那边的张黎雯看在眼里倒是不好意思了。

张黎雯在剧组的咖位最大，保镖助理就有七八个，阵仗也是十足地气派。她在酒店雇了厨子，每天下戏的饭点，就有人送现成的餐饮过来。

她今天特意让厨子做了两份热气腾腾的食物，专门送了一份过来给杨跳跳，为的就是赔罪。

杨跳跳看着她的盛情，有些为难。

张黎雯解释道："我也吃这个的，你放心！"

为了验证，她还作势要喝两口蔬菜汤。

杨跳跳急忙回道："黎雯姐，不是我不相信你。只是，你的菜……太素了。"

满眼绿色，没有一丁点荤腥。

这是给人吃的，还是给兔子吃的?

张黎雯没料到杨跳跳如此耿直嫌弃起她的吃食了……

"这一份只有一百卡，是我的营养师给我专门定做的！真的，你尝尝！"

杨跳跳实力拒绝。她举高了自己的盒饭，那里头的红烧大排散发着让人直咽口水的香味，卖相也是一级棒。

"是大排不好吃，还是米饭不香，我要受虐吃那个……"

张黎雯直勾勾地盯着大排，艰难地移开了视线，对自己相当严格："跳跳，你现在是女演员了。女演员有女演员的自我修养……"

杨跳跳还在等着她后半句说教，谁知张黎雯一个没忍住，率先咽了咽口水，自己停住了。

杨跳跳：……

小婷：……

小婷心里头对张黎雯的气可没有完全消，她颇为幸灾乐祸地补刀："人和人是不一样的。我跳跳姐，顿顿吃饱的情况下，早晨体重八十六。我看哪，有些东西是天生的吧。"

张黎雯：暴击 +1。

张黎雯瞪着小婷，正想着怎么回击这个牙尖嘴利的小助理，那边杨跳跳手上的盒饭，整个就被人一把端走。

杨跳跳一扭头，湛佑站在她身后，静静地看着她。

两人亲密时身体的记忆汹涌而来，杨跳跳倏然间就红了脸。她试图夺回自己的盒饭，被湛佑轻松地闪躲开。

他的手上提着一个盒子，直接递给了小婷："拿去保姆车上，那里有餐桌。"

透过半透明的餐盒，一众人看到食盒里装满了饭菜。

一道腐竹牛肉球，半只樟茶鸡，还有一条笋壳鱼，汤品似乎是松茸瑶柱汤。按照杨跳跳的一贯要求，没有加主食，但是保鲜层里的杧果布丁却安排得明明白白。

众人鸦雀无声。

小婷：敢情这尊大佛消失了一个多小时是去给跳跳姐备饭的？这是什么"霸道总裁给我下厨"的甜美桥段！

杨跳跳看了看湛佑递过来的食盒，瞬间觉得红烧排骨也没什么值得留念的。她犹豫了一下，心里挣扎着要不要再去抢夺红烧大排做做样子。

湛佑看穿了她的心思，勾唇："去酒店借了一下厨房，食材有限，你将就一下。"

将就一下？

杨跳跳："我不吃！还我红烧大排！"

"理由。"

和昨天见面一样，湛佑的眼睛黑沉沉的，看不出他的喜怒，对比杨跳跳上蹿下跳着反抗叫嚣，他安静得像是回到了从前待在她身边一样。

他只由着她闹，却坚决不离开。

“浪费可耻！”杨跳跳字正腔圆道。

湛佑早有准备：“你吃我准备的，我吃你的盒饭。”

见杨跳跳杵着不动，湛佑进一步：“你耽误的是你自己的时间。晚上第一场戏是八点半，你还有一个小时。”

杨跳跳咬牙切齿就差从鼻子里“哼”出声来，上战场一样扭头走向那辆莫名其妙出现后，她一次都没有上过的保姆车。

湛佑无声地轻笑，慢悠悠地提步跟上。

两人身后，张黎雯恨不得“哇”的一声哭出来。

暴击可以说是 max 了。

她把装着绿油油蔬菜汤的盒子一丢，两个助理赶紧上前。

张黎雯咆哮：“去跟厨子说！我饿了，我也要吃那样的！”

小婷和 Eleven 自然被支到了车外。小婷颇为不服气，用胳膊肘撞了撞 Eleven：“喂，里头是你的老板啊？”

Eleven 面无表情：“是。”

小婷：“不是，我是说，里面的男人是你的老板啊。”

“不是。”

小婷这下放下心来摇摇头：“我说嘛，怎么会这么巧……”

Eleven 有一瞬间的停顿：“不是我老板，是我的创造者。”

小婷：“……”

车内。

餐面是淡玫瑰金色的，那些食物被湛佑取出来一样样放好。

男人又慢条斯理地摆好了甜品、茶水与餐帕，最后把餐具往杨跳跳的方向推了推：“吃吧。”

杨跳跳瞪了他一眼：“不吃。”

湛佑双手交叠，姿态十分慵懒：“不吃也可以，我喂你。”

杨跳跳：“……”

“湛佑，你说你要解释的。”

湛佑点头，浅褐色的瞳孔里有些温柔的光泽：“我也说过，等你准备好。”

杨跳跳横竖不想碰他做的食物，用湿巾擦了擦嘴唇残留的口红，丢到一边，双臂抱胸：“我准备好了。”

湛佑缓缓开了口：“我要你授权我读取方医生对你的诊断。”

“你！”

杨跳跳被激怒，突然转念一想又捕捉到了他话里的意思——湛佑是……一直都有法子去查看这个信息，但他硬是没有去看吗？

“没想到，你做个黑客还挺有气节。”

湛佑的手指缓缓敲了敲桌面，笑道：“大部分时间是没有的。在你面前，道德水平偶尔会高一些。”

杨跳跳：“……”

从昨天知道湛佑是一个活生生的男人以后，杨跳跳的情绪翻江倒海，难以形容，像是一个女孩祈愿了一整个童年的梦想成了真，又像是少女心事初初绽放就遇到了一盆凉水。

在这样悲喜交加的不知所措里，湛佑的吻落了下来。

她以为他会做些什么的，或者索取得更多，可是他只是吻了她，吻得她神魂颠倒，呼吸错乱，吻得她没力气思考反驳。

不知过了多久，湛佑终于舍得松开了她，抵着她的额头轻轻叹气：“这样的补偿够不够？”

缺氧的大脑迟缓地运作，反应过来的杨跳跳一把推开了湛佑，直接冲出了医院回到了酒店。

而他就像她的影子，一直跟着。

若不是有这样抵死缠吻的体验，杨跳跳很难将面前活生生的湛佑与从前陪伴了自己那么久，一脸清冷禁欲的家用机器人联系在一起。

和湛佑同居的那段日子，他没有做任何礼数之外的事儿。就连最后一次拥抱，也是杨跳跳自己讨要来的。

就好像，他对自己……从头到尾压根没有那方面的意思一样。

“给就给！”杨跳跳抓取了方医生对自己的诊断。

最近的十次，她的情况一次比一次乐观。明明诊断书很短，可是湛佑一字一字地读得很仔细。

“症状消失，在所有反应测试中表现良好，可以自由地进行社交，不会产生应激性反抗。”

湛佑放下了那些报告，目光深沉地落在杨跳跳的身上。

她把头微微垂下了一些：“我的病好了，在你离开我以后。”

“跳跳，你应该……更早告诉我的。”

湛佑揉了揉自己的额头，嘴角扯出一丝苦笑，微微顿了顿，他又说道：“好在，现在还不算晚。”

杨跳跳没有明白他这样说的用意，可是她想要知道的事情何止这一件。

“这个，解释一下。”

她强行镇定着精神，把当初那张订货单从自己的个人数据库里抽出来，甩到了湛佑面前。

“你们公司当时根本没有一台现成的 A 级机器人是吗？”

湛佑接过了那张单子。货物详情那一栏上，清清楚楚地写着——A 级家用伴侣机器人，男性，身高一米八七，三围……

嗯，每一个字都是小希临时敲上去的。

“没错。当时我们公司确实没有 A 级机器人的现货，网站上出现了我的照片，应该是我在给机器人填充基本认知模型的时候，把后台原本是制造者的照片丢到了前端，在测试时又误打误撞地流失到了网上。”

杨跳跳一愣：“你们当时测试的机器人是……Eleven？”

湛佑轻笑：“是的。Eleven 是数字 11，看起来就像是两个人站在一起，结伴而行的样子。”

“可是……”杨跳跳咬了咬嘴唇，“Eleven 那张脸……”

“和我的很不一样，对吗？”

湛佑起身，坐在了杨跳跳的身边。

他身上的味道甘冽温柔，连衬衫褶皱的弧度都能让杨跳跳轻易地沉沦，她强迫自己不去看他。

“跳跳，是你改变了一切。对从前的我而言，机器人技术高超的证明方式是无限趋近于人。后来我发现，其实并不是这样。机器人应该要做人不能做的事，但是永远不能，不应该成为人，这才是最正确的事。”

两人靠得太近了，近得杨跳跳看清楚他茂密的睫毛和瞳孔里的沟壑。

湛佑搂住了杨跳跳，继续轻声道：“和你在一起的时光，某种意义上改变了我的一生。跳跳，Eleven 是为你量身定做的，也是因你而生的。”

湛佑并没有骗杨跳跳。

实际上从开创 SILENCE 开始，湛佑就放弃了所有仿真皮肤、骨骼与人造神经的投资研发，把所有的资金都转移到了对内部芯片与机器人算法的改良更新上。

反对者数不胜数，甚至从前那些 ZIC 的拥趸也声称，SILENCE 配不上 ZIC 的技术。

可是湛佑一旦下决心做的事情，谁都无法改变。

崔静不能，他的父亲湛启山更不能。

杨跳跳在湛佑的心里，不单单是改变了他整个职业哲学的缪斯，更是他想要全身心保护的小姑娘。

如果他带头模糊了人类与 AI 的边界，像杨跳跳这样，无法正常融入社交的用户该怎么办？

他甚至想过，如果自己真的是一具机器人，杨跳跳又心甘情愿止步于此，再不去积极治疗，她一生所有的安全感和情感寄托都将维系在一具冰冷的机器上，并且越陷越深……然后该怎么办？

一想到这里，湛佑没有骄傲，只有后怕。

他想要让杨跳跳回到阳光底下，而不是继续做躲在镜头背后虚构着人生，回避着心魔的小可怜鬼。

他想要杨跳跳如正常的女孩子一样体验人间冷暖，尤其是在他亲眼看到她的家人对她做出的那些伤害以后。

他希望杨跳跳能重新拿回属于自己人生的主控权。

在认识杨跳跳之前，他追名逐利，想要在 AI 的帝国里成为绝对的王者，让历史永远记住自己；可是在认识杨跳跳以后，与她生活的那段时光，给湛佑的整个人生拉了刹车。

“可是那个时候，我只想你陪在我身边。”

“抱歉，我应该摊牌的。离开前，我甚至担心……”

湛佑的喉结动了动，停顿了下来。

担心什么？担心她知道了真相以后，会责怪自己道貌岸然地骗了她，利用了她，还是担心她对男人的抵触戒备甚至病态的恐惧到达一个新的巅峰。

权衡之下，湛佑忍住了告诉她一切的冲动。

他在等待一个时机，也许过了那一段时间，杨跳跳就会自己慢慢地反应过来。到时候她会敞开心扉原谅自己，重新接纳自己也说不定。

可惜，湛佑只猜到了前半段。

杨跳跳是反应了过来，只不过再见时，她又像是个被人冷落遗弃的孩子。

除了委屈，她还有愤恨。

杨跳跳讽刺地挑高了眉头：“是怕我告发你们公司欺骗客户影响了你的前程？抑或者怕我赖着你一辈子耽误了你去认识别的女人……”

这话她是一气呵成地说出来的，饶是湛佑都听得愣了愣。

杨跳跳红了眼，低下头去：“湛佑，你现在知道了，我已经好了。你真的可以离开了。”

湛佑气笑了，一把扣住了杨跳跳的手腕，把她拽到了自己的面前。

“所以你认为我回来只是为了确认你病好了吗？”

杨跳跳被他这一拽，心跳都跟着快了好几拍，差点喘不过气来，偏偏还红着眼眶一眨不眨地看着他，做出冷静地对峙的样子。

“是啊，难不成还有什么事儿可以耽误你周末去游轮上与白家的千金相亲？”

此话一出，湛佑的眉眼松动了一下，眼里染上了一层笑意：“所以……你是在吃醋？”

“没有，我没必要吃你的醋。你和我，不过是前雇主与前‘AI’的关系。你是我前任，翻篇了。”

杨跳跳努力抽回了自己的手腕。

湛佑坐得太近了，近到杨跳跳不自觉地想到那缠吻的一幕。

为了不让湛佑再来夺命连环吻，杨跳跳捏着筷子，开始往嘴里大口大口填湛佑送来的食物。

饶是湛佑也没料到杨跳跳会突然胃口很好地吃起自己做的东西来。

没过三秒，他反应了过来。

湛佑气笑了，拿过了一旁的盒饭，和杨跳跳一起吃了起来。

“吃饭归吃饭，至于你说的翻篇，我们慢慢算账。”

后面四个字，他说得咬牙切齿。

杨跳跳一哆嗦，一块鸡肉掉落。为了躲避湛佑灼灼的目光，她只能选择继续埋头苦吃……

隔了一个小时，小婷小心翼翼地敲门。

旁边的 Eleven 斜睨了她一眼，不客气地吐槽：“不要打扰人类的美好时光。”

小婷：？？？

“你知道什么！”她愤愤不平。

要不是下一场戏还要化妆换衣服，你以为我愿意做电灯泡吗?

Eleven 心平气和：“知道的肯定比你多。”

小婷：“……”

门开了，杨跳跳下了车，脸色无异，依然是对湛佑熟视无睹爱搭不理的样子。

小婷八卦地扫了扫她，发型和衣着都没有凌乱。

啧啧，这不应该是久别重逢干柴烈火的桥段吗？两个人真的就简简单单地吃了顿饭?

湛佑倒是一脸淡笑，一股子运筹帷幄的样子跟在杨跳跳的身后。

“夜戏结束，我送你回酒店。”

“多谢湛总，不用劳驾您了。你的人工费比我机器人的保镖费还要贵。”

Eleven 神补刀：“我是免费的。”

杨跳跳：你能不能闭嘴，回头就给你设定一个哑巴模式。

湛佑笑得更宠溺："接送女友天经地义，我也不收费。"

就你们俩能说！

杨跳跳气恼地转身，看也不看他们一眼，大步朝着片场走去……

理城早早入了冬。

詹姆斯河上，不少晨练的人都穿上了加绒的长衫，在错身而过的瞬间，会对楚越招手打招呼。

天蓝得让人心碎，天气也冷得直抵人心。

这个城市大部分时间很安静，安静到让人忘了它拥有着数家超技术龙头企业，是全球先进工业的台风眼。

楚越脸上没有任何妆容，出门的时候去酒店转角的甜品店买了一个甜甜圈，也不吃，就塞在纸袋子里，任由温热的香味一点点蔓延出来。

她在河边找到了自己最喜欢的长椅，懒懒地坐了下来。

甜甜圈的味道很吸引人，准确地说，是吸引她肚子里的孩子。

她从来不喜欢甜点。

一只黑色的拉布拉多陪着主人跑步，路过楚越的时候，停下了步子，哈着气儿乖巧地蹲下。

它的眼珠子一只是蓝色的，一只是绿色的。

"不用担心，女士。"狗身后的主人抬手，善意地笑了笑，"我的狗是机器狗，不会去吃您的甜甜圈。"

楚越一愣，再看去，那只狗果然在机械地做着吐舌头的动作。如果不是主人解释，楚越真的分辨不出来。

"很可爱。"

"谢谢，上周 SILENCE 公司新出的产品，有救援和导盲的功能，可以定制。"

楚越淡淡地笑了笑，并没有与这个男人深入交谈的意思。

她微微调整了一下坐姿，露出了自己的小腹。那里，裹着一个为孕妇准备的支撑器。

男人立刻明白了楚越的意思，他讪讪地笑了笑再次说了一声"早安"便离开。

这样的搭讪，楚越一周可以碰到七八次。

一个年轻的单身女人，在异国他乡，形单影只，总是很引起别人的注意。不管是善意的，还是恶意的。

楚越摸了摸尚且平坦的小腹。

她工作了那些年，虽然起步比杨跳跳晚，但商业代言接得多，再加上后期自己的品牌也起来了，确实赚了一些钱。

可是这些积蓄，在她突然消失以后，原原本本地又还给了公司。

她不想让发哥为难。虽然本身已经让发哥很为难，她这一走引发的轩然大波不知道会被媒体传成什么样儿，会对公司的股票有什么影响，她想都不敢想。

可是，她已经没办法了。孩子已三个月，她快撑不下去了。

离开京辉市的时候，杨跳跳把自己身上所有可以周转的资金全都给了楚越。

孩子还这么小，这一辈子那么长，以后怎么办，楚越没了主意。

理城是楚越父母生前相识的城市。

来了这里以后，楚越才发现，这座城市，所有的低级工作早就被机器人全面接手，就连化妆品专柜里那些热情洋溢的导购都换成了机器人。

它们的脑海里有数十万话术，完全可以比人类导购更为轻松地卖出眼影盘、口红。

实在不行就回实验室，找个基础的研发测试工作做着。

楚越叹了一口气。

回去的路上，太阳躲去了云层后。理城多雨，看样子又要下雨了，楚越在家门口隔着一个街区的地方顿住了脚步。

她那套小房子门口的花园里，站着四五个穿着黑衣的男人。楚越捏紧了甜甜圈的纸口袋，闪身钻进了最近的一家便利店。

隔着窗户，楚越朝自己的屋内望去——那里，几个高大的人影来回晃动着，似乎在找什么。

不能报警，不能报警，不能报警。

楚越清清楚楚地知道，这些人能大剌剌地在白天趁她不在家钻进来，就一定有办法给赶来的警察一个搪塞得过去的解释。

是居蓉的人？

在京辉市的时候，楚越的宅子地址就暴露了。

来到了理城，她已经尽全力隐匿自己的身份，难道……

她正这样想着，那群人又风风火火地离开，人群中央是个高大的男人。

外面下起了雨，隔着雨帘与黑伞，楚越没能看清楚男人的脸，心脏却没由来地怦怦怦狂跳起来。

车辆离开，街道恢复了死寂。

又默默等了半小时，确认再无人返回以后，楚越买了一顶毛毡帽，把自己的脸遮住，慢吞吞地走了回去。

屋内没有被破坏的痕迹，如果不是楚越亲眼看到，她甚至要怀疑，这里是不是真的有不速之客来过。

她打开了网上购买的简易排查装备，确认家里没有安装任何探测器与摄像头，才缓缓地把帽子脱了下来。

客厅的茶几上，放着一只巴掌大的蓝色圆盘——

全息投影仪。

楚越合上了所有的窗帘，关了壁灯，然后坐在了茶几前，用手打开了开关。

一道绿光扫过她的脸，全息投影仪自动开启。狭窄的客厅里，倏然多出了一个男人——

郁白。

他坐在楚越对面的沙发上，有些无措地搓了搓脸，他双手交叠，看向楚越的方向。

“我找了你整整三十二天。楚越，让我们见个面，好好谈一谈。不管孩子还在不在，我保证，不会伤害你，也不会伤害孩子，更不会让你们分离。”

沙发上的郁白看了一眼窗户的方向，似乎注意到了外面下起了大雨。

“全息影像只能对你开放。在过去的三十二天里，我投放了不止四十个。只要有一丝希望，我就不会放弃寻找。我知道，在你心里，我已经全然没有信誉度可言。居蓉和我的婚约，早在三年前就已经作废。我没有告诉你，是因为我觉得过去对我而言，已经不存在更改的可能。在你离开之前，我并不知道她对你做了什么。和你开始以后，我也再没有喜欢过其他的女人。”郁白自嘲地苦笑了一声，“以后也应该再没有可能。楚越，只要给我一次机会，让我把一切都解释清楚。”

“我喜欢你，楚越。”

影像消失了。

最后一句话，像是一块石头，重重地砸在了楚越的心头。

空气有一瞬间的凝滞。

全息影像播放完毕后，盒子顶端一个圆孔射出的亮光“突突突”跳了三下。

楚越反应了过来：这个设备，有回馈功能！

车子已经飞驰出去整整二十公里，郁白接到了湛佑的通信请求。

对比郁白的疲惫，湛佑的声音有些幸灾乐祸的意思：“在理城？”

郁白一愣：“是。”

“回去。”

通话被挂断。

郁白：“……”

下一秒，郁白立刻开口喊道：“掉头掉头！回花园路 RL847 号！”

十五分钟后，车队卷着旋风停在了楚越家的花园门口——门是开着的。郁白疯了一样地冲下车，一头扎进了屋子里。

没有人。

楼上，楼下均没有楚越，可是卧室的衣柜和保险箱明显被动过，楚越刚走不久。

郁白立刻让人分散去找。

理城人口稀少，她一个孕妇，能在短短的时间内跑去哪儿？

十分钟后，雨势越来越大，几拨回来的手下都说，找不到。

郁白翻看着整座城市边边角角的监控，没有楚越的身影，到处都没有。他颓然地坐在了沙发上。

那里，似乎还残留着楚越身体的温度。

一想到仅仅是几分钟的差距，他们就再次失之交臂，郁白恨不得一把火烧了自己。

沙发旁的碎花软垫上，放着一只纸袋子。

郁白的目光落在上面，打开纸袋子，里面是一个冷透了的甜甜圈，那是他最喜欢的香草口味……

夜戏结束已经是凌晨一点了，杨跳跳的操控板里跳进来一条匿名的信息。扫了一眼信息，杨跳跳的脸瞬间沉了下来。

“怎么了，跳跳姐？”身后的小婷好奇地问道。

“哦，没事。明天我的戏都是几点？”

小婷立刻报了一遍，上午是空闲的。

杨跳跳去了一趟导演的休息室，想要开口请假，推开，却看到湛佑优哉游哉地坐在里头和大胡子在……品茶？

看到杨跳跳一脸愕然，大胡子倒是很坦荡：“跳跳来啦，进来进来，上好的武夷山小叶，刚刚泡好的。”

“导演……你不是咖啡党吗？”

冯导笑了笑：“嗨，还不是因为这里喝不到好茶！喏，阿佑刚刚送来了一些，哎，这滋味倒让我想起早年间和他爸爸在一起共事的那些日子。”

杨跳跳：“……”

“冯叔叔恰好是我父亲的老朋友。”湛佑一条腿跷着，勾着嘴角浅笑着看着杨跳跳，“等会儿陪你回去休息。”

杨跳跳内心咆哮：谁要你陪了？你不要自己给自己加戏好吗？

冯导一副过来人的样子，看看湛佑又看看杨跳跳，慈眉善目地笑：“是是是，晚上你们早点休息，今天一天跳跳挺累的。”

杨跳跳：“……”

“导演，我晚上回市区，明早去一下公司，吃过午饭就回来，不会耽误我下午场的戏。”

冯导挥挥手：“没事没事！哈哈哈，这种事儿你自己看着办就成。”

湛佑起身：“我陪你回去。”

“不用。”

“为什么？”

而背对着光，湛佑的眼睛里也亮着星子一样的光芒，望着人的时候，看似云淡风轻，其实气场很强。

“不为什么，回去见公司给我安排的绯闻对象而已。”

第十一章
亲爱的 AI 先生

杨跳跳说出这句话后，就预料到了湛佑可能出现的反应，只不过湛佑的脸色比她想象的还要更差一些。

屋内的温度似乎立刻降了下去，湛佑轻蔑地笑了一声，伸手就扣住了杨跳跳的手腕。

“绯、闻、对、象？”

杨跳跳微微侧头，嘲讽地反问：“不会写这四个字？”

湛佑轻易地把杨跳跳拉到了自己的怀里。杨跳跳无语，有些心虚地扫了一眼还在场的冯导。

湛佑自从掉了马甲以后，似乎越来越喜欢不分场合地壁咚自己，动作越来越娴熟。

冯导在后面相当有数地清了清嗓子：“那个，房间留给你们，我去阳台抽根香烟。”说完，转身就躲去了套间的阳台，还“啪嗒”锁上了房门。

杨跳跳：……

“解释。”湛佑的目光恨不得吃了杨跳跳，他捏着她的下巴，强迫她看向自己。

“有什么可解释的，”杨跳跳耸耸肩，“工作需求，我还有带新人的指标，捧红一个算一个，相互帮衬你懂不懂？”

湛佑的喉结一动，恨不得现在就封了她“叭叭叭”的小嘴，狠狠反问道：“你一个多月以前才全网昭告了我是你的男友，带着我出席活动、录节目、做直播，甚至新书里都用了我的照片……杨跳跳，你现在出尔反尔是要毁人设？”

杨跳跳有两秒没说话。

这一串，才是正儿八经的醋意上头好吗！

呵，柠檬精。

她来劲了。

“在毁人设这件事情上，谁的造诣有湛总高？不声不响地混入我家，带我去你私人别墅共度不可描述的三天三夜后一走了之。在我被黑粉、对家和媒体天天追问为什么此后形单影只，是不是感情出现了裂痕的时候，你又去了哪里？”

湛佑没有回答，杨跳跳继续道：“我一点儿都不感激你现在回来找我。你出现在我面前的每一秒都让我觉得从前那个被蒙在鼓里的自己是个十足的大傻帽！那些因你而起的一往情深都是自我感觉良好的一厢情愿！而你越对我好我越觉得你依然深陷在我是一个病人的同情之中，我不得不一次次提醒自己我和你之间现实的差距！这样的回答，您满意了吗，湛总？”

湛佑倏然松开了杨跳跳。

她红了眼眶，动了动手指，想要再说什么，可是一时间也不知道应该做弥补刚刚所说的话，还是更进一步地掰扯他们的关系。

屋内安静了许久。

半晌后，湛佑开了口：“夜深了不安全，我送你回去。”

他转身，走在了前面。

湛佑走得很快，仿佛并不担心杨跳跳跟不上自己，冷肃得像是个陌生人。

杨跳跳从来没有见过这样冷漠的湛佑。

也许那番话真的起了作用……也许这一次，她真的把湛佑赶走了……

小婷感觉到了两个人的不对劲，保姆车往市区飞驰的过程中，她陪着杨跳跳坐在后头。杨跳跳闭目养神，她也一声不吭。

这次没数的是 Eleven，它一边开车，一边同时进行着多任务处理。

“湛总，这是杨小姐下周的行程单。其中这两个品牌合作到期后应该会提出终止，我已经把风险过滤和收益报告发给了她的经纪人……”

小婷瞥了一眼睡着的杨跳跳，凑到了前头，踢了一脚 Eleven 的座椅：“你可闭嘴吧！你看不出来情侣在冷战吗！”

作为一款先进机器人，Eleven 相当训练有素地反驳：“冷战是人类伴侣之间情绪型相处模式之一，为什么作为相处模型的冷战会影响到与事业相关的决策模型呢？”

小婷：？？？

湛佑伸手，在空中弹出了操控板，他点了一下，Eleven 变成了噤声模式。

小婷伸出大拇指：“湛总英明！”

在确认了眼前这个男人就是日常联系自己的 boss 以后，小婷对湛佑更加崇拜。

她对杨跳跳的忠心没变，不过这忠心里还多一分对湛佑与杨跳跳这一对能够在一起的热情期待。

湛佑微微侧过脸，扫了一眼在后面睡得昏沉的杨跳跳。她身上的毛毯是湛佑让小婷加的。杨跳跳怕冷，很容易着凉。

“你们公司最近有什么绯闻炒作计划？”

小婷赶紧点头：“有。我听人说，自从楚越姐走了以后，公司的忠实用户被砍了许多。不少合作得挺好的品牌方也不再续约了，发哥急得头秃。然后我们齐总下了命令，让发哥在短期内再培养出两个能独当一面的新人，一个是潮流穿搭，一个是时尚美妆方面的。”

“你能拿到新人资料？”

小婷低头，在自己的操控板里翻了翻，找到了两个人的资料，隔空传送给了湛佑。

第一个是主攻男士穿搭的博主。

此人身高一米八五，八块腹肌，宽肩窄腰，模特出身，对应的粉丝群体是年轻女孩。

第二个风格与楚越相似度百分之七十以上，甚至连皮肤也晒成了类似楚越的那种金铜色。

从形象气质的匹配程度上考虑，公司决定让第一位新人与杨跳跳组 CP。

新人名字叫朝曦，是个二十三岁的京辉市本地人。

湛佑冷笑了一声，把操控板关上。

小婷在半路下了车，她离开后，杨跳跳翩然转醒。车内除了她和湛佑，就只有一个没有感情的机器人 Eleven。

Eleven 为了缓和气氛，自顾自按开了电台，里头立刻跳出来一首经典怀旧老歌——《分手快乐》。

“分手快乐，祝你快乐，你可以找到更好的……”

杨跳跳：“……”

湛佑立刻伸手把电台关了。

车子停泊在杨跳跳家门口的停车坪上。

湛佑为她设置的安全网络依然在工作。车子开进来的时候，悬浮在空中接受了长达一分钟的扫描，才得以放行。

杨跳跳心情复杂地看着那些安全红光，抿了抿嘴，没有说话。

Eleven 刚刚把车子停好，杨跳跳立刻冲下去，推开院门，用指纹解锁大门，随后关门上锁，一气呵成。

跟在后面的湛佑：……

心脏咚咚咚地跳，杨跳跳抵着门，生怕湛佑不声不响地就想法子钻了进来。

在去影视城拍戏的那天，她红着眼睛收拾了屋子，把所有关于湛佑的一切都放在了最显眼的地方。

他常用的花洒，他用来锻炼的跑步机，他看书的阅读器，甚至他碰过的锅碗瓢盆……

她也不知道这么做是为了什么，就好像一种抚慰的心理暗示——即便他不在家了，依然有个人在等她回来。

可是，眼下的重逢却以她完全意料不到的方式发生，杨跳跳觉得自己又蠢又滑稽。

绝对不能让湛佑看到自己做了些什么。

大猪蹄子。

湛佑在门廊下停住，有些无奈地叩门：“你准备让我在外面站一晚上？”

“这是我家！”杨跳跳声音闷闷的。

“我又不是没住过。”

“那不同！现在不许你住了！”

“那……”湛佑看了一眼站在自己身边的 Eleven，那张机械脸上也有一种无奈的表情，“Eleven 你也不许进去了？”

“都不可以！你们俩沆瀣一气！都是机器人中的大败类！”

Eleven：我又做错了什么？

“行。”

一个简短的回应后，湛佑没有再说话。

外头安静了下来。

杨跳跳悄悄地从猫眼往外望去——Eleven 和湛佑像是两兄弟，肩并肩地站在门口。

杨跳跳：就这么听话地接受安排了？

她狠了狠心，轻哼了一声，拔腿就上楼。

操控板里传来的是楚越的消息，杨跳跳回拨了过去。隔了好一会儿，视频电话才被接通。

画面黑黢黢的，楚越摸索了会儿，才打开了灯。

她瘦了。原本她就瘦，现在脸上根本挂不住肉。

杨跳跳用手指摸了摸屏幕，自己先鼻酸起来。

“我没事。只是告诉你，我又得搬家了。”

“我请了假！我现在去找你！”

楚越抬手，制止了杨跳跳：“不用，如果我需要你帮忙我早就跟你开口了。”

杨跳跳咬了咬嘴唇：“你现在在哪儿？”

楚越的身后，木质的墙面开了缝，头顶只有一盏橘红色的小灯亮着，周围的环境陈旧而逼仄。

“在地下室。”

“地下室？”

“郁白找了过来，他查到了我的住处。我赶在他回头之前收拾了东西，跑到了屋子的地下室，并且营造出了我已经离开的假象。”

只言片语，听得杨跳跳心惊肉跳。

“现在怎么办？你还怀着孕，总不能一直住地下室！对了，我发个飞行器过去给你邮寄一些现金吧。”

“不用。我只住两日，等外头郁白的探子离开，我便也离开理城了。”

“去哪儿……”

楚越扯出一丝苦笑，垂头摸了摸自己的小腹：“不知道。”

和楚越视频电话结束已经是一个小时以后了。

杨跳跳立刻联系了飞行器租赁公司，派了两台飞行器给远在大洋彼岸的楚越送去了现金和生活用品，保密级别选择了最高级。

她能做的很少，又分身乏术，只能帮楚越做这些了。

不安的直觉越来越强烈，杨跳跳揉了揉脸，准备洗漱睡觉，突然一个激灵——湛佑还在外面!

花园浸润在月色之中，静谧优雅。在鹅卵石路的尽头，湛佑的身影像是一尊修长的骑士雕塑。

只是看了一眼，杨跳跳的心脏就忍不住地悸动起来。

她几番克制着自己不去想夜里外面多冷，或者花园里潮气重之类的问题，可是忍了半天，她还是认了命，拿着一条毛毯下了楼。

门廊打开，湛佑微微一怔，抬头望去，杨跳跳抱着厚毯子瞪着他。

湛佑轻笑，抬手看了一眼表：“这才两点钟，有何贵干？”

“睡沙发！”

毛毯劈头盖脸地砸了过来。

湛佑嘴角的笑容更为肆意，他跟着杨跳跳进了屋子，也不急着坐下，扫了一眼屋子，每一个角落都如此熟悉，连空气中都带着杨跳跳的味道。他的眉眼间尽是宠溺。

沾了湛佑的光，“鸡犬升天”的Eleven也得以进屋。它抱着自己的胳膊，狠狠打了个哆嗦：“外面真的好冷啊。”

杨跳跳：“……”

真是戏精主人才做得出戏精机器人。

“我睡了，不要打扰我。”

杨跳跳面无表情地嘟囔了一声，便往楼上走去。

“跳跳。”

湛佑轻轻开口，在她身后喊住了她。

知道他的目光就附着在她的身上，杨跳跳忍着没有回头：“什么事？”

“周末，陪我去一趟江城。”

杨跳跳转身，讽刺地呛声：“陪你去参加游轮相亲大会？让我去见识见识你母亲中意的是一个什么样的女人？”

湛佑认真地看着她：“作为女朋友的身份，陪我去。你在我这里受的委屈，我都会给你补偿回来。”

连 Eleven 也抬头，以和湛佑高度重合的表情，直勾勾地看向杨跳跳，仿佛满脸写着：求原谅。

杨跳跳：……

一个念头如同闪电一闪而过。

她转过身来，勾起了嘴角：“陪你去可以。但是我的身份必须是……你的定制机器人。”

发哥为了配合杨跳跳的通告时间，提前三天告诉新人朝曦今天的碰面时间。

听说杨跳跳特意从影视城赶回来与自己会合，朝曦起了个大早，好好捯饬了一下自己。

他暗中做了调查，现在琼湾一姐杨跳跳未婚未育，连之前全民皆知的那段感情也不了了之。

空窗期的女人最脆弱了，何况还是个年纪很轻，姿色不错的姑娘，朝曦当即就动了假戏真做的念头。

朝曦从模特行业跳出来也有段时间了，熬在一群退役模特里，无论情商还是样貌都算不得最出众。这么寂寂无名了一段时间，他的心态渐渐失衡。

要不是楚越突然人间蒸发，这么好的事可落不到他头上。

兴冲冲地进了公司大楼，朝曦直奔发哥的办公室。

电梯在中间楼层略停了停，门一开，三个人走了进来。两男一女，准确地说，是一个男人一个女人，外加一台人形 AI。

男人和 AI 身材挺拔，都比朝曦要高一些，从后面看，倒像是一对兄弟。

而那个女人……

朝曦眼睛一亮，立刻低下头去："齐总好！"

齐海芝公司旗下那么多直播网红和艺人，她只是回头扫了一眼朝曦，视线短暂地在他脸上停留了一下，确认自己没什么印象，淡淡地点了点头算作回应。

紧接着，她又侧过头，和身边的男人继续对话："……我跟你说，你可别给我画饼啊。"

那个年轻男人脸上溢出自信的笑意："绝对不敢。"

"行，采访的事儿我答应下来，后续看你的表现。"

电梯往上升了几层，齐海芝开会的地方到了，她微微对年轻男人点了点头，走了出去。

电梯里只剩下了两个人和一台 AI。

朝曦悄悄地打量着面前的男人。

他比自己看上去年轻些，身上却透着股自信稳重的气质。一套修身的西服，虽然看不出牌子，但是精致的剪裁与袖口，配合男人那张气度不凡的脸，乍一眼看去就是个富家公子的样子。

嘁，什么富家公子，说白了还不就是齐海芝豢养的小狼狗。

朝曦心里头暗暗地冒着酸水。

如果能哄到齐海芝的话，她不费吹灰之力就能把自己包装成琼湾一哥……那绝对是一笔划算的买卖。

离会议室还有一段距离，朝曦清了清嗓子，打破了电梯里的安静。他用手拍了拍男人的肩膀："喂，兄弟，新签约的咱们公司啊？"

男人没有理他。

朝曦心里翻了个白眼：装什么装，做点皮肉买卖还这么傲气。

“我，朝曦，你在新人排行榜上看到过我吧？”

男人依然没有回应，倒是旁边的机器人说了一句“看到过”。

朝曦轻笑，指了指机器人：“喂，这家伙也是齐总赏给你的吧！我说，你还是挺有本事的，要知道，咱们齐总离婚以后可是单身有些年头了……”

他压低了声音：“给我引荐引荐呗。要是哥哥有肉汤喝，以后绝对不会忘了你好处。出来混，团结起来才能办大事儿嘛。”

七十六楼到了。

朝曦见男人也在这一层楼下，赶紧抢在前面，往他的胸口塞了一张自己的名片：“这是我名片，有事联系，费用好说！”

一气说完了这一套，朝曦一抬头，对上了一对冰冷的眸子，他不由得哆嗦了一下。

这男人……怎么有点儿眼熟？

身后，发哥的助理看到了朝曦，冲着他挥了挥手：“跳跳姐都到了！你怎么在这种时候迟到，快点！”

前一刻还嬉皮笑脸的朝曦立刻严肃了起来，收起了那一套，理了理衣服，一脸正人君子的模样。

Eleven 在一旁吐槽：“人类也有两副面孔。”

湛佑面无表情地低头，抽出了那张名片，正想要扔掉，转了一个念头，又把卡片塞在了西装上衣的口袋里。

杨跳跳低着头给楚越发消息。离两人最后一次聊天已经过去八个小时了，楚越没有回复。

杨跳跳不安地放下了操控板，抬头，看到了一个帅气的男人乐呵呵地朝着自己走过来。

“跳跳姐，我是朝曦，多多关照。”

朝曦的手伸到杨跳跳面前，杨跳跳还没有回握，就被发哥“啪”地打了回去。

发哥现在把杨跳跳当作金牌大佛一样供着。

没办法，公司的流量流失以后，他手头只有杨跳跳这一个靠山。即便知道了杨跳跳现在已经不再恐惧排斥男人，但他还是忠实地做了一道防线，把试图和杨跳跳身体接触的朝曦挡了下来。

朝曦脸色讪讪的，很不好看，却又不知道自己做错了什么。

杨跳跳很大度地起身，主动伸出了手："发哥，我没事儿。你好，朝曦。"

朝曦这边转危为安，脸上立刻又浮起讨好的笑容。

他不住地打量着杨跳跳：啧啧，果然比大屏幕上看到的还好看，有才有颜还深得公司重视，傍上她也不错啊……

会议室的门再次打开，这次进来的是湛佑和 Eleven。

Eleven 看到了杨跳跳，立刻恪尽职守地走过来，站在了她的身后。

湛佑则自顾自地拉开了椅子坐下，隔着发哥和杨跳跳老远，一脸"我就静静欣赏你工作绝对不打扰你，但是你想要撵走我也是不可能"的表情。

杨跳跳：……

发哥皱了皱眉头，正想撵人，可是视线落在湛佑脸上，"啧"了一声以后，自言自语道："这人……这人怎么这么眼熟？"

他一拍脑袋，不可思议地看了看杨跳跳，又看了看湛佑："你你你，他他他！"

"淡定，你第一次见到男人啊。"杨跳跳不轻不重地回道。

"你俩不分了吗？他不是人间消失了吗？不是什么远行了吗？你们又好了？什么时候的事儿？你不是拍戏没几天？片场捡回来的？"

这个问法湛佑很满意，他率先点头："嗯，又好了。"

杨跳跳：？？？让你说话了吗？

朝曦一脸被棒子锤了的表情：什么情况，这个和齐总有一腿的小狼狗居然是杨跳跳的情人？这什么功夫？！

场面一度尴尬。

发哥人精上身，一秒钟察觉事情并不简单，只能缓和了一些脸色，对朝曦说道："你先回去，我们这边和跳跳先聊聊。"

朝曦又不傻，知道这架势，自己这次和杨跳跳的合作十有八九要黄，立马不甘心了起来。

他"腾"地起身，用手指着湛佑，看向杨跳跳："跳跳姐！我要揭发！

我看到他和齐总在一起！这男人不简单！你小心点儿，你都混到这个份儿上了，失恋事小，小心人财两空！”

这话说得掷地有声，有鼻子有眼，杨跳跳被唬得一愣一愣的，差点真的相信，湛佑和齐海芝之间确实有龌龊之事。

湛佑轻笑，从口袋里掏出了那张名片丢了出去。名片顺着桌子滑到了发哥的眼皮子底下。

“刚刚在电梯里的时候，还管我要秘诀，要我把你介绍给齐总。怎么，现在就反咬我一口，把我供了出来？”

“你别血口喷人啊！拿着我的名片瞎造谣！我这是保护跳跳姐！对我司同事负责！”

朝曦话没有说完，手一瞬间被反剪到了身后，紧接着——“哎哎哎？你，你干吗？我警告你啊，我是琼湾的艺人！你放手！保安，保安！”

Eleven 没有给朝曦聒噪的机会，押着朝曦就丢了出去。

会议室门落了锁，里头三人大眼瞪小眼。

发哥挠头：“谁来给我解释解释啊？”

湛佑这才慢悠悠地起身，上前，递上了自己的电子名片：“SILENCE，多多指教。”

他只报了公司的名字，意思很直接，发哥扫了一眼电子名片——名片上的男人叫乔桐，职位是 SILIENCE 人工智能集团 CEO。

发哥惊得下巴差点掉到了地上。

这，杨跳跳的前任是 SILENCE 的老板？分手之后和齐总有了一腿？但是现在要来追回杨跳跳？

世界还能更混乱一点吗？

湛佑把朝曦的名片，连同发哥做的两个人的恋爱计划书全都丢到了垃圾桶里。

“无论从经济效益、粉丝认可度，还是我与跳跳之间的默契度来讲，我才是最适合她的 CP。除此以外，贵司不用担心后期造势的资费问题，全由我来承担。”

杨跳跳一个没忍住：“你不是都破产躲我家了？”

Eleven 适时开口："主人，破产和资产冻结是两码事。"

杨跳跳：……

"湛佑，Eleven 的噤声权限在哪里？"

Eleven 很自觉地往墙跟缩了缩。

发哥挠了挠头，半晌才反应过来，喜不自胜："所、所以乔总，您是跟我们齐总打过招呼了？"

湛佑点头："后期我还会让杨跳跳成为我们全线产品的全球唯一代言人，希望你们的团队不要让我失望。"

"好好好！"三声"好"以后，发哥被点燃了似的，飞速整理手头的东西夺门而出——"我现在就让人去做你们破镜重圆的企划！"

会议室里只剩下杨跳跳和湛佑。

"你让我做你公司代言人我就做？我是什么，任人摆布的机器人吗？"

"当然不是。"湛佑凑过去，脸上既有公事公办的严肃又夹杂着一丝暧昧，"以你现在的身价、知名度和观众缘，还没有达到我说的标准。"

杨跳跳噎住——

他还嫌弃起自己来了？

"所以……我给齐海芝发去了我给你量身定做的成长计划，一年后，你的身价可以破五千万，到时候，我们全球代言的身份，你实至名归。"

杨跳跳："……"

她终于知道自己心里那种隐隐约约之中被安排得明明白白的感觉到底是哪儿来的了！

"我怎么不知道你认识我们齐总？你为了潜伏在我身边布了多少眼线？"

湛佑轻笑："之前倒没怎么关心你们公司的高层，不过后来我随便一查……"

"这回是你家什么皇亲国戚？"

"都不是，单纯是我父亲的前女友。"

杨跳跳无语。

自从被湛佑莫名其妙地“卖”给了SILENCE以后，杨跳跳的团队在工作接洽上像是突然开了窍。

那些日化、家用品牌或者中低端的时尚资源统统分给了公司的其他艺人，齐海芝发力，把捞到的顶级好饼，一股脑儿全部给了杨跳跳。

《盲夜》两个月的拍摄结束后，杨跳跳的第一部与一线明星合作的大电影也谈得差不多，紧跟着便是长达一个月的时尚周的通告安排。综艺真人秀与影视剧的邀约，品牌合作的洽谈书像是雪花片一样塞满了杨跳跳的工作邮箱。

发哥请了三个小经纪人帮忙分管杨跳跳的直播营销、影视与时尚资源。

忙到昏头转向的杨跳跳已经无暇顾及哪些是湛佑强塞的，哪些是公司安排的。

到了周五晚上，杨跳跳从一堆报告中抬起昏昏沉沉的眼皮子，只觉得缺氧。

“暂停一下，我透透气再回来。”

她的话是对新经纪人说的，后者应了一下，杨跳跳开了会议室的门，守在外头的Eleven立刻递来了一杯红枣茶。

杨跳跳嘴角抽了抽：“这也是湛佑让你准备的？”

“是。”

走廊里除了Eleven没有其他人。

“湛佑人呢？”

这些日子，湛佑吃住都在京辉市，连公务都是一边等杨跳跳，一边见缝插针地处理掉的。

杨跳跳视其为狗皮膏药，甩都甩不掉。

“去准备车子了。”

杨跳跳疑惑。

“明天你行程空的，答应了湛总去江城。”

杨跳跳一拍脑门儿，把自己给震了个清醒——那个游轮相亲！什么装扮成湛佑的女仆机器人！！

可她是一时信口开河，随便说说的啊！！！

沿海的公路在夜里像是两条光带之间的黑色长蛇。从京辉市到江城，开车极限速度一个多小时。

湛佑的巨型超跑行驶在平滑的路面上时，杨跳跳缩在车后座，一脸蒙地看着那一套准备好的制服。

“有、有这个必要？”

“不穿也可以，我母亲也在江城。你想作为人类面对她，还是想作为机器人面对她，都由你自己决定。”

杨跳跳：天道好轮回。

湛佑的父亲能把自己的亲儿子逼得走投无路，短时间内另起山头，只能说明湛佑的妈妈一定是个更厉害的角色吧……不都说聪明的儿子的基因是继承了母亲嘛。

杨跳跳头疼，她忘了，这个世界上比男人更恐怖的是……婆婆啊。

这两个字跳出脑子的时候，杨跳跳为自己的这个念头狠狠羞耻了一把。

臭不要脸。

湛佑静静地开着车，自然不知道杨跳跳这一番心路历程。他扫了一眼后视镜。

杨跳跳凶巴巴地开口：“看什么看！把隔板给我升起来！”

十分钟以后，湛佑听到了杨跳跳嘀咕了一句：“裙子怎么这么短是故意的吗？”

车子到了江城。

崔家是江城的大户，在江城已经深耕了几个世纪，根系发达，人才辈出。到了这一代，崔静成了崔氏一族的家主。

即便湛佑在邮件里交代了带回来的女孩子是真人，并且三令五申崔静不可以露出马脚。在湛佑的超跑出现在前院时，崔静还是紧张得手心出汗。

她略做了一下深呼吸，放下了窗帘，从楼上往下走去……

湛佑停好了车，下车帮杨跳跳开了后门。

“到了。”

杨跳跳把后座的灯关了，一个人缩在角落，一遍遍地整理自己的裙角。

“要不算了……其实我对你的相亲对象一点儿也不好奇。”

湛佑气笑了：“是自己下来，还是我扛你出来？”

杨跳跳抓紧了车座的边缘，誓死抵抗。

湛佑微微探身，直接凑了过去，在距杨跳跳的脸仅仅五厘米的地方停住。

黑暗狭小的车厢，倏然靠近的男人，荷尔蒙的气息像是炸开的烟花，杨跳跳在突如其来的“攻击”之中，无所遁形。

“杨跳跳。”湛佑的气息落在了她的脸上。

黑暗中，她的眼睛圆圆的亮亮的，还有些娇羞的水盈感。湛佑的喉结难耐地翻滚了一下，恨不得立刻把她揪出来，扛着扔进自己的房间里……

他生生忍下了燥火，冷了嗓音：“你知道从小到大，我接过几个女生来家里吗？”

“两个？三个……”

接触到了他陡然凉下去的目光，杨跳跳一哆嗦改口：“五个？六个？”

湛佑咬了咬牙，直接拽着杨跳跳，一把抱着她钻出了车厢。

“没有别人。所以……”他低头看着怀里的女人，语气有些发狠，“你要是拒绝我，抑或者要花样逃跑，我不介意在车后座……”

远处的门廊一个黑影推开了门，湛佑没有继续往下说。

裙子很短，遮不住她的肌肤，他炙热的手臂就那么贴在她的皮肤上……

杨跳跳赶紧晃动着脚让湛佑把自己放下来。

脚踩在草坪上，杨跳跳赶紧挺直了腰板，快速整理自己的裙角，然后笔笔直地站着，双手端在小腹附近。

“阿佑回来啦！来，快进屋！”

崔静看上去慈眉善目，保养得当，年轻时绝对是个大美人。

崔静的目光落在湛佑身后的杨跳跳身上，眼里溢出了一些掩饰不住的喜悦满意，开口却故作疑惑：“这是……”

湛佑转向杨跳跳，勾唇道：“新做的。”

崔静：“怎么看上去这么眼熟……”

“照着我喜欢的女明星做的。”

崔静：……

杨跳跳：……

“去三楼卧室，等我。”湛佑开口，下了指令。

杨跳跳连大气不敢喘，目不斜视，迈着小碎步，端着手一点一点地往屋里挪去。

她的身后，崔静再次开口：“那个……就算是照着自己喜欢的女明星做的，也要记得，结婚过日子要找真的女人，知道吗？”

湛佑：“放心，我又不是什么走火入魔的疯子。”

身后母子俩的对话清楚地落到了杨跳跳耳朵里，她心里翻腾出了一万句脏话问候湛佑——

她是不是又被套路了？

她是不是成了什么不可描述的东西！

这个浑蛋喊自己去卧室做什么！

跟着杨跳跳进门的真 · AI · Eleven 看着杨跳跳进门后迅速垮掉的仪态，没忍住吐槽：“做 AI 也要敬业一点的。”

“你闭嘴成吗……”杨跳跳白了 Eleven 一眼。

湛佑没有让杨跳跳等太久，和母亲寒暄了几句以后，便上了楼。

崔静还捂嘴笑着关照了一句“注意安全，早点休息”。

湛佑在心里默默给自己点了一根蜡。

刚刚对杨跳跳那番开玩笑，还不知道开门后，自己面对的会是什么“疾风骤雨”。

大不了被她凶一顿，哄一下以后他睡书房，让杨跳跳睡自己的床。

他端着给杨跳跳做的甜粥，推开门，扫了一眼却没有看到杨跳跳的身影。

墙边站着 Eleven，湛佑一个眼神示意，Eleven 委委屈屈地指了指里面的书房——杨跳跳又给它噤声了。

推开书房门，电子壁炉里的火苗在跳跃着，屋内暖和极了。

在湛佑的那张书桌上，杨跳跳睡着了。

书桌也安装着自动感应系统，在杨跳跳困倦得趴下来的时候，硬质的桌面变得如同海绵一样柔软而温暖。

一天紧锣密鼓的行程后，她困极了。

原本想强打着精神等湛佑会儿，可是在他的房间里，铺天盖地都是湛佑的气息，那些飘浮在空气中的因子仿佛含着什么让人放下戒备的药剂。

没过一刻钟，杨跳跳就趴下来睡着了。

湛佑绕到了她的身边，杨跳跳无知无觉，小脸因为熟睡浮现着憨熟的红润，鼻息浅浅的，像是贪睡的小熊。

湛佑轻笑，放下了手里的食盒，也不急着离开，就坐在杨跳跳对面，静静地看着她。

也许是高中，也许是更早一些时候，湛佑记得自己正是坐在这张书桌后摆弄着自己做的机器昆虫。

那只小螳螂只会做几个简单的动作，抬着前肢在空中劈杀着，一副气势凌厉的样子。

他看着看着却突然失去了兴趣。

午后的阳光落在玫瑰红的木质桌面上，空气中浮动着花香味，湛佑第一次产生了，如果自己做出一台人形机器人该多好的念头。

如果要做，就要做到极致的逼真，以至于把它放在人群之中也能以假乱真，思维方式与人类别无二样。

这样的念头几乎一点就燃，成就了湛佑对 AI 的全部热火，也成就了 ZIC 的成立。

而此时此刻看着杨跳跳趴在自己的书桌前，对整个世界对他毫无防备的样子，湛佑突然觉得，他要的从来不是机器人的陪伴。

他要的，只是她而已。

杨跳跳是在湛佑的床上醒来的。

这一夜安眠无梦，醒过来之后她脑子格外清醒——她一个鲤鱼打挺，第一反应就是去摸自己身上的衣服。

小裙子，小衣服，全部好端端地在她的身上穿着。

十米开外，一个全息可移动衣帽镜前，湛佑正在慢条斯理地打着领带。

他看到了从床上一跃而起的杨跳跳，心情不错地转过身：“过来。”

“过去干吗？”杨跳跳不客气地说道。

湛佑还在原地等着她。

杨跳跳拽了拽裙角，下了床，走到了他的面前。

“会不会给男人打领带？”

湛佑已经穿戴整齐，白色的衬衫把他的肌肉线条包裹得让人难以移目，身上还喷着淡淡的古龙水的味道。

水声薄荷和苍柏的味道弥漫在空气中……杨跳跳一怔，反应了过来：哦，相亲。

“不会。”她冷冰冰地答道。

“呵，你书里分享过给男友打领带的几种方式，要不要我背给你听……”

杨跳跳泄愤似的，一把抓过湛佑的领口，他根本没准备控制自己，就这么一下撞上来，勾住了杨跳跳的腰肢。

两人完全贴在了一起。

杨跳跳一抬头就看到湛佑的眼睛里倒映着自己，杨跳跳试着往后退，湛佑却完全没有松手的意思。

“你……”

“就这么打。”

“你再抱着我，我就不打了。”

“不打就不打，我要抱着。”

杨跳跳：……

闭了闭眼，她认命地开始给他整理领结，好不容易弄好了，湛佑也没有松手。

湛佑就这么维持着抱着她的姿势，只是把她转了个身，杨跳跳的背贴在他的胸膛。湛佑微微低下头，下巴轻轻靠在她的头顶，眼里都是宠溺。

镜子里的两人，一个衣冠楚楚西装革履，一个穿着露着长腿的裙子，裙子上爬着暧昧的褶皱。

完全是一对同居情侣的模样。

“杨跳跳，这样不好吗？”

湛佑的视线凝在她的脸上，她又羞红了脸。

这样不好吗……缱绻缠绵地过一生……安心接受他的滋润与豢养……

“不好……”杨跳跳垂头。

“为什么？”他的臂膀收紧了一些，“你想要什么，我都能给你？”

“可是我能给你什么呢？等你的新鲜劲过去了，我还有什么……”

湛佑没有想到杨跳跳会这样回应自己。她头垂得很低，低到他从镜子里也看不清楚她的表情。

湛佑松开手后，把杨跳跳转向了自己，轻轻抬起她的下巴。

“为什么你笃信我会离开你？”

“我经历的所有都能构成我的理由。可是你，才出现在我生命里多久？”

杨跳跳抬起头，干净澄澈的眼睛里没有任何一粒尘埃，就那么直直地看着湛佑。

三秒后，她伸手温柔地替湛佑整理好了领口，拍了拍：“今天也算是你的好日子。收拾得体面，白家的千金一定会对你再见倾心。”

等杨跳跳洗漱完毕吃过早饭下楼时，湛佑母子俩已经准备妥当，准备出门了。

杨跳跳穿上了一套白色的套装，上身是修身窄肩的一字领，而下面是一丝不苟的裤腿裤。整套衣服浑然天成，把杨跳跳衬托得像是一朵出尘的百合花。

杨跳跳跟在 Eleven 身后，尽量减少自己的存在感，连车子都是与湛佑和崔静分开坐的。

两个人似乎赶着去游轮或者去接白家千金，车子开得很快，一会儿便没了影。

Eleven 开车，杨跳跳坐在后座绞着自己的手指。

她以什么身份来见证湛佑和别的女人约会呢？

仅仅是因为她和湛佑有过那么一段，还是为了报答湛佑在事业上为自己做出的推动与努力？

见证了以后呢？能让自己进一步死心，还是满足自己对“情敌”的幻想？

这个男人如何做到今天早晨那样深情款款地对待自己以后，又急吼吼地去见另外一个女人的呢……杨跳跳再清醒不过，自己在任何一个名门千金面前都是没有胜算的……

杨跳跳越想越沮丧，有那么一个瞬间她甚至想要立刻下车夺路而逃。

车子停在江城靠海的私人码头。

遥遥地，杨跳跳看到了那艘白色的游艇。船体透亮，像是童话故事里给公主王子定制的蜜月游轮。

码头上停满了车子，各种各样杨跳跳听过见过或者闻所未闻的豪车闪着光，不少机器人保镖在娴熟地泊车。

Eleven 没有催促，在杨跳跳收回目光以后，做了引导者，带着杨跳跳上了船。

二楼有一个宽阔的平台，Eleven 让杨跳跳在一楼的台阶下等一下，自己就跑没了影儿。

人越来越多了。杨跳跳学着 Eleven 的样子站在角落，减少自己的存在感。

人群里，她看不到湛佑。

宾客中许多是崔静的老相识，在人群中杨跳跳还看到了湛启山。杨跳跳是在搜索湛佑资料的时候误打误撞地看到湛启山的信息的。

郁白骗了自己，杨跳跳后知后觉。那天在医院里他给自己看的照片明明不是湛佑，而是年轻时的湛启山。

湛启山虽然和崔静夫妻关系形同虚设，但两人见面后彼此脸上还残存着淡淡的客套。

崔静似乎也在人群中寻找自己的儿子，目光几次飘过杨跳跳的方向，杨跳跳赶紧垂下了目光。

太尴尬了，也太煎熬了。

又过了十来分钟，人群中突然爆发出了巨大的掌声。

“湛佑来了！”

“阿佑旁边的是他女朋友吗？好高好瘦！”

杨跳跳很想穿过人群挤到前面去看看，去看看站在湛佑身边的人是谁。

可是湛佑上船后，只是和一个人肩并肩地上了二楼的平台，并没有往她的角落投来一瞥。

杨跳跳短促地瞥见了站在湛佑身边的人，似乎是个年轻女人……

杨跳跳的心脏不可抑制地酸疼起来。

这种酸疼，比当初眼睁睁地看着“湛佑”在工厂里被分解还要痛苦。除了真的爱上了他，她没有任何理由去解释自己此刻内心的感受。

人群的掌声和欢呼声震耳欲聋，所有人都往楼上挪去。

杨跳跳手脚逐渐冰冷。Eleven 找到了她：“这个，湛总让你拿上去给他。”

盒子里的是对戒。

原来……他今天就准备求婚了。

在这么多人的见证中，他将会拥吻身旁的女孩，和别人许以一生。

对戒是定做的，男款交缠着淡金色与蓝宝石的钻石，像是两个截然不同的灵魂。女款则缀着天蓝色的宝石，五克拉宝石反射的光芒足以让眼睛刺痛。

杨跳跳抬头，看向头顶的甲板方向。

人群之中，湛佑在等着她。

他给过她机会。

他问过她，这样不好吗？

杨跳跳把最后一次机会错失了。

在另外一个平行的宇宙之中，会不会存在另外一个可能，杨跳跳在今天早晨说了“这样也好”，然后与湛佑热烈地纠缠在一起。

时间的洪流之上，没有人可以逆流而上，没有回头路可走。

杨跳跳捧着那个盒子，捧着湛佑对另一个女人的承诺，一步一步往上走去。

每一步都走得无比缓慢，阳光海风落在了她的头顶，她微微眯着眼睛，感受着人群投射过来的目光，并没有报以微笑或者回望。

她是见证这一场仪式的机器人而已。

海风咸腥又带着强大的生命力，混杂着鲜花的香气钻进了人的鼻息里，让人想要落泪。

真美。

她已经开始想念海上的三角形别墅了。

她想念那个会在她睡觉时把她抱上床的男人，想念那个在阳光下给她晒衣服的男人，想念那个与她一起沉浸在无边泳池时，默契对望的男人……

人群给她让开了一条通道，杨跳跳慢吞吞地站在了湛佑的面前，目光盯着他的鞋子，不敢抬头。

“戒指。”

湛佑并没有接过她的盒子，只是取走了那枚女款戒指。

杨跳跳鼻子酸了酸，目光缓缓移到了湛佑的右边——那里站着一个人……

脚怎么这么大？

杨跳跳一抬头，对上了一个年轻的脸庞——是个男人，他咧嘴笑的时候有个虎牙露出来。

“嘿，你看我干吗，你看湛总啊！”

是小希。

她的 VIP 客服。

把“湛佑”亲手送进分解室的“刽子手”。

ZIC 公司前总裁助理。

杨跳跳正在愣神，湛佑不满的声音飘了过来——“现在，看我。”

他不容分说地，那枚蓝宝石的戒指套在了杨跳跳的手上。

杨跳跳：“……”

湛佑不等她反应，迅速低头吻了她的手背：“盖过章，你现在是我的了。”

他又伸出了另外一只手，在杨跳跳面前晃了晃。

杨跳跳杵着没动。

湛佑缓缓说道：“也许对你来说，我像是突然闯入你生命的一个意外，也许现在的你，还是对我的真心抱有怀疑。从前，你说感谢我，觉得是我打开了你世界的大门，其实，你何尝不是我的幸运。谢谢你把我从无趣的人生孤岛中拯救出来，谢谢你愿意接纳我，成为你生命的一部分。你愿意做我的女朋友吗？我会一直陪在你身边，做你的保镖，做你的司机，做你忠诚的专属定制 AI。”

说完了这番话，人群已经开始沸腾。

注视着湛佑明亮的眼睛，杨跳跳感觉整个身体都不是自己的。

Eleven 不愧是帮主人解忧的好 AI，见杨跳跳不动弹，想要代劳给湛佑戴，被湛佑一个眼神钉在了原地。

湛佑勾唇浅笑，看着面前呆若木鸡的女孩：“你知道，我从前给多少女生求过婚，戴过戒指吗？”

又来了。

杨跳跳取下了男戒，迅速套在了湛佑的手指上。

很合适。

他们的戒指都很合适，像是她第一次为他们选的那对一样。

从头到尾，都很合适。

湛佑一把抱住了她，在风和日丽的甲板上旋转了起来。

她想哭，又想笑，最后像是小动物一样软软地靠在他的肩头呜咽……

整个世界都在旋转。

她看到了蔚蓝色的海面，看到了金灿灿的波光，看到了笑着拍手的崔静，看到了小希虎牙咧得可爱，看到了 Eleven 若有所思，另外一只眼睛变成了摄像头记录这一刻，看到了沸腾的人群，也看到了属于自己人生，真正的光……

番外一
将心结打开

明秀村距离京辉市八百多公里，地处明秀山的深处。相传几百年前这里交通闭塞，山清水秀。整个村子不过几十户，大部分村民自给自足，过着日出而作日落而归，靠山吃山的生活。

沧海桑田，在经历了科技渗透，技术拓荒，几番人口迁徙后，这里只剩下寥寥十几户。

只不过，那些向往城市生活的年轻人、壮劳力早就跑光，十几户人家里，多以留守儿童与无法在 AI 时代从事任何实质性工作的老人为主。

曾有一部冷门的纪录片将镜头投向这个被世人遗忘的角落，面对那些无人拍摄机，村子里的孩子第一反应是用石头去击落——他们中很多人的父亲母亲在距离明秀山不远的城镇里从事科技垃圾回收工作。

这些原本可以改变他们命运的拍摄机，成了孩子们眼里可以换来一顿饱饭、一支棒棒糖的高级垃圾。

湛佑的飞行器停在离地一百多米的地方，气旋压倒了飞行器下稀疏的绿植，露出了被黑水黄土覆盖的地表。

村子里，几间复合聚乙烯舱屋稀稀拉拉地排在一起，屋顶外墙上沾着各种污渍。

满目疮痍。

“就在那里。”

杨跳跳抬手，指了指灰扑扑的村落最后一排房子。她的眼眶微微发红，魔怔了似的移不开目光。

湛佑动了动手指，红外线的方向盘自动方位，两个人往杨家曾经居住过的屋子飞去。

早年间，杨跳跳不断地往家里寄钱，杨运德一家成了最早“脱贫”的一拨人。

杨家门口拱形的门廊已经塌了。不知道里头住过多少个无家可归的人，黑暗的门洞里有扑面而来的恶臭。

湛佑的身后，那些清洁蜂型机器人探测到了细菌病毒，“呼”地飞了出去，立刻开展清扫消毒工作。

杨跳跳站在院门口，没有往前一步。

湛佑轻轻拉住了她的手。

好像过去了一百年，再回到儿时生活过的地方，身旁站着自己的恋人，不真切的感觉像是在回顾上个世纪被遗忘的梦。

二十年前，那个懵懂的小姑娘，对世界的恶意毫无警觉，跌跌撞撞地闯入了黑暗之中。

二十年后，被生活治愈的杨跳跳站在同样的地方，回望那个冷彻骨髓的月夜，已经再感受不到那种无法发泄的绝望。

杨跳跳觉得自己无比幸运。

她的生活里有方悦，有湛佑，有发哥和楚越这样，知道她的“不同之处”却从来没有把她当怪物的人。

是这些人，在雨里给她撑伞，在绝望的泥沼里递出了希望的橄榄枝，把她拉上了岸。

“湛佑……小时候，每个夜里，我都靠在墙边等爸爸妈妈。”杨跳跳指了指墙角，木制的门槛已经被岁月腐蚀。

湛佑随着她指的方向望去，视线里仿佛出现了那个小小的跳跳。

她穿得破破烂烂，饿着肚子守着弟弟，只为等父母回家给她一点温暖和关注。

“现在你有我。我不会让你等，不会离开你的身边。”

十指相扣的地方，两个人的婚戒轻轻碰在一起。

杨跳跳低头，倏然一笑：“以前我总是在想，等我有一天长大，我会赚好多好多钱，告诉爸妈，我不是赔钱货，我也可以给他们幸福。我要带他们去城里，住大房子，这样他们就会多爱我一点……”

后来，在杨运德夫妇那里一次次碰得头破血流以后，杨跳跳才明白，和所有的感情一样，能买来的感情，都不是真的感情。

她想要的家庭，只存在于虚构之中，她想要的父母对她的舐犊之情，也是她的一厢情愿。

从前的湛佑无法理解这样的感情。

湛启山与崔静关系如何，并没有影响到他们对儿子的关爱。

在湛佑的成长过程中，这种关爱反而成了一种负荷与枷锁，成为夫妻关系无法缓和时双方拉锯的筹码。

但是，这一切并不能构成伤害湛佑的条件。相反，湛佑在宠爱与关注中形成了自信果断的性格，慢慢养成了对自己的人生充满主导欲的气场。

有人用一生治愈童年，有人用童年治愈一生。

好在，他的女孩，已经释怀了。

从今往后，湛佑也不会放任任何人破坏她的幸福，包括他自己。

回去的路上，发生了一点意外。那些随着湛佑飞行器跑出去自动进行清理的蜂型机器人发出了刺耳的警报声。

湛佑和杨跳跳回头，不知道从哪儿扑出来一个脏兮兮的男人，带着一群孩子，用各式各样的自制武器捕捉着飞在空中撒着消毒剂的蜂型机器人。

杨跳跳的目光落在那个男人身上，微不可察地蹙了蹙眉头。

飞行器里一直处于待命状态的 Eleven 立刻跑了出来，毫无悬念地制住了打头的那个男人。

他五十岁上下，胡子拉碴，满脸脏泥，斑驳的头发下，一双眼睛恶狠狠地盯着眼前衣冠楚楚的湛佑与杨跳跳，啐了一口。

“你凭什么逮我？放开我！”

湛佑冷若冰霜，把杨跳跳护在自己的身后：“凭你非法侵占破坏我的私人财产。”

蜂型机器人是成群结队工作的，一只约莫人类指甲盖那么大，一批有五十个。

此刻，湛佑飞行器里自带的这些清洁蜂型机器人已经被男人和他的毛孩子手下打落了二三十个。原本锃亮光鲜的机身被扑落在地上，立刻变形，残破不堪。

那些孩子仗着有大人带头，咧嘴大笑着争先恐后地扑打，完全不去反思这个行为是否正确。

不等那个男人再恶声恶气地反驳什么，Eleven 立刻联网报了警。没过多久，电子警察带着接驳飞行器抵达了现场。电子警察驱散了那群孩子以后，拍照搜证，麻利地带走了男人。

湛佑的身后，杨跳跳一直一声不吭地打量着面前的男人。

直到被湛佑牵着离开，她才缓过神来。

镇上的看守所，程旺透过栏杆看到警察挂掉了第三通电话，皱着眉转过身来。

“号码是无效的，你没有其他联系人了吗？”

程旺心里发慌，他没有料到捡垃圾也能惹到了不起的有钱人。从前他偷偷摸摸地把镇上运送过来的物资机器人给拆了卖，也没见那些做官的来找自己算账。

怎么扑打了几个电蛾子，还要蹲监狱了呢。

“警察同志！”程旺隔着激光的栏杆一把抓住了警察的衣服，民警冷冷地瞪了他一眼，把袖子抽走。

“我还有联系人！我侄子！他在大城市工作！这是他名片！”

警察已经到了不耐烦的边缘，他接过了名片，扫了一眼，调出了记录。

“你侄子程呈？”

程旺咽了咽口水，拼命点头：“他以前还被镇里表彰过的！”

警察冷笑：“你不知道他被判了八年？绑架及故意伤人罪。”

程旺动了动胡子拉碴的嘴角，木讷地一屁股坐了下来。

下午时分，看守所里来了一个女人。

程旺被带进看守所的会客室时，那女人肩膀垮着，双手捧着一杯热水，垂眸在想着什么心事。

程旺眯了眯眼，认出来眼前的人是上午在村子里看到的有钱人。只不过此刻，她的身旁没有站着那个高大的男人。

让程旺意外的是，这个漂亮女人开口就喊了自己一声“程叔”。

“你……”

杨跳跳把杯子推远了一些，捏着自己的手指：“我是……跳跳。”

混沌的记忆被什么画面点亮，被酒精戾气腐蚀的大脑开始迟缓地转动……跳跳……杨跳跳……杨运德那个不知道从哪里抱回来的女儿……杨家的大女儿？

程旺一愣，心里头涌起复杂的滋味，只不过这些情绪他还来不及消化，立刻像是抓住救命稻草一样，一把想要抓住杨跳跳的手。

杨跳跳避让开了。

程旺觉察到了她的抵触，尴尬地干笑了两声：“原来是跳跳啊！哎呀！这么多年没见你已经是大闺女了！真好看！那人是你老公吧？”

杨跳跳低垂着头，应了一声。

程旺搓了搓手：“嘿嘿，这么多年没见了……咳，叔不是有意的啊，叔也是一时间财迷心窍！那些机器贵吗？”

“一百多万而已。”

程旺立刻跳起来，不过肩膀处的电子羁押器死死地把他固定在了椅子上：“一百多万！杨跳跳！你疯了吧！你也看到了村里多穷！我已经不知道多久没有吃过饱饭了！你想要我赔一百万？门儿也没有！”

对比程旺咆哮的嚣张气势，杨跳跳的安静里蕴着另外一种味道。她睁着黑白分明的眼睛定定地看着眼前的男人：“当然，也可以不用偿还。”

程旺的喉结动了动，有些如释重负又有些手足无措。

他坐直，挠了挠头：“嗐，早说嘛……我就说，乡里乡亲的，跳跳又不是差钱或者不明事理的人，哈哈哈。”

那杯热水的热气散得差不多了，透过透明的杯壁，杨跳跳凝视着墙角阴暗的一处。程旺清了清嗓子，安静了下来。

“我六岁的时候……有个晚上，你把我从家门口拖走……你还记得吗？”

突如其来的一问，从认出杨跳跳是谁开始，程旺已经悄悄寄希望于杨跳跳不记得一切，却还是被打了个措手不及。

程旺咧嘴：“什么六岁，什么拖走？跳跳，你说的什么，是不是记错人了？”

杨跳跳的目光冷了下来：“程叔胸口上有一颗痣，没错吧……这么多年，我没有来找你，你知道为什么吗？”

程旺呼吸一滞，没有接话。

“因为我害怕。”

程旺面露狞色，咬了咬牙：“你想要怎样？”

杨跳跳往后靠去，神色疲倦，闭上眼睛：“你欠我一个道歉。”

程旺的情绪再次激动了起来，他挥舞着拳头：“我为什么要跟你道歉？你算什么东西！我告诉你杨跳跳！怎么说我也是你的长辈，别说什么六岁什么枣树林，你少来诈我！不就是蹲局子嘛，老子赔不起在这里白吃白住一阵子照样能放出去！”

几秒的安静，谁也没有说话。

杨跳跳睁开了眼睛，歪了歪脑袋，笑出了声音：“我提到枣树林了吗？”

程旺一愣，苦苦死撑：“我说枣树林了吗？你别血口喷人！”

杨跳跳摇了摇头：“我以为这么多年，你会因为自己的龌龊行为有点忏悔。没想到，你连一句道歉都不敢说……”眼泪一下涌了出来，她指了指自己的肩膀，“这里，还留下你打我时的伤痕，要我给你看看吗？还有那天穿的衣服我可都藏在了杨家，现代技术应该不难检测出上面有你的DNA吧。”

程旺的理智瞬间崩溃，声音拔高了几度：“放屁！不可能！我不过是扒了你衣服，还没有来得及做什么，就被你一砖头拍在了头上！”

为了佐证自己的说辞，程旺扒拉着自己乱糟糟的头发，企图展示那个陈年伤口给杨跳跳看。

杨跳跳的目光恢复镇定冰冷。

她没有再看程旺一眼，扭头看向身后——那里，原本不透明的墙与门瞬间变成了透明状。

会客室消失了，出现在程旺面前的是一个五平米左右的舱体。舱体外站着数个警察，打头的男人是湛佑。

他伸手，直接穿过玻璃的幻影，把杨跳跳抱在了怀里。

“辛苦了。”他抚摸着她的脊背，轻声安抚。

重新落入了湛佑的怀抱，杨跳跳没有任何的伤感恐惧，只有满满的成就感。

她抬头看向了那些目瞪口呆的警察：“刚刚程旺说的那些，足够构成证据了吗？”

一个警察点头如捣蒜：“够了，够了。谢谢杨小姐，我们立刻立案侦查。”

程旺这才看明白，自己中了杨跳跳的圈套，在不设防的情况下，把那点陈年脏事亲口吐了出来。

杨跳跳转过身来，冷漠地看着瘫坐在位置上的程旺，声音清晰，语气有力：“埋得再深的过去也有重见天日的一天，娈童罪可比破坏私人财产重多了。程叔，祝你好好享受你牢底坐穿的人生，告辞。”

湛佑轻笑，骄傲地牵住了杨跳跳，两人肩并肩地离开。

番外二
我们的婚礼

独自在地下室熬到了第二个晚上，楚越发起了高烧。

呼吸灼热，神志不清，楚越强打精神，给自己灌了一些凉水，借着地下室的灯光给自己化了一个仿妆，接着套上了一个花白的头套，镜子里出现了一个年过六十，形容消瘦的老太太。

楚越小心地捧着小腹，披上了一条厚披肩，把身上所有的现金与卡都塞在一个手提包里，走出了地下室。

城市很安静，刚刚下过雨，湿漉漉的街上倒映着路灯，像是两条光带。

楚越想法子弄了一张假证件。凌晨有一趟飞离 M 国的航班，目的地澳大利亚。

她裹紧了衣服，伸手，准备拦住一辆无人驾驶的出租车。

车子堪堪停住，楚越开了后座的门刚刚钻进去，一只男人的手“啪”地拦住了她。

楚越心下一慌，是一个黑人，醉醺醺的，眼皮子都睁不开了：“滚开，老太太！是我先看到的车子！”

黑人吵吵嚷嚷的声音在街道里形成了一个空旷的回响。无人驾驶的出租车发出了嘟嘟嘟的鸣叫声。

再这样下去，会被发现的。

楚越咬了咬牙，从后座又爬了下来，意思很明确，车子让给这个男人算了。

醉鬼很满意“老太太”的识相，又吐了一串脏话，总算爬了上去。

楚越转身就要走，眼前一黑，一个身影蹿过，紧跟着传来了黑人的惨叫——“放开，放开！”

一个男人不知道什么时候冲了上来，直接拽着黑人的脚踝就把他甩了出来。

那人单手将黑人扔出去两米，爆发力惊人，整个过程干净利落。

楚越看得目瞪口呆。

她缓缓抬起头，看到男人的帽檐上沾满了水滴，在夜里不知道站了多久，而帽檐下的眼睛明亮坚定。

是郁白。

他身上没有香水味，也没有淡淡的雪茄香，只萦绕着一层悲伤和疏离。他下巴上稀稀拉拉地冒出了胡子，眼下一片乌青。

“您的车，请上车。”

他用的美式英语，说得很绅士，绅士得像是个陌生人。

楚越生怕自己一张口就露馅，只是点点头，弯腰再次上了车。

车门没有被郁白松开。他站在夜幕中，低头静静地看着楚越。楚越越来越紧张，甚至不敢抬头看他一眼。

不是……已经离开了吗？不是周围已经安全了吗？他是从哪儿冒出来的……

难道，这几天他一直在自己屋外待着？

“请输入目的地。”出租车发出了警告声。

楚越艰难地开口，故意哑了声音，显得苍老而迟缓：“机场。”

“目的地输入成功，请系好安全带，关上后车门。”

楚越紧张地看了一眼杵着没动的郁白。

“女士，我也去机场，可以一起吗？”郁白突然开了口，眼睛依然死死地盯着楚越。

楚越头皮发麻。

她放在口袋里的手捏着报警器，可是她不能按，一旦按了，她就走不了了。

她没有理由拒绝郁白。

也许郁白完全没有认出自己，也许，他只是误打误撞地想要去机场。

去机场就意味着郁白也要离开理城了……

楚越心一横，点了点头，并且往里挪了挪给郁白腾出了位置。郁白上车，关门，坐了下来。

车子立刻起步，卷起气旋向着机场的方向驶去。

小广告屏幕出现在楚越面前，她心烦意乱地挥走了它。也是那一个瞬间，她用余光瞄到了身旁的男人……

郁白头微微歪着，睡着了。

不像是装的，而是真正睡着的那种小寐。

他的呼吸绵长舒缓，像是累极了的人，终于找到了一片舒适的栖息地。

男人头顶帽子上的水汽在出租车的暖气中渐渐蒸发干透，这时候楚越才发现……他身上的那件大衣，似乎是那日全息影像里的那一件。

这么说来……郁白似乎真的从未离开过她的家门口。

一种酸涩复杂又隐隐不安的感觉油然升起。

楚越抬起手腕看了看时间，还有大约十分钟到达机场。

她提前做了功课，进门之后她准备直奔厕所，乔装后绕到另外一头的出口，消失一排商店之间。

只要郁白没有天眼，他是跟不上自己的。

拿定了主意，楚越定下心来。

时间一分一秒地过去，出租车提示目的地已经到达。

楚越还没有伸手付钱，郁白已经扫了自己腕间的支付码，把钱付了。

他小睡以后，整个人的精神好了许多，看了一眼楚越，淡淡一笑："我们到了。"

楚越点点头。郁白先下车，她跟在后头，两个人往机场里走去。

"我上卫生间，年轻人，谢谢你。"楚越弯腰低头做了感谢，然后微微佝偻着身子，慢慢地往卫生间走去。

身后的郁白没有回话。

进了卫生间，楚越迅速脱掉了外面的披肩，翻过来系在腰上，红色的披肩立刻成了铅灰色的毛绒长裙。楚越摘掉了灰白色的头套，用包里的变色发胶迅速地往自己的头上喷了一些色素，立刻头发变成了浅棕金色。楚越又找出了美瞳和唇膏，简单地修改了妆容。

转眼之间，前一刻慢吞吞进洗手间的"老太太"，变成了一个成熟干练四十岁上下的中年女性。

楚越挺直了腰板，直接从洗手间的另外一个出口走了出去。

虽然是凌晨，机场大厅里依然熙熙攘攘。许是因为天气原因，许多航班都延误了。

楚越在一个快餐店里买了一杯咖啡，匆匆灌下以后，准备找地方坐一会儿就去登机。

可是就在此刻，机场门口产生了一些小混乱。

不断有警察吹着哨子往外跑去，原本疲惫的游客也被突如其来嘈杂的声音吵醒。

所有人的心里都升起了不安的感觉。

楚越付了钱，生怕再出什么端倪，立刻向安检的地方走去。

就在此刻，背后传来了巨大的爆炸声。

几乎没有给她任何逃命或者反应的时间，楚越整个人被气浪掀翻，不可控制地飞了出去。

在那一秒钟的时间里，她看到了崩塌的机场天花板，看到了大块的碎石，看到了飞溅的鲜血，看到了红光……

在坠落的前一刻，一只手不知道从哪儿伸出，死死地拽住了她。

在震耳欲聋的轰鸣声中，黑暗彻底降临……

理城飞机场爆炸的消息传到国内的时候，湛佑与杨跳跳的求婚仪式刚刚结束。

湛佑原本想要瞒着杨跳跳这件事，在此之前，他已经派了小希和充足的人力去到M国与郁家的人会合。

杨跳跳知道这件事情的时候，已经是第二天的中午。她满脸泪痕地冲回家。

“楚越，楚越……”她话没有说完，大滴大滴的泪水就掉了下来。

“我知道。”湛佑抱住了杨跳跳安抚，“人已经派过去了。你相信我，也相信郁家。”

楚越没有离开的消息是湛佑告诉郁白的。他清楚地用远程红外线发现了那个藏匿在地下室的女人。

楚越肚子里有孩子，并且在地下室里待着，精神和身体状况都到了崩溃的边缘。

楚越出门的那一刻，郁白就跟了上去。

人人都说，美妆博主楚越出手鬼斧神工，任何一个仿妆都可以骗过所有人的眼睛。

除了郁白。

在医院守着楚越苏醒的那些日子，郁白曾经问过自己一万次，那天如果他没有纵容楚越来机场，在打发完了那个醉鬼以后就揭穿楚越的真面目，又会怎样。

只是时光嗟叹，再无回头路可走。

孩子用自己的生命换来了楚越一命，苏醒成了遥遥无期的念想。

医院是郁家开的。

除了偶尔去公司，郁白把所有的时间都用来陪伴楚越。

除了陪伴，他给不了她更多的一切。

他学会了读时尚杂志，学会了去精挑细选市面上新出的限量彩妆，学会了把那些有趣犀利的流行趋势评论择出来念给她听，甚至将郁氏旗下最炽手可热的品牌改成了她的名字，亲力亲为去布置为她准备的新家……

陪伴成了一种无声的独角戏，渴望她能醒来的思念变成了执念。

郁白并不确定楚越能不能听见自己对她说的话。他只希望，通过这一切告诉她，他真的不会离开。

无论多久，她睁开眼，总能找到他。

楚越在虚空中沉浮了许久。

最开始，是通道的尽头出现了光，然后，那道光慢慢扩散，成了一个男人瞳孔的模样。

她听到了声音，也感受到了照拂在脸上温柔的光。楚越看到自己在接近天堂时，被一双小手拽了回来。

那是个面容并不清楚的孩子，他低着头，脑门儿上有个小小的旋儿，看起来胖嘟嘟的，很是可爱。

孩子在吃甜甜圈，是香草口味的。

他吃得很认真，嘴里嘀咕了一句："他在等你呀……"

那一句，悲伤而坚定。

楚越的心脏骤然生疼，喘不过气来的感觉排山倒海一样袭来。在灵魂深处，那堵倔强的坚冰轰然倒塌，她醒了。

床铺很温暖，空气很新鲜，握着她的手粗糙有力。男人趴在床边睡着了。

她的面前，有一本摊开来的杂志，杂志封面上，是杨跳跳新杀青电影的海报。

杨跳跳穿着深蓝色的职业装，冷肃严厉地瞪着楚越，似乎眉宇之间都是质问。

"眉毛化得……真丑……"

楚越干哑着嗓子，艰难地吐出了醒过来的第一句话。

郁白立刻坐了起来。

眼底布满了血丝，他直勾勾地看着楚越，许久都没有说话。

他的手把自己捏得生疼，楚越试着往回抽，郁白却没有一丁点松开的意思。仿佛一松手，楚越会再次坠入黑暗之中，永劫不复。

"郁白……我们的孩子，很喜欢吃甜甜圈……"

话刚说完，一滴眼泪滚落在她的脸颊上。

八个月后，金鹿奖新晋最佳女配、畅销书作家杨跳跳在颁奖典礼上与男友宣布婚讯的消息再次引爆了网络。

即便接下来的行程安排得满满当当，杨跳跳还是幸福又娇羞地向媒体证实了这个消息。

整个采访，站在她身边的湛佑都紧紧地扣着她的手指。

"蜜月期……大概一周吧。"

杨跳跳狠狠心，说了一周。

手心一沉，果然，湛佑不答应。

不等杨跳跳改口，湛佑轻轻松松地说道："我司给代言人开的条件一向优厚，结婚这种一生一次的好事儿，怎么着也要放一个月的长假。"

记者们兴奋得集体起哄："这么久的假期是为了造孩子吗？"

杨跳跳红了脸。

湛佑勾唇，一本正经地回道：“商业机密，概不奉告。”

婚礼在湛佑新建成的实验室里进行。

半透明的球体悬浮在私人海域上，像是一轮刚刚升起的月亮。

隔着防护罩，杨跳跳可以看到湛佑的那套海上别墅。别墅由冷灰色变成了金色，宛如一枚永恒的钻石，定格在时空之中。

除了湛佑父母的少数亲友、实验室里的核心成员、发哥、小婷之外，最令人瞩目的婚礼嘉宾就是刚刚康复不久的楚越，与此同时，媒体们在人群中找到了郁白。

不过这两人并不是手挽手同时进场的。

楚越走路还不利索，湛佑给她做了一对智能支撑器。发哥生怕楚越再出什么意外，像个老妈子一样尽心尽力地陪在身边。

镜头在人群中精准地捕捉楚越的一颦一笑。她的精气神与从前并无二致，但标志性的棱角分明被另一种温和淡泊的气质所取代，仿佛从里到外换了一个人一般。

除了复出后的工作问题，楚越对私人问题一概不予回答。

记者们有些失望，有人趁着空当拉住了发哥，壮着胆子问及楚越与郁白现在的关系。

“哎呀，人嘛还是那个人，只不过关系是新的关系。”

发哥久经沙场，什么级别的采访阵仗都见过，说了一句似是而非的话便脚底抹油跑去会场中心等杨跳跳扔捧花了。

问话的记者丈二和尚摸不着头脑，转眼看到隔着人群，郁白举着一杯香槟，在离楚越不近不远的地方静静望着她，以一种守护却并不干涉的姿态。

男人眼底深情缱绻，再无他物。

那人恍然间似乎明白了发哥话里的深意。

仪式开始了。

银白色的空间内，各种高科技顶级设备环绕在杨跳跳与湛佑身边。

磁悬浮的圣坛上，SILENCE 集团第三代 AI 充当神父，正在为对方念着誓词——

“湛佑先生，您是否愿意娶杨跳跳小姐为妻，哪怕能源枯竭，宇宙毁灭？”

“我愿意。”

“杨跳跳小姐，您是否愿意嫁给湛佑先生，直至恒星燃尽，星河湮灭？”

“我愿意。”

“我宣布，你们正式成为夫妻。”

神父的话音落下，湛佑牵起了杨跳跳的手，低头亲吻：“不许后悔了，湛太太。”

“我知道啦。”杨跳跳软软地说道。

两人相视一笑，相拥在一起翩然起舞。

在湛佑的怀里，杨跳跳这一生的颠沛起伏都有了依托。

亲爱的“AI 先生”，遇见你，是这个世纪最美好的意外。

全文完